王若三——著

王若三随笔集

中国书籍出版社
China Book Press

图书在版编目（CIP）数据

王若三随笔集 / 王若三著. -- 北京：中国书籍出版社，2021.2

ISBN 978-7-5068-8361-0

Ⅰ.①王… Ⅱ.①王… Ⅲ.①随笔—作品集—中国—当代 Ⅳ.①I267.1

中国版本图书馆CIP数据核字(2021)第031150号

王若三随笔集

王若三 著

图书策划	成晓春　崔付建
责任编辑	邹　浩
责任印制	孙马飞　马　芝
出版发行	中国书籍出版社
地　　址	北京市丰台区三路居路 97 号（邮编：100073）
电　　话	（010）52257143（总编室）　（010）52257140（发行部）
电子邮箱	eo@chinabp.com.cn
经　　销	全国新华书店
印　　刷	三河市华东印刷有限公司
开　　本	650 毫米 ×940 毫米　1/16
字　　数	430 千字
印　　张	20
版　　次	2021 年 3 月第 1 版　2021 年 3 月第 1 次印刷
书　　号	ISBN 978-7-5068-8361-0
定　　价	68.00 元

版权所有　翻印必究

目 录

第一编 | 文以育人

孔氏三策	002
朽木之材，不可雕也	004
校长必须去行政化	008
说说教师学者化的问题	011
校训：志远 业精 强学 力行	031
基础教育现状之我见	034
谓语词在句法结构中的意义	042
偏义复词例析	047
话语八说	050
取消句子独立性	063
量词是现代汉语的真正特色	066
副词的尴尬及其他	071

第二编 | 若有所思

对生命生出敬畏感   074

把握当下的日子   077

人，应该诗意地栖居   079

孤独只是一种感觉   081

活得更好，是为你自己   083

比较是一切烦恼的源泉   085

聪明有度，过犹不及   087

需要即实在   089

学习永远是正确选择   092

美是生活   095

警醒生命的长度，掘进生命的深度   099

在世俗环境中做俗人   102

有一种错误叫"你是正确的"   105

好，不等于多   108

丢了过程，失了结果   111

打住欲望，生出满足感   114

友谊有我，爱无我   117

天若有情天亦老   119

不要让过去干涉当下   121

第三编 | 文学杂谈

我与《红楼梦》(一)   126
大观园里闻乡音   134
遍访红楼找洋货   154
我与《红楼梦》(二)   171
名誉地位他人事，我以我手写我心   180
诗意的生活   183
娜娜和她的《彳亍行》   186
木兰将军是北魏故都盛乐人   191

第四编 | 散文随笔

从恋爱到婚姻   206
有所为有所不为   208
服饰彰显了人的个性气质   210
服装的性别功能是人类性爱的升华   213
人为什么会有多样性的表现？   216
真正的包装是精神的包装   219
什么是"五服"？   221
生日的觉悟   224
精彩人生取决于正确的观念和端正的态度   226
退休真的好   229

远去的故乡　　　　　　　　　　232

生命的印记　　　　　　　　　　234

高度决定眼界　　　　　　　　　237

影响寿命的因素　　　　　　　　239

第五编 ｜ 悠悠岁月

高中的老师们　　　　　　　　　242

姑父胡达甫先生　　　　　　　　251

我们村的天津知青　　　　　　　256

郊　游　　　　　　　　　　　　261

"剪不断，理还乱！"　　　　　　266

葡萄熟了　　　　　　　　　　　269

温润谦和 小家碧玉　　　　　　272

端午印象　　　　　　　　　　　275

昭君博物院　　　　　　　　　　278

家乡饭：永远的最爱　　　　　　284

神秘的千年古洞：我在这里经历了什么？　289

"稍麦""烧卖"，还是"捎卖"？　　293

鸿雁传书　　　　　　　　　　　297

第一编 ｜ 文以育人

孔氏三策

不管是"至圣先师",还是"万世师表",传统上对孔子的评价基本定位在"老师"上。只是这个老师很不一般,用当代的话语表达,叫"教育家";又因孔老师在教育理论与教育实践两方面都有开创之功,影响所及,足足两千六百年,而且看样子还得继续影响下去,他就不是普通的教育家,而是伟大的教育家。于是有人觉得,仅仅说孔老师是教育家不够了,他还应该是思想家、哲学家,甚至文学家等,可不管怎样,孔丘先生归根结底还是个老师,弟子三千,就当时黄河中下游地区的人口而言,可谓是个庞大数字,如果按现在的班容量计算,你看看教多少年书才能达到这个数字?这就更说明孔老师真正了不起,说他是"至圣先师""万世师表",一点也不觉得是夸张。

孔老师的学生很明白老师的教师身份,编辑老师的谈话录《论语》时,就把老师所讲的有关做学问的基本策略放在了全书的首位。

这策略一共有三条,不仅对当时学界意义重大,就是在眼下,也很有针对性，让我们不得不佩服孔老师思想的深邃性，与穿透历史时空的洞察力。

第一条，"学而时习之，不亦说（悦）乎？"这一条的关键字是一个"习"字，包括"温习"与"见习"两方面的意思。孔老师说，学习过程中，对已了解的学问不时复习，并在实践中努力运用，不是很快乐的事吗？毛主席也说过："读书是学习，使用也是学习，而且是更重要的学习。"都有理论与实践相结合，更加注重实践的意思。

第二条，"有朋自远方来，不亦乐乎？"这里的关键字是一个"朋"字。这个"朋"可不是我们所说的"朋友"，更不是酒肉朋友，说有朋友来了，可以借机招待吃喝一顿，高兴了！不是这样，这不是伟大教育家所要强调的内容。注释家称："同门为朋，同志为友。"原来，"朋"是学友。为什么要从远方来？说明已经毕业了，有了一定的社会实践、社会经验、社会阅历，这样的学友来了，可以一起切磋学问，避免孤陋，自然会有发自内心的欢喜了。

第三条，"人不知而不愠，不亦君子乎？"这一条对当代做学问的人最有现实意义。当你的研究成果没有发表，没有形成知名度，或发表了不被人理解，你也不懊恼，不埋怨，不显得你是大度的君子吗？

总之，做学问要不断温习，不断实践；要与有一定阅历的同行切磋，以打开眼界，丰富思想；更要耐得住寂寞，有坐冷板凳的功夫。除此之外，我们还真想不出有什么更高明的办法。

这就是伟大孔子告诉我们的学习策略，我们做到了吗？

我们还注意到，孔子在讲这么严肃的问题时，并没有板起面孔讲什么理论，而是充满了诙谐、机智与幽默，用启发，用类比，突出表象的"乐"与内心的"悦"，并且要求把这种发自内心而形于色的喜悦情绪贯穿于整个学习过程中。

（2008.9.6）

朽木之材，不可雕也

国外有媒体撰文写道，中国人相信，只要小时候教育得当，任何孩子都是上常春藤名校的料子。因此越来越多的中国中产阶级家庭都在关心一件事：如何把自己的孩子送进美国一流学府。如果荀子在天有灵，现在一定是他最得意的时候，因为大多数家庭只能生一个孩子，许多家长体会到了望子成龙的巨大压力，劝学的积极性空前高涨，重视学习，尤其是重视子女学习的程度，真是前所未有。然而，态度真的可以决定一切吗？文章不无忧虑地指出，这也许"是一种偏执的全国性强迫症"。

众所周知，人的学习能力由记忆能力、理解能力、思考能力、沟通能力、协作能力、实践能力等因素构成。这些因素中，有智力因素，也有非智力因素，有的是后天形成的，有的是先天决定的。后天形成的，可以通过培养、训练来不断提高，先天就有的，也可以用通过一定的教育手段得到不断开发。比如智商与智力这两种关乎学习的基本要素，前者多半是先天的，后者多半是后天的，开发智商就可以提高智力。与其他能力先天不同一样，人的学习能力也受制于先天因素，构成学习能力的各个方面更是强弱不一，表现出来的能力就千差万别。任何一个稍有从教经验的人都知道，同样的教学手段，同样的教学环境，教学的结果却大大不同，甚至可以说班里有多少人就有多少结果。

不论是《哈佛女孩》刘亦婷，还是《从安多福到哈佛》的殷钟睿，绝不仅仅是她们所受的教育与众不同，更重要的是她们都有骄人的智力和非比寻常的学习能力。试着让刘、殷两位的家长从我们推荐的幼儿中再选两位，用他们所谓成功的教育手段再造两个哈佛女孩或男孩，他们敢接受这样的任务吗？所以刘亦婷、殷钟睿的家长永远成不了教育家，尽管他们著作的发行量差不多和《论语》一样了，因为他们讲来讲去，总是回避一个最基本的事实，决定的因素是优生而不是优育。优生是"造矿"，优育是"开矿"，蕴藏量大，才能开发得多。矿里没货，任凭你有多好的开发条件，多高的开发技术，奈何？

常见一些重点学校优质班的老师，面对自己学生一流的成绩，沾沾自喜，真以为是自己教学有方，我们不禁要问：这是他教的吗？

社会学家兼人类学家潘光旦先生在谈到教育的局限性时，讲过一个统计学上的例子，说英国皇室是一个延续了近千年的家庭，其成员所接受的教育从保姆起就是最优质的，然而皇室成员的成材率（官员除外）与同时期的英国平民一样。我们这里也有一个众所周知的事实。十年"文革"中，学校教育疲软，尤其是大学基本停止了招生，"文革"结束后，几乎整个社会都在担心出现人才断档，会使科技进步大打折扣。其后的事实证明这种担心是多余的，而且当下国家科技队伍的中坚力量恰恰是"文革"中被耽误的一代。原来，科技进步从宏观上说受制于生产力的发展水平，从微观上说受制于政府的科技政策。

荀子认为，人性天生恶劣，所以必须强化后天教育才能改邪归正，从善如流。出于知识分子的社会责任感，他写了洋洋洒洒三千言的《劝学篇》，说只要学起来，一切问题就迎刃而解了。可问题没有如此简单，一是多数人没有他老人家这种先知先觉式的认识水准，二是没有学习的条件，饿着肚皮，甚至连裤子也没得穿，谁还去考虑学习这种遥不可及的事呢？三是压根儿就学不会，花精力，费时日，就是学不会，不开窍。历史进步到今天，社会发展到今天，有国家作保证，前两个问题基本上解决了，后一个问题却突显出来，而且此问题似乎不受国家政策影响，也与生产力发展水平无关，真正是不以人的意志为转移。

对于学习上存在的这些问题，孔子已经有了清醒的认识。学习的重要性问题没得说，学习的条件问题，孔老先生身体力行，降低学习成本（只收十条干肉，就"有教无类"），把学校教育从贵族引到民间。对于第三个问题，老人家的办法是，先把学生分成"可教"与"不可教"两类，"可教者"也不是铁板一块，要根据每个人不同的学习能力，分成不同层次，再"因材施教"；对"不可教者"，他也绝不说"只有不会教的老师，没有教不会的学生"这种不负责任的假话，而是明白指出"朽木之材不可雕"，不用白费劲了。诚然，放弃可以使社会有效节约教育资源；可以使教育者集中精力，轻装前进；可以使学习者寻找更合适的社会定位，扮演更合适的社会角色，从而为社会做出本应有的更大贡献。可是这么艰难的抉择，我们能做到吗？我们主观上很难做到，客观上却成了不争的事实，从基础的普及教育到高端的精英教育的过程，实际上就是一个不断放弃的过程。

问题是，"朽木"仅仅是不可"雕"而已，并非无用，大自然创造天地万物都有用（这在庄子的著作中有精彩论述）。如果仅从幸福感而言，"朽木"可能更强烈一些，因为"朽木"起码没有"栋梁"

所承受的压力,这方面的例子在生活中太多了。从家长的角度讲,为自己的子女找到更加合适的人生选择,从而体验到更强的幸福感,既是教育的真正目的,又是教育的全部内涵。说得明白一点,孩子能做点什么就让他做点什么,只要努力了,条条大道通罗马,何况,广义地说,学习文化课不行,学习其他技能也许还得心应手,为什么非要在高考一条道上挤死呢?

(2009.1.6 发表于《内蒙古教育》2009 年第 4 期)

校长必须去行政化

我国教育的行政化主要表现为学校管理的行政化，学校管理的行政化表现为校长的行政化，校长的行政化表现为校长在多数情况下是一名行政官员，而不是学术化主持人或专业化领导人。

首先，校长与其他行政官员一样，是通过党的组织部门培养、挑选和任命的，并不是在教育教学活动中形成的实际带头人，如果是，那只是偶然现象，一种巧合，没有制度性保证。更不是有独立思考力和独特办学思想的教育骨干。其次，校长都有相应的所谓行政级别，纳入了科层化的行政管理体系中。任用、调转、免职、退休等方面的规定都完全依照相应级别的行政官员，没有照顾到学校工作的特殊性和教育教学工作的专业化特点。对学校教育来说，五十五岁左右的校长正是事业的成熟期。当一个科级的校长正在努力把丰富的教育教学工作经验付诸实践的时候，却必须按照相关规定"一刀切"了，而且这种"一刀切"的消极效应至少得前推一两年。一位普通中学的校长五十二三岁就得考虑退居二线的事了,这无疑会对他们的工作态度和事业心产生根本性的消极影响。

从学校内部的管理上讲,行政化倾向也很严重,一所中学的内设机构除办公室、总务处这些行政化的机构外,基本的单位是行政意味浓厚的年级组,而不是更具学科化的教研组。

在讨论教育改革的时候,学校去行政化无疑是当务之急。而学校去行政化的关键就是校长的去行政化,要让校长成为一个教育机构的领导人,而非一级行政官员。

什么是教育机构的领导人?

要有较强的办学欲望和较明确的办学思路。我们不可能要求每个校长都是优秀的教育家,但至少要求他的工作追求或事业方向有相当的教育指向。如果连这一点也不具备,满脑子都是以"做官"为手段的功利思想,就失去了做校长的资格。

要有良好的工作态度和较强的教育教学管理能力。学校是为国家培养具有良好品德的管理人才和建设人才的基地,尤其是基础教育,更肩负着提高全民素质的重任,因此校长的良好工作心态对形成良好校风和优化育人环境发挥着决定性的影响。而一个校长的教育教学管理能力的强弱,是一所学校办学成败的关键性因素。

要有较强的社会责任感和一定的奉献精神。学校是不以营利为目的的非营利社会机构。处在社会转型期,人们的物质欲望极大膨胀,校长的社会责任感和奉献精神尤为重要。设想一下,一个见钱眼开、总想捞点什么好处的校长,能把一所学校办好吗?

做到上面这几点,首先需要从体制上革除旧弊。

校长的任免、考核、离职要由教育主管部门领导下的专门机构提出决定性的建议。这个机构要由非专职的专业人员和相关人员组成。根据《教育法》《学校组织法》和党的教育方针政策,党的组织部门可以给出一定的指导性意见,而不去干预它的具体工作。

取消校长相应的行政级别。校长就是校长，校长的工资及相关待遇依照义务和非义务教育、办学规模及本人所具备的专业技术职务来确定。退休年龄比照国家对专业技术人才的相关规定执行。

取消或弱化学校内设的行政化机构，回归学科化、专业化的管理方法，突出学校的教学主体性。

总之，在计划经济时代形成的学校行政化管理方式，在特定的历史阶段发挥过积极作用，促进了国家急需人才的目的化、集中化、快速化培养。然而在市场经济条件下，连政府职能也在逐步转轨的今天，学校行政化所带来的消极作用日渐突显，学校去行政化也日益引起社会有识之士和相关部门的注意，也做过一定的努力和探索，尤其是校长专业化的试点工作，让人见到了校长去行政化的一线希望，但距离改革的要求、发展的要求还相去甚远，我们必须痛下决心，从体制改革入手，才能真正解决问题。

（2010.4.25.）

说说教师学者化的问题

（一）什么是教师的学者化？

现代汉语词汇里以"者"字作词尾的词，是由文言文中的"者"字结构短语演化而来的，常见的如"读者""学者""作者"等。我们知道，文言文中"者"字结构相当于现代汉语里的"的"字结构，"读者""学者""作者"就是"读书（报）的""学习的""写作的"，是由偏正结构短语省略中心词后变成的。翻译成书面语时一般要补上中心词"人"，就成了"读书（报）的人""学习的人""写作的人"。如《论语·宪问》"古之学者为己，今之学者为人"；韩愈《师说》"古之学者必有师"；王安石《游褒禅山记》"此所以学者不可以不深思而慎取之也"。引文中的"学者"就是学习的人。

那么，用"者"字结构表述与用"的"字结构表述有什么区别呢？为什么不叫"学习的人"，而称作"学者"呢？区别在于前者对所要表达的对象有正规化、庄重化的作用，就"学者"这个词来说，不仅是正规、庄重了，还有些神圣化，说到学者往往令人有些肃然起敬的意思，事实上，学者不仅是学习的人了，而且通过学习已经成为有学问的人了。所以学者成为一个专有名词了，《现代汉语词典》里的解释是"在学术上有一定造诣的人"。如《史记·伯夷列传》："夫学者载籍极博，犹考信于六艺。"《旧五代史·晋书·史匡翰传》："尤好《春秋左氏传》，每视政之暇，延学者讲说，躬自执卷受业焉。"

其实"学习"有两个层次，一是"读书"，二是"做学问"，都是进行时态；而"有造诣的人"是个完成时态，看是从哪个方面强调，如果给"学者"下一个定义，最好两者兼顾。

作为肩负为国家培养人才重任的基础教育工作者，尤其是中小学教师，我们没有必要把学者神圣化，要回归它的本义，就是要成为不断学习的人，成为学有所长的人，成为本学科教学的行家里手。不过这仅是从教学上的传授知识方面说的，而我们同时还是教育工作者，苏霍姆林斯基有句口头禅："你不是教物理的，而是教人物理的。"后面我们还要稍加拓展，说一说。

学者就是学习的人，学习书本，这是前人智慧与科学成果的结晶；学习历史；学习社会；学习生活；学习自然；向一切人学习，向一切事物学习，"处处留心皆学问"。

学习什么？学习知识，科学知识、人文知识……学习知识的人，经过一定的过程，掌握了一定的知识，就被人称作知识分子。知识分子是个笼统概念，从知识的功能上讲，也就是作为掌握知识的人，对社会的作用和贡献上讲，可以分为四个层次，这只是相对的，外延是有重合的：

（1）专业技术人员：指依照国家人才法律法规，经过国家人事部门全国统考合格，并经国家主管部委注册备案，颁发注册执业证书，在企业或事业单位从事专业技术工作的技术人员及具有前述执业证书并从事专业技术管理工作，在1983年以前评定了专业技术职称或在1984年以后考取了国家执行资格并具有专业技术执业证书的人员。

（2）学习的人，做学问的人，学有成就的人。"学习"是个动词，指的是一个过程，就是要不断学习，终身学习。

（3）思考者。按照康德的划分，人的认知有感性、悟性、理性等不同层面或范畴。思考就是要在这几个层面上，认知人本身、人与人、人与社会、人与自然及人与神的关系及发展。康德本人就因为思考，使自己平淡的生活与其伟大的思想形成了鲜明的对比。

（4）社会的良知与正义。

综合考虑，如果给知识分子下个定义，应该是"有一定社会责任感和批判意识的读书人"。

这里有三个要素："社会责任感""批判意识""读书"。我曾多次和人讲，这三点只要缺了一点，就不应该称为知识分子。

我们不必是社会"良知"，但要有独立的人格与精神，就是脑袋要长在自己的肩膀上。就是要有"范儿"，做摆在前面的苹果。

孟子对知识分子的要求是"富贵不能淫，贫贱不能移，威武不能屈"。（《孟子·滕文公下》）这就是一种独立精神，就是"范儿"。所谓"独立"，要做到三条：

独立于权力。行动上应该"保持一致"，遵纪守法，这没说的，否则社会秩序就乱了；可在思想上、精神上应该疏离权力集团，这样才能保持一定的判断力。司马迁记述齐国的稷下学派时，说齐宣王喜欢"文学游说之士"，驺衍、淳于髡等七十多人"不治而议论"（《史记·田敬仲完世家》）。"不治而议论"，就是相对独立于权力。

独立于金钱（利益集团）。在市场经济条件下，这一点比较难，过去提倡克服个人利益、眼前利益、局部利益，现在不时兴，也做不到，不符合争取和保护个人权益的现代人权理念，但想问题、提意见，中肯一些，理性一些，还是必要的。做教师的如果太功利，太情感化，是不妥的。

独立于大众。不能人云亦云，比如说不能听从网络民意，网民是什么？两头缺位：一是高端缺位，一流思想家、杰出科学家很少在网上发表言论，二是低端缺位，工人、农民、家政工作者等底层体力劳动者少有时间上网。这两种人肯定形不成网络民意主流。如果决策者根据网络民意制定政策，是非常危险的。作为教育工作者，网络意见也只能参考。

独立的精神地位取决于独立的经济地位，如果在经济上受制于人，就很难实现独立。相对独立的经济地位可以通过两种办法来实现，一是有相对体面的生活；二是安贫乐道，不为所动，经得住诱惑。孟子说："无恒产而有恒心者，惟士为能。"（《孟子·梁惠王上》）只有知识分子才能做到。

学者化的"化"是什么意思？权威解释是"放在名词或形容词后，表示转变成某种性质或状态"。知识的作用表现在两个方面，一是功能性、二是装饰性。功能性不用说，装饰性的表现也比比皆是。十八、十九世纪欧洲，尤其是俄罗斯，上流社会沙龙里的太太小姐们普遍使用法语，既不是学术需要，也不是外交需要，只是一种身份的象征。这就是装饰。时至今日，这种知识的装饰也很流行，如文凭泛滥现象。"装饰"在实际使用时常常被说成"镀金"。我们所谓学者化，也可以说有某种装饰性，但性质不同。宋代诗人黄庭坚说："士大夫三日不读书则面目可憎"，反过来说，就是"读书三日面目可亲"，由"可憎"变成"可亲"，是不是有一种装饰效果？但这种"装饰"对我们教师来说，就是要通过知识积累，外化为一种人文素养，一种由表及里的风范，一种发自骨子里的气度。

因此，我们的追求不能仅限于专业技术人员本身，即不能限于职业要求本身，应该再上一个层次，从学者化方向努力，就是不仅要有学者般的知识水准，还要努力使自己具备学者的视野、学者的气度和学者的风范。而教师的学者化就是要做到当初我们读师范时，经常看到的写在墙上的那句老话："学高为师，身正为范。"我们现在再想想，这句话的含义，是多么准确的职业概括，有多么高的职业境界。孟子说："教者必以正。"(《孟子·离娄上》)确实，教师这个职业，不仅要求具备可为人师的深厚学养，而且其思想品格、行为规范堪为人表率。师德，是教师的职业灵魂，没有这个灵魂，就永远达不到"身正为范"的境界！

对待人生通常有三种态度：

认命——知命——立命，认命是消极态度，是大多数人的态度；知命，不安于现状，懂得思考并了解全局。立命，就是在前者的基础上，提出自己的主张，至少是有自己的想法，并积极去实践。我们做教师的如果做不到"立命"，起码也应该把"知命"作为努力的方向。

人的生活追求有两个基本层次：

一个是物质的，形而下的，是动物性表现；一个是精神的，形而上的，是神性的表现。从懂事起，人就处在这两种张力之中，教师的责任就是要教给教育对象追求物质生活的技能和追求精神生活的动能。前者叫教书，后者叫育人。

人生的努力有两个方向：

正向努力和反向努力。学业上的正向努力，终身学习，终身接受教育；人性上的反向努力，复归朴实，复归童心。一个成人受社会的污染太多，复归的过程，也就是净化心灵的过程，有一颗童心、质朴心，才能真正热爱孩子，热爱我们的工作，才能把主要精力投入到我们的事业中来。

现行教师激励机制中，以教育行政主管部门的行政级别为层次，分别有三种荣誉称号，即"教学新秀""优秀教学能手""学科带头人"。获得这些称号，与学者化有没有关系呢？"教学新秀"显然是鼓励初露头角的青年教师，与"学者"这样一个身份有较大距离。

"能手"，就是行家里手——过去就是指"匠人"。"匠"字的本义就是"有专门手艺的人"，作形容词用时，有"灵巧、巧妙"的意义，如"匠心独具"，引申为"在某些方面有很深造诣的人"。"教学能手"，这个称号中的"能手"应该还没有这个引申义。教学能手，就是个教书匠，优秀教学能手，就是优秀教书匠。

然而做一个真正的教学能手也非常了不起。我的一个同事曾因一位老前辈鼓励她"要做语文教学的行家"，而受了几十年的鞭策，成就了她一生的事业，如今仍然退而不休，继续奋斗在三尺讲台上，成为许多学生仰慕的偶像。

更高一些的荣誉称号就是"学科带头人"了。在基础教育方面，学科带头人一般是指在教学上有相当经验、有突出教学成果、领导能力强，领导全部或部分所在学科教学工作的人士。随着行政级别的升高，从县级、市级到省级，学科带头人的资历和影响也逐步丰厚、扩大，确确实实成了本学科有很高造诣的人，应该是学者化了。

从"教学新秀""教学能手"到"学科带头人"，走着一条学者化的道路。可这只是一种勉强对应。荣誉称号总是有指标的，而且在现有评优机制下，还很难克服人为因素与量化考核两方面的弊端。真正的学者化是一种客观而不受名利纠缠的状态，一种良好的学术性氛围，一种催人向上的标杆！

"教师学者化"，无疑是一个过程。在这样的过程中，教师应该与学生在学习的态度、动机、目的以至方法等方面都是平等的，师生间应该构建出一种"同学"关系；在这种"教学相长"的氛围中，师生之间情感和思想才有可能发生碰撞，彼此的心灵才有可能相互体察和接纳；如果这样，双方就能感受相通的相悦和知识素养的积累，就会产生互相勉励、共同促进的内在驱动力。

教师的天然使命，早在唐代，"好为人师"的韩愈就作了精辟的总结：传道、授业和解惑。

传道是教育观。传什么道？首先传的是统治的思想。马克思主义认为统治的思想就是统治阶级的思想，具体到每一个时期，都有不同的内容与表述。

《理念人——一项社会学的考察》的作者科塞说："理念人应当是为真理而生活，而不是靠真理而生活。"刘易斯·科塞（1913—2003），犹太人，美国著名社会学家，他在本书的中文版序言中特别指出："理念人（男士和女士），虽然屡遭拒绝和蔑视，却依然在很多世纪中成为西方思想上的开路先锋。我猜想中国的情形也是如此。"理念人，又可以称为观念人，是科塞对知识分子的一种表述。我们做教师的，生产的是精神产品，观念是我们的基本"标的"，那么作为观念人，在塑造人类社会和推动人类社会演进中具有何种力量呢？他一定要具有某种创造性，同时还具有一种传习性，但他是"直接无力"的，不能像科技人员的发明创造那样，直接变成资本，积累财富，也不能像政府官员那样，利用行政资源，直接进行社会动员，而一定要通过某种媒介（平台）对社会发挥作用，而教师的媒介就是我们手里的"导学案"，就是深受我们影响的学生，接受了我们思想、品德、知识、技能训练的学生就是我们的作品，我们通过他们来影响社会，甚至是改造社会。"师不高，弟子拙"，一个优秀班主任，能从班里每个学生身上都看到他的影子。我们只有不断地提升自己，才能有效地训练、培养、塑造我们的学生，才能把我们对社会的影响最大化。

有一个很有启发的历史现象，诸子百家时代的多位第一流思想家，包括孔子在内，都是教师，有些是职业教师，比如政治学大师王诩（鬼谷子），终身未出仕，但他通过他的两个学生不仅影响了一个时代，而且影响了历史。另一位著名教师就是荀卿，三次出任稷下学宫（世界上第一所民办公助的高等学府）祭酒，政治家李斯与政治理论家韩非都是他的学生。

授业。业，有两方面的内容，一是学业，基础知识，就是我们常说的文化课；二是技能，专业技能，生活技能，即生存和发展的手段。这个"业"怎么授？这是教学法的研究对象，全国高效课堂协作网做的就是这样一个工作，就是如何以最小的教学成本（客观），获得最大的教学收益，于是高效课堂就应运而生了。可见"授业"是一篇大文章，超出了我们这个题目的思考范围。

"解惑"是教育观与教学法相结合的综合性问题。解学业疑难，解人生困惑，这就又回到了"传道"上，即寓思想道德教育于教学之中，还是个"育人"问题。

传统的"解惑"方法是老师给出答案，指明方向，讲清道理。结果是多数人都捧着别人的答案，自己的困惑仍然得不到解除，其实多数人都是希望解除困惑，很少有人只要答案的，也很少有人仅仅满足于他人的解答。有人认为，老师只要给出答案，学生自己就可以在实践中应用、落实，其实不然，"知道做不到"的现象在生活中比比皆是，因为一个简单的答案，不能提高人的学习技能，更解除不了人生困惑。也有的老师只做传声筒，因为自己也在"疑难"或"困惑"中，只是把他人的答案或道理复述给学生，是"从书本到书本，课堂到课堂"的"解惑"方式，结果是师生双方的"疑难"或"困惑"都没有得到解决。

正确的方法一是老师应该帮助学生解释疑难，绝不是简单地给出答案，而是要讲明道理，学生弄明白了道理，就会触类旁通，举一反三；二是老师把答疑解惑的能力传授给学生，让学生学会自己来解决疑难与困惑，只有这样，才可能"青出于蓝胜于蓝"！所以我们说，解惑也是个育人问题。

总之，一个学者化教师，无关他目前知识的多少，也不在于他有怎样的资历、学历、职称和荣誉称号，而在于他热爱真理、探索知识的自发与自觉，在于他发现和表现的敏感、勇敢和持久，在于他热衷于生发性、创造性的生活和工作，即真正"人"的生活和工作。这意味着他不仅在某一学科或某一方面有比较深厚的趣味和个性化体悟，而且对文化学术的发展、社会动态和人类命运也有较为深切的关注和观察。

"学者化"对大多数教师来说，不是要成为学问家，而是要形成一种积极好学的品质，一种对待历史、人生和人类文化的良好态度，一种对社会性事物自觉参与的精神！由于历史和社会所赋予教师职业的特殊性，这种品质、态度和精神，不仅对学生起着榜样导向作用，而且在影响社会、改善周边人文环境，引导人们追求健康有序、积极向上的生活方面，也是"随风潜入夜，润物细无声"，教化熏染于无形之中。

（二）基础教育阶段的教师为什么要学者化？

教师为什么要学者化？学者化首先是专业提升、教育基础理论提升和文化品位的提升。就是要以自己的学科特点为基础，研究自己的教学个性，形成自己独特的运用体系、教学思想或教育理论，以及完整的教学体系和教学风格。具体要表现为这样几个方面：一是可以把自己拥有的知识用脚本、命题结构和图式来表达，能进行完整的知识整合。不仅有科学知识，也有人文知识，两者能实现基本融合；二是具有较高的解决教学问题的效率。能把大量认知资源集中在教学问题的解决上，依靠丰富的经验，只需少许努力就可以较快较好地完成所确定的阶段教学任务；三是有较敏锐的解决问题的识别力。能鉴别出有助于问题解决的信息，有效地将这些信息联系起来，找出相似性，运用类推方法归纳出所要解决问题的特点，从而得到新颖恰当的解答。

教育教学的实践要求我们每个教师都要向这个方向努力。换句话说，就是社会、家长需要优质教育，而现状却远远不能适应，最突出的问题就是教师队伍素质整体较低，尤其是中小学师资水平，别说与发达国家相比还不能同日而语，就是和一些发展中国家相比也有相当距离。近些年虽然有所改观，却远远没有实现根本性扭转。义务教育阶段的教师中全日制研究生学历的人几乎还没有，现有的研究生学历教师基本上都是在职的教育硕士。从精英教育到普及教育，三十年前社会上一个专科生是百里挑一，现在的研究生差不多也是百里挑二了吧？然而在中小学教师队伍里还是凤毛麟角！

当下，师范毕业生工作难找，职业不稳定，重新招聘、二次就业是常事。与此同时，一个普通的企业家，年薪动辄五六十万，一个优秀教师年薪不足五六万，教育工作者的出路何在？

政策导向问题，我们管不着。我们所要讨论的是，现有教师队伍怎么办？恐怕待遇提高就是唯一的办法。

形势如此严重，我们做教师的怎么办？借用一句老生常谈，我们所能做得就是要加强自身建设，积极配合国家出台的一些指导性教育方针、政策、措施，以适应新形势、新要求。比如，2001年，政府颁布了《基础教育课程改革纲要》，即"新课标"，开启了新中国第八次基础教育课程改革的进程。这对我们来说，是一次新挑战，也是一次新机遇。新课标规定各门学科的课程标准，将知识与技能、过程与方法、情感态度价值观列为课程标准，构成所谓"三维目标"，要求在课程实施中把他们统一起来。"课改"三类目标的设定和描述，有助于扭转、匡正单一的、过于重视知识传递的课程功能观。在情感态度价值观方面的目标大致有三个基本要求：（1）期望学生产生对该学科的兴趣、爱好，对知识的好奇，乃至美感，从而树立终身学习的愿望。（2）把学科中蕴含的生命意识、生态关系、爱国情怀等高尚人性美以及客观、公允、严谨、求实的价值观列为教育目标。（3）要求通过特定学科的内容与方法培养独立思考、批判质疑、合作分享、乐于助人、克服困难的坚韧意志。

这就要求我们的教师应该敏于发现、捕捉，善于挖掘，主动构建学科知识中广泛蕴含的具有认识、教育、审美价值的内容，结合学科史实，与栩栩如生的人物进行延伸和拓展性介绍，将其自然而艺术地呈现表达出来。那些富有价值含义的传递不仅是客观陈述性的、说明性的，也是叙事性的、人文解释性的。对于教师而言，它已不仅是学科知识，也不仅是一般的教学法，而是"学科教学知识"，是教师个性化的教育知识。毫无疑问的是，教师的这类能力与个人的价值观相关，与他的生活史、阅读史以及道德悟性相关，是有一个积累、修炼过程的。

从我们教师个人的角度上说，也需要提高，站得高才能看得远，学者化是最好的途径。不断地在我们个人的知识框架中添砖加瓦，完善自己的知识结构。大才不是毕业出来的，而是苦修磨炼出来的。提升灵性，提升学养，提升修养。修养高了，气质就会变化，气度大了，境界也大了。同情弱者是本能，欣赏强者是修养。当你对人对事都能一视同仁的时候，这就是一种境界。

知识改变命运，学习创造人生。学习是为了什么？我的同学，学者杨开亮先生认为，学习是为了创造区缺。区，就是区别；缺，就是缺失、欠缺。他说："所谓命运其实就是一个不断创造区缺的过程，也是一个群体不断分化、整合、重组的过程。"不断的学习产生不断的区缺，不断的区缺产生不断的分化、重组。曾在一起的同学，有的初中没毕业，有的读完了博士后；有的挤进了都市高层，有的仍然混迹于乡村底层。为什么会有这样大的差距？原因当然是多方面的，但每个人的学习力度不一样，绝对是一个重要因素。

所以，我们可否扪心自问：我们的知识水准符不符合教师这个职业的要求标准？我们的知识结构对于我们所讲授的学科合不合理？我们知识储备够不够？我们的竞争力是什么？我们的核心竞争力又是什么？我们需要不需要经常充电，来补充竞争的动力？

我们生活在一个竞争激烈的时代。面对竞争，需要按照教师学者化的水准打造自己，进一步完善自己的知识结构，千方百计扩充自己的知识储备，提升自己的专业能力，拓展自己的专业视野。这样，才能形成我们的竞争力和核心竞争力。你有我有，是竞争力。你有我无，就是你的核心竞争力。

所以，为了职业的未来，要保持对职业的激情。对工作丧失激情，荒废的不仅是工作，还有人生。学习是保持激情的内在驱动力，也会使我们所说的学者化成为可能。

要提升对教育的认识高度，加强自己的人文修养、文化素养和专业学养。教育决定未来的事业，教师塑造未来的职业。我们现在所做的一切都是在播撒未来的种子。撒什么种子开什么花，结什么果。人的差异、走向，不是成年以后突然产生的，而是从童年、少年就开始了。当我们把教育的功用理解到这个境界的时候，就会对教师这个职业有一个新的定位，就会确定一个新的学习方向，就会对为什么要使自己朝学者化方向努力，有一个新的认识。

要树立开放的学习观。没有开放的学习观，就不会有广阔的人文视野。功夫在教外。渊博的学识、深厚的底蕴，将最终决定专业水准的高度。因此，除专业书籍外，提升文史哲的综合修养，是我们应该努力的方向。在当今知识密集的社会里更应该读书，因为文字在准确性、巩固性、持久性方面是其他载体无法比拟的。

一位优秀的教师，首先要有教育理想。教师走上工作岗位后，应该为自己设立一个一生为之奋斗的目标。一位优秀教师，应该天生不安分，会做梦，每一天都是新的，每一天的内涵和主题都是不一样的。教师只有具备了强烈的冲动、愿望、使命感，才能发现问题、提出问题，才能拥有诗意的教育生活。奥地利作家史蒂芬·茨威格说过，人如果朝着一个方向努力，潜力是无限的。

学风与世风相辅相成，不学无术虽然够不上"学风败坏"，但对于我们教师，不进则退，实在也一样有害。真正的人生是既要饭香也要书香的，而且，书香了，饭才真香。作为一名教师，只有当学习成为生活的重要方面或主要的生活状态时，才可能由一个笼统的教师变成一个具体的教师，一个可以超越个人好恶、知识结构、教学方法和校园生活局限的人，一个学生学习的指导者和引领者。纵观今日世界，预测未来社会，教育应该是越来越宽松的、人道的和生活化的，教学应该是越来越具有专业属性的、越来越趋于智性审美的职业。因此，教师的学者化是教师的唯一出路，毫无疑问，也是一条宽阔大道。

从学生的角度讲，他们经常会遇到"老师好"和"好老师"这样一个问题，"老师好"不一定是"好老师"，但"好老师"是以"老师好"为前提的。因为能不能把自己所拥有的丰富学科知识传授给别人本身就是一门学问，一般人们把它归在教学法之内，其实我们教过几天书的人都知道，这远远不是教学法所能涵盖的，教书是一门艺术，既然是艺术就有一个天分在里面。一个"好老师"就是善于把学科知识传授给学生的人，如果光是自己学识丰富，不善于教授学生，那只是"老师好"。然而要做不到这个"老师好"，就很难成为一个"好老师"，因此通俗地说，教师的学者化就是要解决一个"老师好"的问题。而且要想成为一个真正的"好老师"，老师必须首先自己要"好"起来。

总之，"教师学者化"，是适应传承历史精神、适应社会现实要求、适应教育自身发展的一种主张和趋势，是一个兼具了教师与教育的现实性与长远性的战略性思路，尤其包含着教师的文化和政治的根本利益，其意义既关乎教育，也关乎社会和时代。

（三）作为教师个人，怎样实现学者化？

首先是态度问题，就是想不想做。确实想做，而且抱着一定要做成的决心，事情可以说已经成功了一半。子曰："仁远乎哉？欲仁，斯仁至矣！"（《论语·述而》）按照孔夫子的逻辑推论，就是只要我们想要达到学者化，这个学者化就近在眼前了。虽然不能完全说态度决定一切，可态度问题确确实实起着关键性的作用。没有不一样的工作岗位，只有不一样的工作态度，只要端正了态度，"行行"都可以"出状元"。

其次是目标设定问题。"学其上，仅得其中；学其中，斯为下矣。"（严羽《沧浪诗话》）我们要取得成绩，一方面要靠自己主观努力，另一方面也要受客观条件的制约，所谓"谋事在人，成事在天"。正因为有不以人的意志为转移的意外风险，我们实际取得的成果，往往比预期的要低些。如果事先计算出自己的努力刚好能够达到某一目标，那么他人的竞争与个人努力过程中遇到的意外困难，事实上多半不能实现预设的目标。所以，要实现既定的目标，必须付出加倍的努力。如果不这样，就往往达不到既定目标，甚至可能事与愿违。而且目标是否高远，还反映着志向是否远大。一个公司员工，只盯着中层管理者的位置，是永远坐不到老总那把交椅上面的。

然后才是方式问题。中国人做学问有两种传统方式，一种是"我注六经"，另外一种是"六经注我"。南宋理学家陆九渊说过这样一句话："或问先生：何不著书？对曰：六经注我！我注六经！"（《陆九渊集·语录》）这里揭示一个很深的道理，给了后人许多启示。

陆九渊的"六经注我"，就是准确阐释儒家思想，"我注六经"，就是借解释儒家经典来阐发自己的思想（也有人作相反理解的）。前者的代表是汉代经学，后者的代表是南宋理学。

如果作为一种学者化方式，"六经注我"和"我注六经"，是有内在关系的。学习经典，体会其中的道理，有了自己的理解，也就是"六经注我"，在不断的学习认识中形成自己认识，也就是"我注六经"。

教师作为体制内的人，"传道"是主要任务，就是要"我注六经"，要准确地把上层思想，传达给我们的教育对象。可毕竟是"有我"之境，要有自己独立的思考。所以"传道"最好的态度就是"我注六经"与"六经注我"两者结合，以后者为主。

此外，学者化与知识化不同，后者强调结果，在实际操作中已经被庸俗为文凭化，前者强调的是过程，不断学习，终身学习。

具体到一个学科，都要结合本学科特点，做点课外功夫。

实干、苦干，还要加上巧干。在学科内要精专一个知识点，最好能达到给同行为师的程度。比如物理学中，运动学这一部分你是最棒的，全物理教研组的人公认你最厉害，遇到问题得向你请教。

然而这些并不是真正学者化的方法，什么才是真正达成学者化的方法呢？孔老夫子其实早就把这种方法教给我们了：一是"学而时习之，不亦说（悦）乎？"；二是"有朋自远方来，不亦乐乎？"；三是"人不知而不愠，不亦君子乎？"。

上面所提孔子的学者化方法是带有普遍性、原则性的，适应任何行业、任何专业，那么对于我们教师，如何由知识型成长为学者型呢？这里给出三点建议，供大家参考：

首先要有自我发展和自我超越的意识。这是教师学者化的内在动力。教育不光是科技发展的基础，而且是整个社会发展的基础，因此教师就是社会发展的先驱，担负着培养国家合格公民的使命，教师应当自觉地紧跟时代步伐，使自己的教育教学活动能适应社会的变化，不断有所创新。要达到这个目的，自我发展和自我超越的意识相当重要，也相当关键。现在社会发展演变如此迅速，作为教师，仅仅靠学校所学就能应付一生的那种情况已经不存在了，必须在整个职业生涯期间不断更新和改进自己的知识和技能。另一方面，信息时代为学生提供了多种获取知识的渠道和锻炼思维的机会，因而学生也完全可能在某些方面甚至是本学科领域达到或超过了教师的水平。因此，教师要永远保持积极进取的心态，要终身不断学习，已经成了职业的基本要求。荀子说："学不可以已。"（《劝学篇》）

其次是要娴熟掌握教育教学技能。教育教学是一种信息传播的过程，也是一种艺术再现的过程。如果没有一种完善的传播技能和再现技巧，就不会达到预期的效果。学者化教师要有娴熟的专业技能，不断提高信息操作的运用度和自由度。按照专家的说法，技能是针对特定的具体任务或问题，经过多次的练习而形成的确保达到规定目标并合乎规定标准的操作能力。这种技能应当是一个学者化教师必备的素质，而要掌握这种技能，唯一的选择就是不断努力学习，积累经验，勤于实践，掌握先进的教育教学手段，具备良好的信息意识和信息能力。随着现代信息技术的广泛应用，教育教学手段、方式、方法正发生革命性的变化，教师的成长要与时代同步，这是社会发展的客观要求。

最后是要构建多元化的知识结构。知识的综合化是当代科学发展的一个重要方向，而设置科学的综合课程已成为课程改革的趋势，这就需要教师不能只注意专业学科的高度与深度，还应该向广度发展，要兼通多学科知识，起码要了解掌握与本学科相关学科的知识，如"文综"或"理综"范围内的学科知识等。只有建立起多元的知识结构，才能得心应手、驾轻就熟地完成学科教学任务，才能更好地发挥本学科的社会功能。广泛涉猎，善于积累，使自己不仅有丰富的学科知识，还扩展了文化视野，积淀了文化底蕴，也为做一个学者化教师打下坚实基础。

王国维在他的名著《人间词话》中谈到"治学"时说："古今之成大事业、大学问者，必经过三种境界。"第一种："昨夜西风凋碧树。独上高楼，望尽天涯路。"（晏殊《蝶恋花》）就是要有执着的追求，登高望远，瞰察路经，明确目标与方向。第二种："衣带渐宽终不悔，为伊消得人憔悴。"（柳永《蝶恋花》）就是要坚定不移，废寝忘食，孜孜以求，直到人瘦带宽也不后悔。第三种："众里寻他千百度，蓦然回首，那人却在灯火阑珊处。"（辛弃疾《青玉案》）就是要有专注的精神，反复追寻、研究，下足功夫，达到豁然贯通，有所发现，有所发明，从必然王国进入自由王国。我们说，做一个真正学者化的教师也必然会经历一个类似的过程。

作为教师应该读的几本书：

除读一些专门的中外教育学名著，如郭思乐《教育激扬生命》、苏联苏霍姆林斯基《给教师的建议》、美国小威廉姆·多尔《后现代课程观》外，作为教师还应该读一读下面这几本书：

《矛盾论》《实践论》：这是毛泽东为在延安抗日军政大学讲授马克思主义哲学而撰写的。《矛盾论》是辩证法，主要讲人应该如何分析社会矛盾、看待社会矛盾、解决社会矛盾，促成事物的转化，达到改变社会结构、实现人的自由解放的目的。《实践论》是认识论，讲人的特性和人的本质，讲社会和人的改造。两部著作不仅教会我们如何分析、看待人、事物及人与事物的关系，还启发我们为什么对社会、社会发展要永远有一个乐观的预期，应该成为我们必备的著作。

《劝学篇》：战国时荀子的教育学著作，三千字，可为鸿篇巨制，建立在"性恶论"的基础上，强调后天教育的重要性，为教师所必读。文章系统地论述了学习的目的、意义、态度和方法。开明宗义第一句话就是"学不可以已"，大概是提倡终身教育的第一人！接着就说："青，取之于蓝，而青于蓝。"

《优生原理》：作者为潘光旦先生（1899—1967），教育家、社会学家、人类学家。本书对优生、遗传、自然选择、人文选择等进行学理上的探讨，可以使读者对我国优生问题有一个较为清晰的认识，对现实也很有启发意义。从这本书中，我们还可以深刻感受到潘光旦先生博古通今、土洋结合的大家风范，而有深厚传统文化底蕴的现代科学研究会使我们在感受到西方科学精神的同时体会到东方文化的儒雅。本书一贯被认为是一本人文社会科学研究者的不可多得的著作。

《爱弥儿》：法国启蒙主义思想家卢梭著，写于1757年，发表于1762年。1978年中译本近六十万字。近代教育的奠基之作，也是现代教育思想的重要源头。1923年首次在我国发行，就对我国传统教育思想造成了冲击。在不少人把儿童当成人教育的今天，仍然有重要的现实意义。有人认为，只要有柏拉图的《理想国》和卢梭的《爱弥儿》传世，即使其他的教育学著作都被毁掉了，也无妨大局。卢梭主张"性善论"，认为人在自然状态下是自由的、平等的、善良的，是私有制的出现导致了不自由、不平等，人心也变恶了。他提出了针对幼儿的自然教育，针对儿童的感官教育，针对少年的智育教育，针对青年的德育教育和针对青春期的爱情教育。他说："我们生来是软弱的，所以我们需要力量；我们生来是一无所有的，所以需要帮助；我们生来是愚昧的，所以需要判断的能力。我们在出生的时候所没有的东西，我们在长大的时候所需要的东西，全都要由教育赐予我们。"

《红楼梦》：研究红学有各种学派，评点、考证、家世、索隐、评论、题咏、探一、解梦等，我们不是红学家，只觉得它就是一本小说，姑且属于小说派。可这不是一本普通的小说，是中国古典小说艺术的巅峰之作，是中国文化的结晶。毛泽东说，中国人值得骄傲的只有两件事，一件是地大物博，另一件就是有本《红楼梦》。(《论十大关系》，见《毛泽东选集》第五卷)我们做教师的，不能对这样一本书只停留在通过电视剧了解的那点内容上。更重要的是，作者所颂扬的童贞、天真、爱心等品格，正是我们中小学教师应该具备的素质。

《美的历程》和《论语今读》：对我们来说，应该关注李泽厚的两本书，一本是《美的历程》，1981年出版；一本是《论语今读》，1998年出版。《美的历程》告诉你什么是美，什么是文化之美，什么是中国文化之美，你会为自己是一个中国人而骄傲，也会为当下自己所肩负的再造美的辉煌的使命而荣幸。《论语今读》让我们感受到孔子作为思想家、教育家的伟大，他以"仁"塑造了中国人的心灵，像基督塑造了西方人的心灵一样。如果说《易经》《老子》是哲学思辨，是中国人智慧的体现，是形而上的，那么，《论语》就是中国人的精神伦理学，因它是大师的日常言论，就更加道德化，更加生活化，更贴近我们，更容易被接受，因而更有影响力。

《聊斋志异》：作者蒲松龄，一辈子没有进入体制内，所以只能算是个民间人士。此书应为案头必备之书，从妖魔鬼怪的黑暗世界里发现人性之美，让人性光辉永恒地照耀我们这个世界，启发我们对社会、对生活要始终有一个乐观的预期，生命才有意义。而且此书还应成为学习文言文的入门书。现行语文教材文言内容的编排，没有考虑时代因素，初一学生刚接触的古文可能就是先秦文献，如《刻舟求剑》《守株待兔》等，顺着时代一路学下去，最后才学清代的。其实应该逆时代学回去，先学近的，再学远的，才是真正由浅入深之法。所以《聊斋志异》才是最好的入门书。

《顾准文集》：顾准（1915—1974），思想家、经济学家，中国市场经济的理论先驱。顾准先生秉承了中国知识分子的传统品德，以"天下兴亡"为己任，是具备"直立独行，敢开新路，敢行己志"的现代精神的知识精英。

《苏东坡传》：在中国文化史上，苏东坡无疑是一座巍峨的高峰。作为一名教师，不了解苏东坡就等于作为中国知识分子没有读过《红楼梦》一样。林语堂先生的《苏东坡传》被誉为二十世纪"四大传记"之一（另外三部是朱东润的《张居正大传》、吴晗的《朱元璋传》、梁启超的《李鸿章传》)。在他的笔下，千年前的苏东坡仿佛复活在我们的面前。东坡先生一生对学问的追求，始终豁达乐观的心态，不懈地传播优秀文化的精神，都是教师所应具备的品德与素质。

《海伦·凯勒》：版本较多，我读过的是二十世纪八十年代出版的，薄薄一册，现在找不到了，只记得是一口气读完的。马克·吐温说，十九世纪有两个最不可思议的人物，一个是拿破仑，另一个就是海伦·凯勒。如果还有什么客观理由成为我们努力的障碍的话，就请对比一下海伦·凯勒，她永远是一座催人奋进的灯塔！

最后，我想以《论语》里的一句话，结束我的思考。曾子曰："吾日三省吾身：为人谋而不忠乎？与朋友交而不信乎？传不习乎？"(《论语·述而》)曾子（曾参，字子舆，生于公元前505年）说，我每天都从三个方面检讨自己：替人家想办法时是否不够尽心？和朋友交往是否不够诚信？老师传授的学问是否复习了呢？两千五百年前的他，就把复习巩固人类文明成果作为每天的必修课之一，我们作为二十一世纪的教师，人类文明的传承者，起码应该做到时不时问问自己："今天学习了吗？学到了点什么？"

（2012.7.12，其中第一部分发表于《内蒙古教育》2012年第9期）

校训：志远 业精 强学 力行

  一所学校的校训至少要有三个方面的意义：一是统一教育思想，明确本校的教育理念和发展目标；二是有助于优化教风、学风，巩固和提高教育教学质量，培养更多品学兼优、全面发展的人才；三是强化学校文化意识，提升本校校园文化内涵。校训体现了一所学校的办学思想和教育精神，是学校教育理念的集中概括，是学校历史文化的厚重积淀，是学校人文氛围的高度凝练。

  一则好的校训往往有价值观尺度，令每一个师生以此自觉地衡量自己的言行，并依据这一尺度来及时调整和校正自己的行为。它会潜移默化全体师生的集体心理，赋予他们一种文化精神，引导师生的日常言行，以实现自我价值。校训本身具有一定的号召力、鼓动力、感染力，能激励师生努力践行，以实现人生的远大理想。

  好的校训还有一个重要特点，就是不与其他学校的校训雷同，避免千篇一律的同质化现象。在这方面似乎更难做到，我们所见国内一流名校未能避免雷同的例子也并不罕见。

呼和浩特市第八中学的校训"志远、业精、强学、力行",具备了这些要求,因此在 2016 年的全市校训评比中获得了中学组唯一的优秀校训奖。

志远

志存高远,立志要高,要有雄心壮志,要有"直挂云帆济沧海""治国平天下"的非凡气魄。

语出诸葛亮《勉侄书》:"夫志当存高远,慕先贤,绝情欲,弃凝滞,使庶几之志,揭然有所存,恻然有所感。"

人生一定要有远大目标,学业上要树立远大抱负,事业上要树立远大理想,要努力追求卓越人生。

业精

学业或业务要追求精深。

语出韩愈《劝学解》:"业精于勤荒于嬉,行成于思毁于随。"

韩愈作为教育家和教师的典范,"业精"是他为教师也为学生提出的基本目标和要求。

从学生的角度讲,学业要精进;从教师的角度讲,业务要精通。

强学

勤勉地不断地学习。要把学习作为终身任务,把学习作为生活的组成部分。学习知识,学习业务,学习做事,学习做人。

力行

竭力而行,努力实践,也就是竭尽全力而付诸行动。

"强学"与"力行"是传统教育思想中的精华,历来受到重视。

如《礼记·儒行》："席上之珍以待聘，夙夜强学以待问，怀忠信以待举，力行以待取。"《礼记·中庸》："好学近乎知，力行近乎仁，知耻近乎勇。"扬雄《法言·修身》："君子强学而力行。"韩愈《后十九日复上宰相书》说："愈之强学力行有年矣。"

"强学"蕴含着教师和学生都要有奋发努力学习的精神，夯实所学所教专业必备的理论知识；"力行"是要求师生勤于实践，要有较强的实践能力和动手操作能力，达到学以致用、教以致用的目的。

"强学""力行"也是理解当下素质教育的一把钥匙，体现了素质教育要全面发展的要求，较好地解决了理论知识与实践能力两者的关系。正如荀子所说："不登高山，不知天之高也，不临深溪，不知地之厚也。"（《劝学篇》）《礼记·学记》："是故学然后知不是，教然后知困。知不足，然后能自反也；知困，然后能自强也。故曰：教学相长也。"

本校校训有如下几个特点：

（1）传承了古代丰富的教育思想，紧密结合了现代教育实践。

（2）既针对了学生，也针对了教师，双向要求，师生互动，没有偏颇。

（3）颇具本校特色（一所百年老校，历史延绵了二百多年），体现了独特的教育思想。本校训很少与国内其他学校的校训重复，尤其在我市范围内没有类似的校训，避免了校训趋同化。

（4）1996年提出后，二十年来，深受师生认可和喜爱，已经成为本校校园文化的有机组成部分。

（2016.4.21 中午急就；2020.2.27 上午补充绪言部分）

基础教育现状之我见

（一）知有余而识不足

"知"是"知道"的意思，引申为"学问"。子曰："吾有知乎哉？无知也。""识"是认识、见识，如"老马识途""有胆有识"。"知"与"识"合起来，才能叫"知识"，很明显，它包含了两个要素。对某些事物、某些领域知道了，了解了，同时还要有分辨能力、认知能力，也就是要有一定的见识，才能说是在这个方面、这个领域具备了一定"知识"。

按照汉语的构词规律，一个双音节并列式复合词的两个词素的意义往往并不并列，而是侧重在一个词素上。"知识"一词的"知"与"识"，侧重在"识"上，就是说"知识"一词的本义，强调的是了解、辨识事物的能力。所以《论衡》说："人有知识，则有力矣！"力，就是能力，即了解、辨识事物的能力。

以这个标准来观察当下我国基础教育的现状，就会明显发现，我们的教学思想、教材编排、教学方法，以致整个教学体系，正好相反，侧重点在一个"知"上。大量的死记硬背，陈旧的八股方式，把学生最终训练成了考试机器，即使是所谓的高才生，也多半是"知道分子"，并非学养深厚而有独立见解的知识人才。

有专家指出，我国的师范教育与社会发展至少滞后半个世纪。师范教育的理论为建国初期确立，其后各个时期虽然有所改革，实行的仍然是偏重于书本知识与接受式学习，和强调教师课堂控制的封闭式教学方式。用这样的方式培养出来的师范生，日后就成为基础教育教师队伍的主体。加上现实的教学思想、教学方式和教学体系的滞后，这些人最终成长为传统的教书匠，也就是必然的了。不懂得尊重学生的学习权，更无与学生平等对话的意识，在这样的条件和背景下，加上还一时无法摆脱的高考指挥棒，如何能培养出学生的见识能力？

教师队伍素质低，还有一个不争的事实是，教师受社会商品化的影响，把主要精力用在追求物质利益方面，不作长期奋斗的规划和心理准备；自我封闭，缺乏团队精神；满足于做教书匠，没有提升自身人文素养的切实安排。不读书、不研究、不合作，已是中小学教师中普遍存在的现象。

在课程构建体系上，我们的课程设置太细，一个初中生要学习十几门课，除九门必考科目外，还有音乐、体育、美术、劳技、微机、健康教育、心理教育、校本课等。负担太重不说，精细化、专门化的设置限制了学生对各科知识的融会贯通，也有悖基础教育的"基础"二字，不利于"识"的养成。

二十世纪初，科举考试废除后，当时的学部准备不足，拿不出自己的方案，学期划分、课程设置都全部照搬日本。一百多年来，虽然有所变动，但基本思路和基本框架都没有改变。而美国中学的课程设置只是搭建了一个基本架构，分为英语（语文）、数学、科学、社会等基本学科，预留了较大空间，给因地制宜、因材施教以较为充分的自由。SAT考试也不同高考，一年七次，以能力测试为主，综合考试只考语文、数学两门，实行学分制，学生可以自主选择参加哪一次考试，没有一根指挥棒统死的问题。这种安排明显有利于对学生"见识"的培养。

在教学思想上，我们对"鱼"与"渔"的关系问题始终停在口头上，没有做出认真的改革；或者是实行了一下，没有做持久的坚持；或者是阻力太大，半途而废了；或者是因噎废食，倒洗澡水连孩子也倒掉了。

为什么我们的教学思想与教学方式，总是自觉或不自觉地授人以鱼，而不能授人以渔呢？

积重难返。

传统的教学方式实行了几千年，从孔夫子到毛泽东，一直在倡导改变，"因材施教""教学相长"（孔子语），"废止注入式"（毛泽东语），可收效甚微，甚至会出现反弹。

死记硬背填鸭式教学方法往往有急功近利的效果。

这是保守传统的教学方法经久不衰的重要原因。然而，这确实已经不能适应现代社会对创新型人才培养的要求。由制造大国转型为智造强国，要的不是善于考试的少数学霸，而是要具备原创思维的大批人才。

文化惰性。

对于五千年延绵不绝的中华文明和灿烂悠久的中华文化，我们当然要有高度的自信。然而，我们也要看到，我们的文化基因中保守惰性的一面。早在五四时期，一批思想精英就对此有过清醒的认识，以至于胡适先生曾主张以"全盘西化"来矫枉过正。这种文化惰性是一切改革的真正阻力，遗憾的是，这一点还没有形成全民共识。这让我们看到解决知有余而识不足的问题，不可能是一朝一夕之事，必须要有持续努力的奋斗，才会有所收获。

知有余而识不足，这不仅不能适应现代社会发展对人才的需求，也背离了先贤构建"知识"一词的深远立意与深刻内涵。

（二）学有余而习不足

"学习"是经常挂在嘴边的词，它的含义包括了两方面的内容。子曰："学而时习之"，可见"学"和"习"不是一回事。"学"是效法、模仿、钻研、获得的意思，是对感官信息、书本知识和他人思想的接受过程。如"好学近乎知"（《中庸》），"学者，学其所不能学也"（《庄子》）。

"习"，《说文解字》的解释是"数飞也"，就是多次地飞翔，这是本义。左思《咏史》"习习笼中鸟，举翮触四隅"，用的就是本义。从本义中，我们就可以看出，它已经包含了多次练习的意思了。在现代汉语的语义环境下，"习"是巩固所学的一种行为，偏重于实习、见习、操作等实践活动。

"学"与"习"相结合，谓之"学习"，而语义仍然侧重于"习"，因此，有专家给出的"学习"定义是：由于经验或实践的结果而发生的持久或相对持久的适应性行为变化。换句话说，学习就是获得知识、形成技能、掌握适应环境或改变环境的能力的过程。往深了说，学习是个体生存的必要手段，可以迅速而广泛地适应环境；学习能提高人的素质，增长才智，陶冶心灵；学习可以延续文明，促进社会不断进步。

华罗庚先生曾这样动情地鼓励后辈："在寻求真理的长河中，唯有学习，不断地学习，勤奋地学习，创造性地学习，才能跨越崇山峻岭。"学而不习则废，习而不学则滞。把所学知识与技能不断运用于实际的操作之中，才能真正达成学习的目的。就是说，在学习的过程中，要把"习"作为重要组成，放在重要位置上。而现实情况却是学有余而习不足，主要表现一是对"习"存在认识上的偏离，认为"习"只是"练习"和"复习"，导致学生要做大量反复无用的永远完不成的作业，成了厌学的重要因素；二是动手能力培养不足，与社会实际、与生活实际紧密结合的探究性学习活动几近于无，格局小，不敢放手让学生在实践中成长。

学的途径无非有两种，自学和课堂听讲，在基础教育阶段，通过学校教学无疑是获得知识的主要手段，但教师的讲授毕竟只是从外部灌输信息，学生接受的效果如何，取决于学生学习的主观能动性。此外，教师的讲授只能起"领路"的作用，而万里征途必须靠学生自己一步一步地走过。因此，如果只讲不习，知识便无法转化为能力，曾子曰："传不习乎？"所谓"讲之功有限，习之功无已。"（颜元《总论诸儒讲学》）课堂教学的根本任务，在于培养学生掌握和运用学科知识的能力，而能力只能在实践中形成。

那么，怎样才能补足基础教育中普遍存在的"习不足"，即动手不足，实践不足，与生活实际、社会实际相结合不足的短板呢？

要解决思想认识问题。一是要认识到"习不足"是当前基础教育教学过程中普遍存在的问题；二是要认识到"习不足"的问题非得解决不可，不解决就无法培养大批既有创新思维，又有解决实际问题能力的适应社会发展需要的人才。

要改革考试制度。重点是把思考能力、行为方式和技能素质等几个能体现学生总体素质的要素列为主要的考试内容，切实促进学生全面发展，促进教学方法由教会学生知识，真正转变到教会学生学知识方面来。

要给学生提供实践机会。创造条件让学生学会运用所学知识解决实际问题，体验乐趣，培养兴趣，促使学生的思想意识和行为方式按照设定的教学目标而改变。重新倡导教学与科学实验和生产劳动相结合，在实践中，把所学知识尽可能转化为动手操作和解决实际问题的能力。

要创造交流的环境。让学生通过交流与探讨心得体会，巩固所学知识和所掌握的技能，真正融合在学习的体验中，使学生的素质得以持续提升。

总之，"习"不是反复无用地重复做作业，不是题海战术，而是一种以掌握知识为目的的操作，一种在实践中检验所学知识的行为，一种培养原创思维和动手能力的过程。"习"之功在于巩固已得知识；培养解决实际问题的能力；促进创造性思维的发展；体验学习成果，生发兴趣，激发求知的欲望。

（三）教有余而育不足

我国基础教育存在的第三个问题是教有余而育不足。

"教育"一词也包含了两个方面的意义，即"教"和"育"。"教"就是把知识和技能传授给别人，《左传》有"教其不知，而恤其不足"的话；《礼记》也说"教也者，长善而救其失者也"，就是这个意思。"育"，《说文解字》的解释是"养子使作善也"，这说明近两千年前的先贤就把"育"的意义提到了一个很高的境界。在社会学的意义上，"育"是指人类的自我复制行为，就是人们用社会普遍认可的习俗和公共规则对下一代进行培养，使其成为一个完善的适应社会生存和竞争的人。

"教育"作为一个双音节词,最早出现在《孟子》一书中。孟老先生认为"君子有三乐",其中之一就是"得天下英才而教育之"。其意义已经非常现代化。

当下"教"的方面并不缺失,"育"的方面却存在很多问题。其表现一是在人文素养的培养方面。似乎只有经济利益的驱动,让人感觉到物质消费成了社会的主体追求,很难看到精神的提升和人文科学的进步。本来是追求心理快乐和精神解放的读书生活,在物欲横流的社会中,其目的被诱惑成只为了满足个人的物质需求。其实,不论是社会的进步,还是个人的发展,本质上最终要看人文素质的提升程度。而我们基础教育中所缺的恰恰是人文教育,甚至老师们在课堂上公开把读书作为改变个人命运的唯一目的来宣扬。久而久之,这会导致受教育者有知识,没文化,智力越发达而人越野蛮的危险结果。

二是重视智力培养而忽视情感教育。人要懂得做人的基本道理,要具备人所应该有的基本感情。我们常常感到当下的孩子普遍聪明,却在聪明中难以看到道德和情感方面的良好表现。有的却是贪婪性、掠夺性,如何做人、爱人、尊重人、帮助人,在一些孩子身上已经淡化。

三是整个教育体系过度强调对错和服从。这难免会抑制学生的创造力,使他们被动学习,不敢质疑权威,缺乏批判性和探究性学习与独立思考的能力。

因此,我们基础教育的重点应该落实在"育"字上,有针对性地对存在的问题加大整改力度,必要时实行一些有效的强化措施。只有这样,孩子们才可能成长为自主学习型的人才。如果我们只是在"教",而不去"育",孩子就始终无法脱离老师和父母的庇佑,去承担家庭和社会责任。

要加强人文素质的培养。教师先要提高自身的人文素质,充实自身的人文情怀。课程体系的建立应符合科学精神与人文精神相结合的要求。在教学过程中渗透人文素质教育，遵循人文素质教育的教学原则，进行人文素质教育的实际操作。营造校园人文环境，促进学生将人文知识转化为人文精神，使学校成为学生成长的精神圣地。

要加强情感素质的培养。积极营造愉快的教学气氛，培养学生以学为乐的积极感情。讲究表扬和批评的艺术，培养学生积极进取，完善自我的诉求。提倡个性化发展，创造人人都能成功的机会，让学生在体验成功的快感中，树立自信心。提倡积极的充满人情味的师生关系，做学生的知心朋友。积极开展有益的社会活动，培养人际沟通能力，培养社会责任感。

要加强原创思维能力的培养。家庭、学校和社会，要努力探索建立科学的学生成长自我激励机制。多给孩子动手操作的机会，制造开放性问题，鼓励孩子大胆质疑。

总之，我们的教育如果不能从人性出发，不能以追求幸福和自由为根本，不能以善良美好的情感对生命怀有敬畏和尊重，不能开发人的原创性思维，那么，所有的教育都是失败的。国家发展需要的是大批既有社会担当，又有创新意识和实践能力的人才！

（2017.2.18 发表于《内蒙古教育》2017 年第 4 期）

谓语词在句法结构中的意义

在单句结构中，存在着主语和谓语的矛盾，存在着主语和宾语或谓语和宾语的矛盾，存在着状语或补语和谓语、定语和主语或宾语的矛盾。对一个具体的句子而言，这些矛盾可能出现一种或两种，也可能各种矛盾同时并存。然而不管其形式如何千变万化，主语和谓语这一对矛盾都始终存在着。可见在单句结构中，其余矛盾都是次要矛盾，主要矛盾只能是主语和谓语的矛盾。从根本上说，决定一个单句结构是复杂还是简单，就在于这个句子的主语和谓语的关系怎么样。

比如说，在一个单句结构中，主语是谓语所表示意义的施出者，那么这个句子就是所谓主动句；若主语变成谓语所表示意义的接受者，就成为被动句了。

在主语和谓语这一对矛盾中，谁是矛盾的主要方面呢？我们说谓语是矛盾的主要方面。这是因为在同一关系中，用同一个词做主语，如果谓语词的词类意义发生了变化，全句的结构就会随着发生变化，并且这种变化往往是带有根本性质的变化。相反，用同一个词做谓语，不管其主语词的词类意义变化有多大，全句在结构上一般不会有大的改变，即使有所改变也多半是表面的变化而已。

我们具体分析一下下面这两组例子。

甲组，用"飞"这个词做谓语，用不同词类意义的词做主语。

A. 鸟儿飞了。
B. 玲玲像燕子一样飞了起来。
C. 思想早已飞向远方。

乙组，用"她"这个词做主语，用不同词类意义的词做谓语。

A. 她漂亮极了。
B. 她狡黠地瞅了小马一眼。
C. 她，呼和浩特市人。

在甲组中，虽然物理上"飞"这个动作可能是个"矢量"而非"标量"，在语法意义上它却绝对只是一个标量，没有"把向"，被称作"不及物动词"，故谓语始终不能带宾语；同时，"飞"的本义是只有飞禽类动物才能发出的动作，所以主语的选择也受到了严格的限制。即使像甲组 B 例的比喻义和甲组 C 例的引申义用法，也是相当有限的。在这里，谓语的不变决定了句子结构的基本不变。

在乙组中，我们用了同一个词来做各句的主语，因各句谓语词的词类意义不同，就引起了句法结构的极大变化。乙组 A 的谓语词是形容词，有标量性而无矢量性，全句就不能带宾语；乙组 B 的谓语词是动词，其中相当一部分具有矢量性，全句就有了出现宾语的可能。在这里，谓语词词类意义的变化，决定了全句句法结构的根本变化。

一个单句的句法性质，主要是由其主要矛盾的主要方面的性质所规定的。这里所谓"性质"，因其谓语词的词类意义不同，而表现在不同方面。对形容词、名词性谓语词，其性质的规定性，可能就是形容词、名词词类意义本身。对动词性谓语词而言，其性质的定义往往是该词类意义涵盖下的不同词类意义。换句话说，动词性谓语单句的特定句法结构形式，主要是由这一单句谓语词的动词性词类意义所规定的，而不决定于动词共有的词类意义。也就是说，对某一具体的动词性谓语句句法结构形式起决定作用的，是该形式中最先出现的谓语词的词类意义。

我们通过几种具体的句法模式来简单描述一下这个问题。

其一，双宾语句：

A. 小萍告诉我她已经升学了。
B. 托利亚送给薇拉一本《安娜·卡列尼娜》。

凡双宾语句，它们的谓语词基本上都是表示给予、询问、告知一类意思的动词。也就是说，凡有这类动词词类意义的词做了句子的谓语，这个句子往往就是双宾语句。如果进一步仔细考查，若谓语词是表示"给予"一类意义，其直接宾语一般表示"物"（包括抽象物），由名词来充当，如 B 例；若谓语词是表示"询问""告知"一类意义，其直接宾语就往往指"事"，由词组来充当，构成了一个间宾从句结构，如 A 例。

其二，兼语句：

　　A. 这使我们想起庞克拉茨监狱不是表露感情的好地方。
　　B. 老杨同志叫区农会给他介绍一个比较进步的村。

在单句结构中，当一个具有使动意义的词做了全句第一谓语词的时候，这个句子的整个谓语部分往往就会复杂化，而这个复杂谓语常常就是人们所说的兼语句法结构。

其三，分动句：

　　A. 父亲送枪给儿子。
　　B. 林老师回家去了。

在现代汉语里，有相当一部分动词是由原来的两个单音节词构成的双音节合成词，如"送给""回去"等。当它们在句子中独立使用时，我们没有理由硬要把它们理解成两个词。不过，有时出于表达需要，这类词的两个词素又要拆开当词使用，如例 A 和例 B。在具体的一个单句结构中，当原先作为第一个词素的词充当了第一个谓语词，原先作为第二个词素的词充当了第二个谓语词的时候，其谓语部分就构成了有别于其他复杂谓语形式的另一种形式了。比如说，与连动式相比，前者的两个谓语词，能够重新合成一个词单独使用，后者则没有这个能力。

其四，连动句：

　　A. 老师带我们去看电影。

B. 她扶我过马路。

这一组例子中，第二个"动作"是由主语和宾语共同发出的，是两个动作的"黏合"。就是说，"我们看电影"，"老师也看电影"；"我过马路"，"她也过马路"。

如果是：

C. 他叫我上街呢！

这怎么办？联系上下文，看具体情况。"他"只是让"我"一个人上街，"他"没上，就是兼语句；"他"也和"我"一起上了，那就是连动句。可见，语法分析毕竟不是数学分析，不能完全抽象化。

以上所谓表示"给予、询问、告知"的意义，所谓表示使动的意义，所谓能与第二个谓语词重新组合成词，具有某种分动功能的意义，所谓两个动作黏合的意义，就是人们从不同角度分析出来的动词本身所固有的各种词类意义。这种词类意义，对于构成句子的一定句法结构形式有决定意义。

作为一种抽象意义上的物质存在，句法结构形式也是不断运动着的。在这种运动中，谓语词的语法意义，具有质的规定性。牢牢地把握这一点，会使我们在向语法分析的自由王国进军中，获得一个有用指南。

（1980.10 初稿；1984.4.2 改定）

偏义复词例析

王德春主编《修辞学词典》(1987年5月浙江版)给偏义复词的定义是:"由两个词性相同、意义相近或相反的词素复合而成,而意义只落实到其中一个词素上的词语。"所举的三个例子是"国家""妻子"和"窗户"。

《周礼·天官·太宰》:"以佐王治邦国。"郑玄注:"大曰邦,小曰国。"同书《夏官·序官》曰:"家司马各司其臣。"郑注认为其中的"家"是指"卿大夫采地"。"国"也有相同含义的记载,如《战国策·齐》四曰:"孟尝君就国于薛。"总之"国"和"家"都是一种政治制度,或政治实体,属于上层建筑范畴。把"国家"一词,划为偏义复词,并不能从这个角度上理解。我们当代人一说到"家",自然想到的是被称为"避风港湾",其实是与"大社会"对应的又一弄潮天地的"小家庭"。不过,"家"作为"家庭"义,也是古已有之的,只是没有作为一种上层制度理解叫得响罢了。《墨子·尚同下》称:"治天下之国,若治一家。""家""国"对用,意义不同。更明确的例子还有《诗·周南·桃夭》:"之子于归,宜其家室";《离骚》:"及少康之未家兮,留有虞之二姚"等。康殷探讨"家"字源流时说:"用屋中有豕状以表示家,由此可见字的产生是在早已有定居,而非游牧的、农业已经发展为主要生产的时期。家字的构造也反映着当时及稍前一段时期人们对于家的一些看法。"(《文字源流浅说》)若此,家的本义为"家庭",与现代汉语中"家"的含义基本相同。把"国家"一词作为偏义复词理解,不论从历史源流上讲,还是从现代意义上讲,都是有一定道理的。

古汉语词汇以单音节为主。"却看妻子愁和在,漫卷诗书喜欲狂"(杜甫《闻官军收河南河北》),"诗书"与"妻子"相对,知"妻子"是个词组,意思是"老婆娃娃"。不过"子"字在实用之外,还有虚用,与老杜同时代的例子也很多,如张文成《游仙窟》:"见一女子向水侧浣衣";裴刑《裴航》:"娘子见诗若不闻"。这里"娘子""女子"中的"子"与现代汉语"妻子"一词的"子"字用法完全相同。"子"字的虚用在方言或通俗文学中有更加典型的例子。据说五代十国时期吴越的建立者写过这样一首山歌:"你辈见侬底欢喜,别是一般滋味子,永在我侬心子里。"(《湘山野绿》)现代汉语中由"子"作为词缀组成的合成词随意可举。"妻子"一词中的"子"是"孩子"意义的弱化,还是与"娘子""女子"中"子"的用法相同,仅作为词缀出现?诚可谓无定论者。

"窗"和"户"表示的意义不同。按照钱锺书先生的意思,窗比门代表更高级的人类进化阶段,门是需要,窗是奢侈;门是人的进出口,窗可以说是天的进出口。(见钱氏散文《窗》)"窗"本作"囱",《说文解字》解释为"在墙曰牖,在屋曰囱"。同书对"户"的解释是"护也,半门曰户"。《辞源》更明白指出"户"是"单扇门",说"一扇为户,两扇为门"。《论衡·别通》有这样的例子:"开户内日之光,日光不能照幽;凿窗启牖以助户明也。""窗"和"户"分指不同事物,区别是一望而知的。后来两字联用,意义渐渐合一,而且在现代汉语中作为一个词,几乎没有"门"的意思了。这个例子才是一个真正的偏义复词。

讨论偏义复词不能脱离具体的语言环境。有些并列式双音合成词,在句外作为一个词汇单位时,看不出"语义只落实到其中一个词素上",而在句中作为一个结构单位时,往往会造成偏义复词这种修辞法式。不妨从常见的例子中也拣出三个,略加说明。

(一)"这是我兄弟。""兄弟"有时是词组,有时是词。作词组时指的是两个人:哥哥和弟弟;作词时指的是一个人:弟弟。

(二)"生死置之度外。"这个例子里,"生"无关紧要,意义全在死上,强调了当事者没有把死当回事。

(三)"她在我们这里也算是个人物。""她"当然是"人"而不是"物"。可人物并非指一般的人,"物"字强调了客观性,是指经过社会造就的特定的人。这说明未被"落实"语义的另一个词素有时也有一定意义功能。

(1993.7.31)

话语八说

（一）避讳语：表达的常识

必要的避讳是语言美的标志之一。事实上，避讳语作为一种交际表达的常识，随时随地都在伴随着我们。在许多场合，大家常常会遇到一些不愿或不能直接说出口的字眼儿，这时人们总是巧妙地找另外一些字眼儿来代替它们。我们把这些充当替代者的字眼儿，叫作避讳语。

避讳语一般包括了两方面的内容，即避亵与忌讳。第一方面与生殖、排泄现象相关，第二方面与老、病、死相关。

《说文解字》上讲："尿，小便也。"据学者考证，"小便"一词，仅出现在汉代文献中的就有四种不同说法。后来的说法更是多种多样。故事片《火烧圆明园》中道光皇帝要上厕所，按说一朝天子是无所顾忌的，但他却说了一句典型的避讳语："如意，如意。"近代

"大小便"叫"解手","小便"叫"小解"。这种说法,到今天还被人沿用。某些被认为秽亵的词语常常被改为比较"雅"的或比较隐晦的词语。此种现象大概官民同例,中外同理。美国妇女常常把大小便说成"打个电话"。我们的女同胞在公共场合下称上厕所为"去一号",是避亵的典型。

其次就是忌讳了。"年事已高""健康状况不佳""逝世"一类词,在当代社会可能是最常用来代替"老""病""死"这几个字眼的。其中的"年事已高"一词,在唐人编写的《南史·虞荔传》中就出现过,可谓是一个很古老且富有生命力的避讳语。《春秋公羊传》何休注中说,天子有病叫作"不豫"。"不豫",即"不愉",由不愉快引申而来。《孟子·公孙丑》中讲了这么一件事:孟轲故意躲着不受齐王的召见,他的弟弟只好向齐王的使者掩饰说,他的哥哥不是不想去见齐王,而是"有采薪之忧"。"采薪之忧"就是"病"的意思。病若不治就有死的可能,这是自然现象。不管是谁,大家总归是要死的。但死这个字眼,总给人一种不舒服的感觉。我们知道,古人在这方面是有许多讲究的,即使是有高度认识水准的当代人,也不愿在任何场合中都一律称"死"为"死"。同事的父亲去世了,别人要表达这件事,总是说"他父亲殁了"或"病故了""老了",如果死者年龄已迈,还可称为"寿终""白喜"之类。

需要说明的是,无论避亵还是忌讳,往往只能产生一些同义词或同义语,而不大可能完全代替原先的那个词。最典型的一个例子是,秦朝为避始皇帝嬴正的名讳,将"正月"改为"端月",后者却没有被沿用下来。还有"尿""老""病""死"这些词,几千年一直保存在汉语的基本词汇里,它们并没有因避讳而被消灭。甚至像"屌""屎"这两个被认为最秽亵的词,连御修的《康熙字典》都正儿八经地收了进去。

了解这些有关避讳语的基本知识之后,我们就该用其所长,避其所短，学会正确的表达，在语言交流过程中，努力给人留下良好的印象。

（二）委婉语：含蓄的艺术

这里所谓委婉语是指用好听的、使人少受刺激的语言，代替那些不好说出口的、赤裸的、易受刺激的语言，即把让人不易接受的话，通过婉转含蓄的表达，变成让人容易接受，甚至能给人美感的话。

在封建社会里，委婉语可能有更广阔的市场，因为在那样的年代里，不允许人们直抒胸臆、自由地发表不同意见。这种现象在君臣之间往往表现得更为明显。僚臣直接和拥有绝对权力的君王打交道，弄不好会惹来杀身之祸。当一些意见到了非说不可的时候，他们常常婉转地陈述，往往会收到满意的结果。春秋时期发生过这么一件事，烛邹替齐景公饲养的爱鸟不小心飞走了，景公发怒要杀烛邹。在这千钧一发的时候，宰相晏婴站出来说："烛邹这书呆子有三大罪状，请大王让我列举完以后，再按罪论处。"得到景公的允许后，晏婴把烛邹叫到景公的面前说："你为大王管理着爱鸟，却让它飞走了，这是第一条罪状；你使得我们大王因为鸟的事杀人，这是第二条罪状；更严重的是，各国诸侯听了这件事后，以为大王重视鸟而轻视知识分子，这是第三条罪状。"数完这些所谓罪状后，便请景公把烛邹杀掉。景公尽管残忍，但从晏婴的话里听出了利害，就对晏婴说："不要杀了，我听从你的命令就是了。"这诚然是委婉语运用于政治生活中的一个著名例子。

在美国的一次交际规则讨论会上，主持人提出这样一个问题：在一个百事不顺、忙无头绪的早晨，电话不停地叫，孩子又哭又闹，厨房又传出面包烤煳的味道，这时丈夫对妻子可能会有三种说法：（一）"天哪，你什么时候才能学会烤面包啊！"（二）"亲爱的，这又是一个紧张的早晨——又是孩子，又是电话，你看面包又烤煳了。"（三）"亲爱的，我来教你怎样烤面包吧！"那么，作为妻子，对这三种不同的说法，应该有怎样的反应？几位不同性格的太太的回答几乎是一致的：不满意第一种说法，痛恨第三种说法，比较喜欢第二种说法。一位太太说："如果他这样说，我马上会亲吻他。""孩子不是还哭着，面包不是还煳着吗？"主持人问。回答说："那没关系。"同样带有责备意味的话，婉转的表达却带来了美好的结果。

可见，说话的艺术必须讲究，也就是说，不光要考虑说什么，还要想想怎样说，否则真会出现一些难堪局面。生活中，因为一句话没说对，吃了僵局的苦头，可能朋友们也是有过的。

（三）掩饰语：交际的需要

不论处于不同利益集团，还是同处于一个利益集团；不论是严肃正规的外交场合，还是轻松活泼的日常交往，复杂的社会生活，决定了人们在交际过程中，不得不掺杂一点言不由衷的话。其中出现在直接对话中的、无宣传目的的那些言不由衷的话，我们把它叫作掩饰语。

当然，如同其他事物一样，掩饰语的美丑绝不是用化学试纸就能加以区别的。用于政治斗争方面的掩饰语，其美丑属性的永久性争论恐怕会更多一些。公元前 203 年，大将韩信为了进一步在政治上巩固已占领的齐国疆域，派使者去向刘邦请示，希望能任命自己为假齐王。其时，刘邦正被楚军困于荥阳，心急如焚，忽然听说韩信想自立为王，忍不住一句三字经式的国骂出了口，坐在身边的谋士陈平赶忙悄悄踩了他一脚，善于逢场、长于权变的刘邦立即省悟了——当时的韩信可谓汉之江山三分有其二，弄不好就会马上生变，万万得罪不得——于是接着骂道："大丈夫当王，何必当假王！"韩信的使者一场虚惊之后，得到了相当满意的答复，不用说，韩信本人也会感激涕零的。刘邦的一句话掩饰了自己因一时冲动而招致的失误，并且避免了一次历史的重写！从刘邦的立场上说，这句著名的掩饰语是很美的。

所以，学会讲一点令人愉悦的掩饰语，不仅可以补救你说话的漏洞，摆脱尴尬场面，可以掩饰你无须表现的心理活动，而且可以体现出你语言和道德方面的修养，诸君不妨一试。

（四）模糊语：丰富的语义

在语言交际中，不仅像"多半""几乎""也许""有时""通常"这类模糊词可以表示模糊意义，一定情况下，精确词也可表示模糊意义。比如红糖，有不少人就叫黑糖，其实红黑都不是。"兄"与"弟"，含义精确，年龄大的称"兄"，年龄小的称"弟"，似乎不可调换，但也不尽然。爱人的哥哥就不一定比你年龄大，而你得随着爱人叫哥哥。可见语言的模糊性是语言的客观存在，是客观事物的模糊性在语言上的反映。

本来，不少语言单位所代表的概念就没有清晰的边缘，与其他语言单位之间存在着中间地带。青年，用来专指年轻的人，可具体年龄的上限下限谁也没法规定；现实情况是复杂的，假如有人作了硬性规定，就不能正确地反映客观了。

人类社会生活是复杂的，我们要适应这种复杂性，在语言交际过程中，不论何种语境都使用绝对精确的语言，是办不到的、不需要的，有时甚至是不利的。比如要到舞会上找一人，当描叙他的特征时，说成"四十多岁，花白头发，一米七左右"好找呢，还是说成"四十三周岁又两个月零三天，头发百分之六十黑色，百分之十三白色，其余为灰黄色，身高一米六九"好找？后者精确是精确了，恐怕麻烦就更多了。其次，社会的发展，使得人们说话更加严密，为了防止在交谈中出现漏洞，给人留下把柄，常常就要使用模糊词语。甲向乙打听丙吃过饭了没有，乙说："大概吃过了。"加上"大概"这个模糊词，一旦丙还没有吃，就能给自己的话留下退路。再说，语言的模糊性与精确性是相对的，没有绝对的界限，不能认为非此即彼。

模糊语在语言交际中多半具有积极的作用。在一些政治性场合，适当地使用模糊语是语言委婉化的一种有效方式。A 向 B 提出邀请："欢迎您在适当的时候访问我国。"B 致答词："我很高兴接受您的邀请，并希望通过外交途径确定访问的具体日期。"其中"在适当的时候"和"希望通过外交途径"都可作活的解释，从而使交际有了灵活性。在日常生活中，人们也时常乐于使用模糊语言。有人买了一件衣服，想听听你的评价，你心里很不以为然，嘴上却说："基本上还可以。"这既透露了你的想法，对方又易于接受。人有善于使用模糊语言的能力，在特定的语境中，说者、听者都明白。也许，更多地使用模糊语已成为一种趋势。

然而，在原则问题上要尽量少使用或避免使用模糊语。吕叔湘先生曾在《北京晚报》上撰文分析过这么一件事，读者在报上反映某饭庄菜内有蝇，后该饭庄来信说："经查基本属实。"吕先生说："有苍蝇就是'属实'，没苍蝇就是'不实'，这个'基本属实'应该怎么理解呢？"现在这种"基本属实"的事太多了，在这种是与非的问题上，实在不应该留下任由读者理解的余地。

总之，模糊语言是一种客观存在。在特定的语境下，它往往能增强语义的严密性与丰富性。正确地把握和使用模糊语，在语言交际中是很必要的。

（五）礼貌语：文明的标志

语言的礼仪模式有很强的民族性，而且在一定意义上标志着一个社会的文明程度，反映了一个民族的精神面貌。

中华民族的传统文化中，特别重视礼貌及礼貌语言的应用。《礼记》开篇就讲"毋不敬"，并以此为"安民"之法。宋代思想家朱熹在解释这句话时，着重指出："君子修身，其要在此。"《三国志·孙权传》中附有一封208年赤壁战役前，曹操给孙权下的战书："近者奉辞伐罪，旄麾南指，刘琮束手。今治水军八十万众，愿与将军会猎于吴，"军旗南指，刘琮马上投降，言外之意是你也该学刘琮，但曹操没有说"砸烂你的狗头"，而是说我训练了一支八十万人的海军陆战队，想和孙将军在吴国打猎玩玩。连对敌方面也不说粗野的话。清代李子潜在其所编童蒙教材《弟子规》中搜集整理了不少礼貌规范。其中"凡出言，信为先；诈与妄，奚可焉？""刻薄语，秽污词；市井气，切戒之。""凡道字，重且舒；勿急疾，勿模糊"这些语言的礼仪模式，绝不是强加在人们交际过程中的虚伪的巧言令色和徒具形式的繁文缛节。已故教育家叶圣陶先生曾经指出："人与人相处，盖本当如此，所谓诚于中而形于外，果能认真待人接物，出言吐语自当力求其适当。"

诚然，"言如其人"，"言为心声"，礼貌语言是表现形式问题，实质是态度、感情的问题。人们常可根据一个人说话的用字、语调，推断出他的品性教养、思想面貌及文化水准状况。《说岳全传》上写牛皋问小校场在哪里，竟然说："呔！老头儿，爷问你，小校场往哪里去？"结果使"两个老头儿气得目瞪口呆"。这是艺术创造，缺乏教养、一介武夫的形象，跃然纸上。现实生活中也是如此。上海话里的"哪能？"和北京话里的"怎么着？"就常被视为缺乏教养的腔调。所以，礼貌语言的运用，绝不是仅仅背诵几句礼貌用语就能功成业就的，必须注重道德品质的修养，才是治本之法。

当然，一些技巧方面的问题亦需注意。这方面除了要注意到礼仪模式的民族特性之外，还要注意人际关系的亲疏远近。在你长大成人之后，你母亲为你做了一件事，你道了一声"谢谢"，如果这位母亲年纪较轻还可接受，如果母亲上了年纪，你这样说，她会觉得你与她在心理上出现了一段距离。不称姓而直呼其名，古今中外都是最亲切随便的一种称呼，但只限于关系密切的人，或者是长辈对晚辈，老师对学生。如贸然直呼别人的名字就很不礼貌。

同时，注意培养自己正确、敏锐的语感能力也是很必要的，尤其要善于察觉自己说的话是否合乎礼貌。叶圣陶先生讲过这样一个例子，有人给他写信，其中说："您的意见是正确的，我们准备考虑您的意见。"乍听没什么不妥，稍微琢磨一下，问题就来了。"您的意见是正确的，"一种领导者的口吻，有现代平等意识的人，不爱听这种口吻的讲话。"准备考虑您的意见"，既然是正确的，就不仅是"考虑"的问题。考虑，是还不明白到底正确不正确。写信人的语感能力不强，因而说出话来显得不太礼貌。

末了，还想补充一点，提倡礼貌语言恐怕首先要注意解决社会问题，逐步改善人与人之间的关系。尤其是要进一步明确社会主义社会中人的价值，这样才能谈得上互相尊重，才能有语言礼仪的基础。

（六）幽默语：高明的技法

幽默语是令人觉得有趣而又含义深刻的话语，这种话语常常是使用者语言技法高明的表现，它能引起人们轻松又耐人寻味的微笑。杜甫《北征》诗中描写他的两个小女儿模仿妈妈化妆的句子："学母无不为，晓妆随手抹，移时施朱铅，狼藉画眉阔"，诙谐、风趣，被后人评为"千百世下，读者无不绝倒"。有人曾形容某炊事员蒸的馒头又硬又黑，说是"不小心把一个掉在炭仓子里再没找到"。

幽默语常通过揭示生活现象中局部性的缺点来做诙谐的微笑，或是开善意的玩笑。它往往寓告诫于诙谐之中，含讽刺于微笑之间，它是不带刺的笑容，鼓励你改正缺点，还乐于接受。有一则幽默故事：小兰给在外地工作的丈夫小刚打电报说："请速寄钱，房东逼租。"小刚回电："最近不方便，过后一定寄来，吾爱，给你一千个吻。"过了好些日子，小兰仍不见小刚寄钱来，就写了一封如下内容的信："亲爱的，现在不急了，你给我的一千个吻，我给了房东，他说房租不用交了。"不用说，小兰的幽默，既指责了小刚的不负责任，又会促使小刚认真对待生活中的实际问题。

日常生活中使用幽默语，却忌近于挖苦，尤其是同志或亲友之间，一旦口出此言，效果往往会适得其反。有一对夫妇吵得很凶，后来丈夫觉得后悔，就把妻子带到窗前去看一幅不常见的景象——两匹马正拖着一车干草往山上爬，丈夫问："为什么我们不能像那样一起拉，拉上人生的山顶？"妻子答："不能，因为我们两个之中有一个是毛驴。"当丈夫有了忏悔之意时，妻子本应因势利导，顺着丈夫的意思说下去，可这里妻子的一句挖苦语，无疑会使丈夫感到灰心，后果当不言自明。

我们中国人富有使用幽默语的传统。秦皇时的优旃，汉武时的东方朔都是著名的幽默语大师。《史记·滑稽列传》中也记载了不少严肃庄重、含义深刻的幽默语。现代作家中以鲁迅、林语堂、老舍、钱锺书等语言巨匠为代表，更是以幽默语为武器，或批判现实，或反省历史，或讽喻时弊，或检讨人生，嬉笑怒骂，皆成文章。生活中每个人都应该努力建立有趣的思考法则，掌握幽默语这种高明的表达方式，用善意的诙谐来尽可能多地显现真正的人情味。

（七）称谓语：信息的先导

不管是表现礼仪等级，还是反映人际风情，时至今日，汉语中有关称谓语的约定，已经积淀成了汉语文化的显著特点之一。

作为一种语言现象，古人对称谓语的观察和研究是比较早的，如北朝卢辩的《称谓》和清代梁章钜的《称谓录》就是这方面代表性的著作，直到当代还不断有人著文谈及这个永恒的话题。以语言为媒介的思想交流是人类社会的主要活动之一。尽管在一般情况下，称谓语还不具备思想交流的意义，但可以用来建立说话者之间的社会联系，可以用来指示说话者在特定的语境中彼此发生关系。换句话说，称谓语是说话者进行思想交流时最初发出的信息载体，载体包装的优劣，会直接关系到反馈的好坏。

这首先让我们想到的是"敬称"的使用。从前知识界或上层社会普遍以称字不称名为敬称。作为历史遗迹，这种习俗一直到建国初期还可见到。资深民主人士每称毛、周、朱三位领导人为"润芝""翔宇""玉阶"。而党内则以直呼其职务为敬称，分别叫"主席""总理""总司令"。后者是一个古已有之的习惯，如李翰林，杜拾遗之类。至于"朱老总""陈老总"或干脆称为"老总"，尊敬之外又拉近了距离，显得亲切。到现在把"总经理""总裁"称为"老总"。道理是一样的。对不任其职的款爷们呼之以"老总"，则有溜须之嫌，是商品经济社会对金钱趋之若鹜的表现。副职不称副，张副厂长常被称为"张厂长"，多半出于尊敬的心态，听者愿意接受，呼者也没觉得有什么不好的。

社会上的敬称已是丰富多彩，师傅、先生、小姐不一而足，从"掌柜子"到"伙计"都有，当然也有借亲属称谓以示尊敬的，如"叔叔""大娘"。可有一条，过去曾使用过的"老爷""少爷"等有明显尊卑色彩的称谓大概不会恢复，现代民主、平等、人权理念日渐深入人心，是一个不可逆转的潮流。这方面有一个明显的例子是，近年"老公"这一称谓在女同胞中由南而北渐渐通行，我是你"老婆"，你就是我"老公"，非常平等，一扫"拙荆""贱内"的历史耻辱。

爱称也是密切人际关系的常用语。中国人称名不称姓是表示关系亲近。"张翠莲"，这是一般关系；"翠莲"，关系就近多了；"莲"，其关系就非同一般了。叠字呼也是一种爱称，常用在长辈对晚辈的称呼上，如"翠翠"或"莲莲"。还有一种办法就是采用"指小形式"，"小张""小李"就有一种关爱语调在里边，"小宝贝""小心肝"就不言而喻了。指小形式如作为孩子的正式名字，显得不庄重，一旦成人便纷纷把"小秋""小冬"改为"晓秋""晓冬"了，音节未变，意义上也说得过去。

其次，称谓语也是观察人际关系的一把钥匙，称谓语的变化反映了人际关系的变化。你叫"李主任"，而你的同事却叫"小李"，人家和主任的关系就比你近些，如果有一天他也改称"李主任"了，说明他们之间的关系开始疏远。我们知道，亲属关系的称谓语比较稳定，对祖父，一百年前叫"爷爷"，现在还叫"爷爷"。非亲属关系的称谓语受社会变革的影响较大。男甲向别人介绍女乙，说"这是我朋友"，还有"咱俩谈不成对象，就做个朋友吧"这样的话。这里两个"朋友"虽然都用来表示男女间的一种特定关系，但其含义是绝对不一样的。"同志"一词使用范围迅速缩小有两点原因：（一）历次政治运动紧张了人们的相互关系，一旦有机会得已松弛，大家便自觉或不自觉地在人际关系上淡化了意识形态的影响；（二）原先处在同一起跑线上的人，或许一夜之间到了社会分配的两极之上，曾经共同拥有的志向变成了难堪的回忆。把"朋友"改称"把子"是一种文化倒退，它反映了现实社会中人们情感关系的冷淡，它追寻着久已不存的关于美好人际关系的记忆。

称谓语因拥有丰富的人文意义，客观上起着人们交流思想、传递信息的先导作用，因而注重场合、正确使用，对交流或传递效果意义极大。所以，称谓语很早就引起人们较为全面系统的研究是很自然的。

（八）颂扬语：褒奖的策略

颂扬语就是对人家说褒奖的话，如："李杜文章在，光焰万丈长"，"太行游击费纠缠，撑住平辽半壁天"。人际关系中的颂扬语可以表明说话者的崇敬心理，可以强调颂扬对象的人格或业绩，可以构造令人愉悦的和谐气氛。

颂扬语也有方法可讲究，最常见的就是明示法，即直接地褒奖赞颂。这里指出两种，也是运用比较多的。

自贬法。哲夫长篇小说《天猎》里，一个女孩对主人公悟生说："在没有遇到你之前，我总以为自己很聪明，可现在我不敢这么认为了！"悟生问为什么，女孩笑道："因为你比我聪明！"这里女孩不惜贬抑自己，奉承别人。

反话法。王朔小说《刘慧芳》中叙述夏顺开的"活力和冲劲儿感染了慧芳，使她变得兴致勃勃"，而慧芳却这样说顺开："你怎么跟牲口似的？"当顺开"身上浓烈的汗味儿使慧芳闻上去莫名感到一阵骚动和心痒"，"感觉舒服"时，慧芳却扇着风说："真冲鼻子"。这里刘慧芳说的两句话表面都很难听，实际上是真诚的赞颂，婉转表达了她对夏顺开的爱慕。

至于颂扬语的作用除本文开头指出的三点外，还有别的一些作用也需要注意。我们再举两个方面的例子。

掩饰尴尬。金庸《鹿鼎记》中韦小宝以钦差大臣身份率兵攻打神龙岛，参领施琅深知这位统帅不学无术、胆小如鼠，又炙手可热，招惹不起，便说了一段颂扬语给韦小宝台阶下："大人当年手刃满洲第一勇士鳌拜……武勇天下扬名。卑职只担心一件事，就怕大人打仗之时奋不顾身，倘若给炮火伤了一个小指头，皇上必定大大怪罪。……因此务请大人体谅，保重万金之体。"

规劝弊端。二月河《雍正皇帝》写张廷玉批评雍正举轻若重、刚愎苛刻，也是通过颂扬语表达的。张说："臣以为所有朱批都十分精当。臣是在想，这一叠奏折足有七万余字，都一一加了朱批，有些地方万岁还掐了指印。圣躬勤政原是好的，但也过于琐细，劳心过度有伤龙体。"

颂扬语滥用时会带来不良效应，这是一种说话的风险。避免风险的策略是要保持心态平和，讲究方法，注意场合。在忌滥的前提下，尽管使用颂扬语，这是一种"润滑剂"，它会使你的人际关系得到改善。

（1999.10.11）

取消句子独立性

但凡学过几天文言文的人，都听过老师讲"取消句子独立性"这种古代汉语中独特的语法现象。具体是指虚词"之"的一种用法，说是"用在主谓结构之间，取消句子的独立性"。有时老师还要补充一句："本身不表示实在意义，只在结构上起作用。"让人不明白的是，为什么主谓结构之间非要加上这个没有实在意义的"之"字？为什么还要取消句子的独立性？老师几乎不讲，书上也几乎不提，至少我没有听我的老师讲过，也没有看见哪本书上写过。大概是他们以为这是人人都知道的常识，就没有必要再说了！其实多数人是当初不清楚，事后不过问，一辈子昏昏然！

我们知道，主谓结构是句子的最基本结构，就是在一般情况下，句子多半由"主语"和"谓语"两部分构成。然而句子由"主""谓"两部分构成，不等于凡具备了"主""谓"两部分的都是句子，没有逆定理，如"猪吃粮食，所以吃粮食的都是猪"不能成立一样。

这种具备了主谓形式，又不是句子的结构，有人把它叫作"主谓词组"，有人把它叫作"主谓短语"，英语课本上又称之为"从句"，都是一回事。

文言文作为古代汉语的书面语言，为什么要在主谓结构之间加一个"之"字呢？就是要明白地告诉你，这里虽然是一个主谓式，却并非是一个句子，而是句子中的一部分，即"从句"。加上一个"之"字，就失去了做句子的资格，叫作"取消句子的独立性"。在主谓结构之间不加这个"之"，不取消这个所谓的独立性行不行呢？不行。为什么？因为文言文是不加标点的，加标点是随着造纸技术成熟以后逐渐发展起来的，新式标点更是新文化运动以后才从洋人那里引进的。如果不用一个"之"字取消这独立性，分别写在两片简牍上的一句话，就会产生太多的歧义，肯定会给阅读带来不便。

我们的古人真是绝顶聪明，用一个笔画最少又可舒缓音节、易于上口的"之"字就解决了没有标点的难题，而且历四千年之久没有遇到什么问题。

有人可能会想，为什么不加上标点呢？这是当代人的心态。试想，古人在龟甲、兽骨或竹板、木片上一刀一刀刻字，在生产力水平极其低下的时代，成本有多高？不使用标点，仅仅这一项几千年来节约了多少资源？也许正是因为其简洁性，文言文才成了人类仅存的连续四千年不间断的记录文明的工具。如今地位显赫的欧美文明其早期文字记录在哪里？

然而，我们绝没有拒绝使用标点，随着印刷术和造纸术的普及，民间的文化诉求日益高涨，由"句读"之学引发的标点符号应运而生，特别是新式标点的推广使用，成了书本知识从贵族走向民间的跳板，意义着实不可低估。

可我们还是不得不佩服祖先们的聪明，只用一个"之"字就轻而易举地解决了句子因无标点而出现的歧义问题,让人拍案叫绝!

(2008.9.6)

量词是现代汉语的真正特色

9月3日,网友大海先生通过微信公众号"三哥唠叨"给我发信息说:"其实在咱们二十多岁的时候就有交集,只是未谋面,那时不知您的文学功底,只是对您的汉语语法的掌握特赏识。"我不太明白他的话,就发微信问宏锦老同学,因为大海和我说宏锦是他的本家哥哥。

宏锦说:"在四十多年前,你还应该记得咱们学习语法时,你写过一篇《量词小议》,主张把数量词跟名词合在一起,只是名词的一个副类。大概就是这个意思,他读后就特别赞成你的提法,之后,我们就各奔东西了。去年秋季,我们才联系上,叙旧时我提起了你,他也想起你那个《量词小议》……"

我惊诧于宏锦的记忆,对这么专业的东西,居然只有一个小小的误差,即我要归为名词副类的是"量词",而不是"数量词"。须知,宏锦同学师范毕业后,基本务农,业余时间做乡间兽医。他的专业与语法分析可谓是风马牛不相及了。这说明他当年的汉语语法基础知识该有多么扎实。

我自己不记得这个《量词小议》了。1985年前，我一度对汉语语法分析感了兴趣，还写过几篇东西。后来再没有涉及过，所以说起这件事来就觉得很遥远了。翻寻几十年前的手稿，在我曾整理留存的几篇关于语法分析的文章中也不见有这一篇。

但印象还有，就记起了我当年的想法，那还真有点初生牛犊不怕虎的意思，什么也敢说，好在"人小帽子低，说出话来没人理"，否则就会让行里的专家们当笑话了。只是几十年过去了，我的想法还是没有变化，原因多半是自己关于汉语语法的认知还停留在当年的水平上。

我的意思是，量词没有资格与名词、动词、形容词等其他实词并列，因为实词有个共同特点，就是都可以独立做句子成分，可以做主语、谓语、宾语、定语、状语或补语，量词却不行。它必须和数词结合起来才能做句子成分。与数词结合后的这个"词团"，从不同的角度，人们称之为"数量词""数量词组""数量短语"或干脆叫作"数量结构"，其中"数量词"这个名叫得很狡狯，解决了量词分类的尴尬，只是模糊了"词"与"词组"的界限。总之它已经不是一个单纯的词了，内部可以划分出层次来。

既然没有资格成为实词，那么它是不是一个虚词呢？恐怕也不能成为虚词。除量词本身在意义上有一定实指性外，真正的虚词多半只在结构上起作用，而量词的作用并不在结构上。

既无资格做实词，又不能算作虚词，那这个量词怎么归类呢？我的想法就是把它作为名词的副类，归纳到名词这个大类里。理由是几乎所有的具象名词，即表示可数物体的"可数名词"，都可以临时用来充当量词。如：

一桌子菜；

两柜子书；

三屋子人。

"桌子""柜子""屋子"，本来都是名词，在这里却都做了量词。

因了与名词的这种高度关联性，把量词列为名词的副类是适当的。此外用排除法，依次考查，归结到其他实词里，都是不伦不类，连最基本的条件也不具备。

从功能上说，量词本身可为三类：表示事物的量，叫物量词，也可叫名量词，如"个""件""把"；表示动作的量，叫动量词，如"下""步""拳"；表示时间的量，叫时量词，如"年""天""秒"。例句不想再举，是担心把这篇随笔不小心写成了论文。

表示一种物体类别的名词不能做量词，如"衣服"，但表示衣服里具体物件的名词，即所谓"可数名词"就可以借作量词，如"衬衫""裤子"等。

洒了一衬衫汤；

蹭了一裤子泥。

"衬衫"和"裤子"都临时做了量词，这是物量方面的例子。

我们的肢体因为常常和动作相关联，一些表示肢体部位的名词，临时用作量词时，往往表示的是动作的量。如：

碰了一头；

打了一拳；

踢了一脚。

是不是很有意思？更有意思的是，这些"数量"词团，如果出现在"动宾结构"的"动"与"宾"之间，会是"动"的"补充"呢，还是"宾"的限定？就是说，在这种情况下，这个"数量词团"是个补语，还是个定语？对于初学者来说，这往往是个难题。然而，如果你分清了量词的性质，就很容易了：有物量词的就是定语，这一类量词多半只是用来限定可数名词；有动量词的就是补语。

可如果是个"时量词团"呢？我不说了，你自己想吧！

为什么叫"一张纸"，而不叫"一只纸"？似乎还有些道理，平而舒展，像"张开"的样子，相类似的还有"床"，也叫"张"。圆形的物体往往称"颗"，细小的称"粒"，条状的称"根"或"支"。可许许多多的情况下都是没道理的。如果说"井"称"口"还有些道理，"井"在平地上，像张开的大口。再说进出之地也往往称之为"口"，井沿有水桶进进出出，所以也叫"井口"。

量词的丰富性是个常识，也用不着怎么来证明，从最贴近我们生活的吃穿住行的活动中再各举一例：

一顿饭；

一件衣；

一间房；

一辆车。

"顿""件""间""辆"四个量词，分别表述了不同物体的量。伴随着人类文明史一起成长的几种动物，在我们的传统文化中叫作"六畜"，其量词分别是：

一匹马；

两头牛；

三腔羊；

四只鸡；

五条狗；

六口猪。

是不是都不一样？

我知道英、日、俄、蒙这几个语种，除全世界通用的表示度量衡的几个有限的量词，如"克""千克""米"等以外，几乎没有量词,或者说很少有量词,不知道其他语种是不是也这样。即便是汉语,在文言文里也很少量词。

初中课本里有一篇叫作《口技》的文言文,文章里有这么一句话:

"会宾客大宴,于厅事之东北角,施八尺屏障,口技人坐屏障中,一桌、一椅、一扇、一抚尺而已。"

本来四个"一"后面都应该带着一个"量词",却都没有。

如果有人感兴趣,是不是可以探讨一下,为什么几种主要外国语言和古代汉语里都很少有量词,偏偏在现代汉语里就有这么丰富的量词?而且不仅可数名词都可以用量词来限定,而且这些可数名词本身几乎都可以借作量词,这是为什么?

最起码,量词是现代汉语的真正特色,要想把现代汉语学好了,就不能丢掉这个特色。

(2018.11.5)

副词的尴尬及其他

作为副词,它本身的归属就是一个问题。副词是实词呢,还是个虚词?

首先,我不知道。意义派说他是个虚词,因为除否定副词"不"和个别程度副词以外,其他副词,如语气副词、频率副词、方式副词、疑问副词、连接副词、关系副词等,都几乎没有具体所指的实在意义,所以它当然就是虚词了。

而结构派则认为,副词是一个地地道道的实词。因为实词都有独立构成句子成分的功能,副词就有这样的功能,它可以独立地做状语呀!而其他虚词却没有这样的功能,怎么能把它算到虚词里呢?

我们怎么办?特别是了解了这个情况以后,如何讲给初学者?我们的办法先是避而不谈,后来则干脆取消了与此相关的这门课。

我们总是喜欢标准答案,究其原因,大概是因为学的人省心,教的人省力。没有标准答案的知识,对不起,请靠边站。须知正是这种非标准的、有疑问的，甚至是有分歧的问题才能激发学生探讨的兴趣，在探讨问题中提高科学素养，培养科学精神。而我们却采取了相反的态度。

其实我们缺的不是历史观，而是方法论。视而不见是错误，有意回避更是错上加错。

二十世纪五十年代、六十年代的语文教材，引进了语法、修辞、逻辑三项内容，并以与"文学欣赏"及"写作"课并列的方式来确定其在语文教学中的重要性。这不仅使学生在语文课上学到了本属于语文知识架构中的重要知识，更重要的是使学生受到了方法论的训练。

除只认标准答案这个死理外，我们在做学问上还有一个特点，就是几乎普遍存在的实用主义的学习态度。

有人说，划句子成分有什么用？曹雪芹会划句子成分吗？

正是这种实用主义的学习态度，毁掉了我们的科学头脑，弱化了我们的科学精神。划句子成分，可能如英语课、数学课一样，对多数人没有直接的用处，可由此得到的方式方法训练、养成的科学精神，肯定会对以后的创新性工作有很好的启发。可以这样说，语文教育中，语法、修辞、逻辑教育与"听说读写"同等重要。

所以，当我们强调语文教学方法的改革时，为什么不想想语文教育目标的重新定位，和教材内容导向的革新呢？

当国外掀起以乔姆斯基"转换—生成"语法理论为引领的语言学革命时，我们却对语法、修辞、逻辑课教学，取消的取消，淡化的淡化，回避的回避。乔姆斯基语言学革命直接导致实验语音学的迅猛发展，使得人家牢牢地掌控了人机对话的核心技术，而我们呢？接受了九年义务教育的学生，仍然搞不清"从句"和"主谓短语"的关系。

不说了，说起来都是伤感！

（2018.11.22）

第二编 | 若有所思

对生命生出敬畏感

（1）从一个极端到另一个极端，是我们的思维常态，也是治理常态。毛主席就说过，一个时期总是一种倾向掩盖着另一种倾向。社会进步的常态是蛇行式，扭曲而前行，即左右摇摆着向前发展。因为罕有持中的形态，先贤才提倡中庸。

（2）严格地说，世上就没有单纯的个体的人，我们所见所感的人，包括我们自己，都是一个个生命共同体。这个生命共同体由一个生物群落共同支撑着，这个群落中的个体生物之间，不是寄生关系，而是相互依存的关系。研究表明，一个健康的体重六十公斤左右的人，体内其他生物体的维持量达一公斤左右；在种类上，光食道内，就活跃着一百八十种以上的微生物，如低于一百六十种，我们就病了。假如一个人的生命只剩下单纯的个体，这个生命也就不存在了。所以，当我们懂得小心翼翼地维持我们这个生命共同体内生物群落的平衡时，必然会强化对生命的敬畏感，也就不会以骄傲的心态支配性地对待其他生物体了。

（3）有人说："人有病呻吟并非病痛的反映，真要病得厉害是连呻吟也发不出来的，呻吟只是为了博取别人的怜悯。"这话也许有道理，可实际情况肯定要比这复杂，因为复杂的人、复杂的病、复杂的境遇排列组合，绝对是一个无穷复杂。有病呻吟的情况不知道，有病不呻吟，除患者本身的原因外，至少还要受两个因素制约，一是担心给身边的人增加心理负担；二是怕强化身边人的嫌弃心理。遇到这两种情况，尤其是后一种情况，病人就只能忍着，别说呻吟了，还得强装没事呢！所以，一个人有病呻吟不呻吟，也许还折射着这个人的人生悲喜剧呢！

（4）友谊到处都有，充斥了世界，为什么还要强调友谊的珍贵？是因为具体的友谊，尤其是个人之间的友谊是经不住考验的，不经意间的一件小事或一句话，就会让一对要好的朋友分手。

（5）一件物品的产生，多半是因为生产或生活的需要，从而决定了这件物品基本属性的实用性和工具性。如果是为了观赏而产生，那是艺术品，审美是其基本属性。在现代工商业条件下，不论生产工具、生活用品，还是艺术品，都首先是商品，既是商品，就有了商品的属性，即赚取利润。房子的基本属性是供人居住，商品房尽管有赚取利润的商品属性，但只要是房子，它的基本属性就不会变。当我们忘记了这种基本属性，把它完完全全当成赚钱的工具，我们就犯了违反事物基本属性的错误，就会付出代价。虚拟经济也要以实业做基础，任何被人为吹空的泡沫，迟早会破裂的。当然，个别投机行为不在其内。

（6）方言承载着特定的地域文明，一种方言的萎缩就是一种地域文明的萎缩，一种方言的消失就是一种地域文明的消失。不幸的是，这种萎缩与消失是一种不可逆转的趋势！

（7）从生物学的角度讲，新生儿是新生物，老年人是腐朽物，这不仅有年龄表征，而且可以从体味上得到证明：新生儿体味清香，老年人体味浊臭。一个人的体味从清香到浊臭，是一个渐进的过程。生与死就是这个过程的两端。事实上，死亡从出生那一刻就开始了，每过一天就离死亡近了一天。然而，死亡毕竟是一个渐进的过程，就有了干预的可能，人们经常以体育、保健和医学的手段来延缓这个过程，很有效，日本人的平均寿命已达八十三岁。又因死亡是个体生命的必然结果，故必须加紧充实，使其尽量灿烂。

把握当下的日子

（1）秀姑说："人没有价值了，做的事也就没有价值了。"这是她的真实体验，这体验是有价值的。

（2）孤独是生活的本质，因为生命是个体。

（3）不要嫉妒别人的经历，经历由当下的生活组成，把握当下的日子，充实眼前的生活，就是创造丰富的经历，书写美好的人生。

（4）自然之美永不过时。人从自然中来，所以一个人最持久的美是不加装饰的自然美。

（5）记忆是被过滤了的生活影像，普遍美好！

（6）夫妻是命运共同体，伤害了对方也就是伤害了自己。

（7）太懂事了就是不懂事。在同样的起跑线上，有的人发达了，有的人穷困着，穷困的人原因多多，其中有一部分人肯定是因为太懂事了，就失去了一个又一个机会。语曰："聪明有度。"

（8）生活不容易，靠着辛苦赚钱的生活更不容易。

（9）涉及切身利益的事，人普遍变得谨小慎微，智商也就随着低了三分，这就是为什么有人给别人做参谋时条理清晰，头头是道，轮到自己就不知所措了。

（10）存在决定意识，然而不包括情感在内，尽管情感也是一种意识。当对亲人的义务需要以契约来规定的时候，亲情骤然之间就淡化了，这是亲情的悲哀，也是人生的悲哀。

（11）若莹说："快乐的心态是自己调适出来的。"想也是一种调适，你想要快乐了，快乐就至少来了一半。子曰："欲仁，斯仁至矣！"大概也是这个道理。

（12）汉语词汇的信息量丰富无比，比如，"孝顺"这个词本身就包括了如何对待老人的全部内涵。"孝"是理论，"顺"是实践；"孝"是主观动机，"顺"是客观效果；"孝"是本质，"顺"是表现，二者互为表里；没有"孝"的"顺"是儿戏；没有"顺"的"孝"是空谈；说说"孝"容易，落实在"顺"上，却是要努力践行的！在老人的眼里其实更看重一个"顺"字。然而，有"孝"的心，不一定有会"顺"的果，原因在于"孝"和"顺"毕竟不同，有时你认为做了一件对老人好的事，可老人并不买账，甚至适得其反。

（13）可以虚拟世界，却无法虚拟生活。

（14）人的悲观在于找不到出路，找到了出路就不会悲观。只是这出路不光是物质的，更多的情况下是精神的。

人，应该诗意地栖居

（1）刘再复先生评价米开朗琪罗的宗教画《创世纪》时说，该画启示"全人类，无论你做什么事，首先要面对的应是艰难而丰富的人生"。上帝存在的意义就在于提升人生层次。

（2）赢得荣华富贵难，赢得人格尊严更难，赢得诗意人生难上加难。德国诗人荷尔德林说："人，应该诗意地栖居。"人与动物的区别是人拥有一个向往美好的精神世界。

（3）生活多半是物质的，人生多半是非物质的，说人生之难，更多的指向是在非物质方面，难与不难就成了一种感觉，怎样才能随心所欲地控制这种感觉？回答应该是两个字："超脱"。

（4）善于讲笑话的人往往自己并不快乐，因为他们常把真话当作了笑话。把笑话当笑话，是人生游戏；把真话当笑话，是游戏人生。

（5）梦想更多情况下是生活的补充，因为只有梦想才能给为生活而奔波的人一点诗意。

（6）功利化了的人，脱离了人的轨道；只有逃离世故，人才能提升生命层次。

（7）崇高的手段不一定达到崇高的目的，但卑鄙的手段肯定达不到崇高的目的。

（8）活着要有目的，生活却要淡化目的，须知最有目的的生活就是无目的的生活。

（9）在生活的范围内，目的与幸福成反比，只要设定了目标就远离了幸福；目的越明确，幸福越渺茫。

（10）心事重的人很难有幸福，而整天算计着别人的人更不会有幸福；幸福不需要策略，更不需要技巧。

（11）幸福不光是感觉，还是状态，作为状态的幸福是客观的，不以感觉为评判标准。央视追问："你幸福吗？"其立意是后者。

（12）权贵的门缝很小，要钻进去，矮化的不仅是身躯，还有灵魂。

（13）"七十二行，行行出状元"，是说人生的展开不限定时空条件，做什么都可以活出精彩。

（14）真理是什么？我不知道。但我知道假话、虚话、套话、大话、空话都不是真理。

（15）"适者生存"是生物规则，也可以是社会规则，但不应成为人生规则，在人生方面"适"了，就失去了自己。遗憾的是，人活在世俗社会，多数人因为世俗的追求而失去了自己。

（16）怀平常心，做平常人，是摆脱平庸人生的捷径。

（17）既要正经做人，又要心身自由；既要守持大局观念，又要争取个人权利；既要普度众生，又要自我修炼——做人何其难！也因为难，人生才多彩，才让人恋恋不舍。

孤独只是一种感觉

（1）婚姻给予人的幸福在于男女双方心灵的沟通和维系这种沟通的一致努力。

（2）生活的本质就是不自由。越是追求生活的舒适，这种本质就表现得越明显；越是沉湎于生活，越要准备接受这种本质的挑战。

（3）没有牺牲的爱，轻松洒脱，更接近爱的本质，是希腊文化崇尚自然的结晶；以奉献为代价的爱，深沉崇高，多追求爱的升华，是中国文化重视社会的硕果。

（4）"上帝造人说"的积极意义在于事实上承认了人与人之间生来平等的观念。进化论则给殖民主义者的种族歧视政策提供了理论依据。不仅如此，"物竞天择，适者生存"的丛林规则，还破坏了天人共处的理念，诱发了人类征服自然的种种荒唐行为。

（5）不顺的遭遇往往是人生财富，至少比养尊处优更利于成功。

（6）要从丰富今天做起，人生是由无数个今天组成的，失去了今天，就是失去人生的开始。而丰富今天要从调整情绪做起，以好的心情开始的一天，毕竟是愉快的一天。

（7）爱情是一种很奇妙的事，相知才恨晚。

（8）人到中年，往往是失望与希望、失败与成功、沧桑与平和的转折，这是一种心灵的磨炼，咬牙挺过来吧，再苦再难也要以善良为本，我相信天道酬善！

（9）朋友说："人无完人，不必苛求；人生苦短，放过自己。"可是人这一辈子很难，有时连消极、被动的权利也没有。

（10）真正的相知，并不都是语言的交流，更多的是心照不宣，乃至心心相印；只要有相互的感应，就不会再孤独，因为孤独毕竟只是一种感觉。

活得更好，是为你自己

（1）一个没有底气的女人，才会主动告诉别人她读过什么书，去过什么地方，有多少件衣服，买过什么珠宝，爱人如何优秀，而真正自信的女人从不炫耀自己，因为她没有自卑感。

（2）结婚与恋爱是两个范畴，人们总以为恋爱成熟后便自然而然地结婚，其实不是这样，结婚只是一种生活方式，几乎每个人都可以做到。爱情却需要用奉献来维系，有时可能奉献的是整个生命。

（3）穷与富，不光是物质状态，还是一种精神状态，你若一辈子坚持自己是穷人，即便拥有巨额财富也挽救不了你的狭窄心胸；你若胸怀宽广，不计较得失，那么你从一开始就是富有的。

（4）这是一个高度竞争的社会，没有资格放弃的人最好不要放弃，否则想要回头，这个位置已经被人占去，即便是闹意气，也得评估一下自己有没有资格——位置，不光是指工作岗位。

（5）现在还有谁会照顾谁一辈子？那是多沉重的一个包袱！即使

是直系血亲，也因种种原因，不可能全天候陪伴，所以非自立不可，哪怕你是个耄耋老者。

（6）何必向不值得的人证明什么，活得更好，是为你自己；何况，与不值得的人较真，是把自己也放在了与他同样的水准上。

（7）做人要含蓄点，得过且过，不必在意，水清无鱼，人清无友，谁又不跟谁一辈子，一些事计较了又能怎样？放在心中就算了。

（8）爱一个人绝不潇洒，为自己留了后路的爱，或潇洒的爱，也就不是爱了。

（9）女人的冷漠通常也能吸引男人，但是男人娶的往往是仰慕他的女人。

（10）许多人并不相爱，却可以相处一辈子。爱是非常容易令人厌倦的，所以才显得珍贵。

（11）没本事的女人靠嫁人生活，有本事的女人靠自己生活。

（12）不完美才是人生，切忌怨天尤人，愤愤不平。

（13）最后一句是专对男人说的：当你要求一个女人像女人的时候，先问问你自己，像个男人吗？

比较是一切烦恼的源泉

（1）虽然人和猪都吃粮食，可人毕竟不是猪，光喂饱了不行。人还追求物质世界以外的生活世界，这个世界更丰富，更多彩，给予人的愉悦更加长久。

（2）一个人不仅要树立正确的人生观，还要树立正确的人死观，新陈代谢是一切生物延续的法则，当然也是人类延续的法则。死虽然往往只是一瞬间的事，却也是一生积淀的结果，一个人选择了怎样的死及死时有怎样的表现，体现的是这个人有怎样的人死观。把每天都当作最后一天那样紧迫，是智者的生存态度，也一定具备了正确的人死观。

（3）"若有所思"，就是还不成熟的思想，所以我的这些"絮语"都是一时之见，不是"思想"，不是"理论"，更不是"行动指南"——有好友，对我的絮语系列"若有所思"吹捧过分，不切实际。

（4）接受教训很难，也许人先天就没有接受教训的能力，尤其在情感方面。情感方面的错误总是屡错屡犯，一犯就是一生。

（5）听到一句话："比较是一切烦恼的源泉。"这话有如醍醐灌顶，让人猛醒。可悲的是，人做不到总是醒着，生命至少有三分之一的时间是在睡眠中度过，因此难免有"比较"的时候，受烦恼困扰，也就成了人生的常态。

（6）岁月过滤后的记忆总是美好的，所以每一天都是美好的，因为今天就是未来美好的记忆。从现实中发现美好，感受美好，比在记忆中品味美好，实惠得多。

（7）每一天都是剩余生命中最年轻也是最有活力的一天，这个道理似乎人人都知道，又不知道。说知道是道理浅显，都懂得；说不知道，是都不以为然，没有当回事地珍惜当下。所以王阳明主张"知行合一"，知道了，不行动，等于不知道。认识难，实践难，认识与实践相统一，难上加难！

（8）没有目的的交往，是人际交往的最高境界。可是生活在物质世界中的人，这样的境界几乎是达不到的。俗语说："人是个好人，可钱是个坏东西。"无数情谊，都是被"钱"破坏了的。

（9）敢于说"我错了"的人，是正确的人。换句话说，要做一个正确的人，首先要明白"我错了"，可以从不说出来开始。

聪明有度，过犹不及

（1）刚参加工作时，最先给予影响的，往往决定一生的取向。"近朱者赤，近墨者黑"，总是发生在步入社会的初始阶段。

（2）只要心灵永葆青春，生命就永远灿烂。而保持心灵青春最重要的秘诀是多与小年轻交朋友，而不是在中老年微信群里经常交流保健心得。

（3）做大事，必有所得。所谓大事，就是看上去似乎超越了自己能力所及的事，即使失败了，获得的也绝不仅仅是经验和教训。

（4）对别人尊重，抬高的是自己；而总是轻蔑地对待他人，却是自己素质低下的表现。

（5）真正的爱是非功利的，因为婚姻是一种生活方式，难以规避功利问题，所以婚姻往往成了爱情的坟墓。

（6）浅薄者的悲剧是不知道自己的浅薄，越是浅薄的人越喜欢夸夸其谈，就像我这样。

（7）人在两种情况下追求灵魂的安宁：名利都有和名利都没有。后一种情况远多于前一种情况，原因不仅是因为名利都没有的人远多于名利都有的人。

（8）柏拉图式的爱是一种缺憾美，因为只有拥有了肉体才有可能真正拥有灵魂。

（9）语曰"聪明有度"，就是说人不能太聪明了。其实世上万事万物都如此，"太"了就不好。子曰："过犹不及"。

需要即实在

（1）对相爱的人而言，灵魂的栖息之地往往在对方心里，而不在自己身上。

（2）同事和朋友是两个不同角色，两者不能混淆，同事是合作伙伴又是竞争对手。被同事兼朋友出卖了的，不能埋怨对方，只能怨自己交朋友选错了对象。

（3）世界上只有两种人，一种是已死的人，一种是待死的人。从这样的认知出发，可以变得很消极，也可以变得很积极，我希望所有待死的人都是后者。

（4）保健只是手段，目的是让生命继续灿烂，而不能以保健的名义做荒废生命的事。如果把保健当作目的，打造出来的可能是一具健康的行尸走肉。

（5）人的精神压力往往不是因具体的事由造成的，而是因对具体事由的认识造成的。所以，人一旦有了精神压力，请务必换一个角度去看问题。

（6）有人群的地方就有不平等，而这种不平等是动态的，是可以转换的。家庭成员之间的强势与弱势转换，往往在长辈与晚辈之间进行。作为晚辈的独生子女的趋强转换有分裂现象：可见的可感的方面转换得早，不可见不可感的方面转换得晚。这话说得有些绕口，可我找不到比较接近意思的说法。

（7）人往往喜欢从相反的方向表现自己，浅薄的人往往爱吹牛；真正的专家，却很少说结论性的话。

（8）死劝你喝酒的人多半是看不起你的人，"劝"不同"敬"。境界高的人不需要在酒桌上寻求自己的价值。

（9）高度发达的通信手段缩短了人与人之间的距离，远在天边，视频一开就如在眼前。也因此，沉迷网络，对身边的人视而不见，让人又有近在眼前远在天边的感受。人与人之间的关系经历着前所未有的变革。

（10）精神的坎儿比物质的坎儿更难过，那些一辈子也过不去的坎儿往往是前者。

（11）爱是两性本能的升华，是摆脱了功利束缚的精神愉悦，是社会化的人被社会不断异化之后仅存的最圣洁的活动，为万物之灵所独有。

（12）爱有别于"欲"，后者仅是生理的聚集；也有别于"恋"，"恋"是心理的依赖，体现了人类自私的天性；只有"爱"才是心灵的奉献，因而具有了神性。

（13）人从懂事以来，现实就把其生命割裂成了两个：除了肉体的生存，还有灵魂的生存。在灵魂的生存体验中往往可以获得更高层次的愉悦，有时尽管是短暂的一瞬，却值得长久品味。

（14）配偶双方处在功利的旋涡中，精神的层次难以得到提升；又在具体的生活环境中一起纠缠，难以形成审美所需要的距离。这就是多年的夫妻往往只是亲人而不是情人的原因。

（15）当我不需要这个东西时，这个东西于我没有意义，正是有了需要，我们才感知到这个世界的存在，因此有人说"需要即实在"，我的需要就是我的全部现存世界。

学习永远是正确选择

（1）人除了自然年龄、生理年龄、心理年龄外，还有一个社会年龄。家庭是社会的细胞，费孝通先生认为，结婚是一个人走出社会的标志。那么，为人父母就是一个人进入社会年龄中年的起点。不管你别的年龄是多大，只要你有了孩子，你的社会年龄就是一个中年人。而且这个中年阶段往往比较漫长，这是因为人的社会性本质，决定了个体的人要有充分的时间来承担社会的责任与义务。而作为一个社会的人，当孩子已经结婚、父母亲也不在了的时候就是中年的结束和老年的开始！由此可见，尊老爱幼不仅是社会的责任与义务，也是推迟老年心态到来的最好方法。

（2）学习永远是正确选择。一个人的决策很难有总是正确的时候，但学习除外，只要你选择了学习，就不分早晚，总是正确的。

（3）放手才能成功；放心才能忠诚。上级对下级是这样，夫妻之间也是这样。不敢放手的领导，格局不大，也很难有成就；相互猜忌的夫妻，心胸较小，也很难有和谐。

（4）角色移位，会导致人际关系的移位。同事成了情人，情人成了爱人，关系都要重新调整。即是说，每个角色都有自己固定的操守与义务，越位了就会出现问题。

（5）看看动物界，哪对父母（尤其是鸟类）不是无私奉献，人家哪会考虑白养不白养的问题呢？我们常说的顺其自然，其实就包括了向自然学习，动物当然是自然的一部分。

（6）过分追求现实就是不现实。

（7）以不美为美，不幸成为时尚，美就被冷落了。

（8）人性复杂，是因为所处背景复杂，身不由己是人生常态，不同的是有人明白，有人不明白，自以为可以掌控一切，其实还是身不由己。

（9）不是车到山前必有路，而是路总在山前，翻山是人生路上的平常事。想想人活着都一样，无非是需要翻的山不同而已。

（10）其实爱往往就是一种感觉，不需要理由，或许也与了解不了解无关。甚至，了解了，可能反倒无感了，比如多年的夫妻反目成仇，不能说他们是因为不了解。

（11）心里有爱就是人生最大的幸运；反之，心里没有对他人的爱，是人生的最大不幸。

（12）要求有回报的爱就与爱疏远了，如同感恩应是受恩惠者的自觉行为，被要求的感恩就不是感恩了。个人与个人，组织与个人，社会与个人，都是一样的。

（13）一切进步源于欲望，可以说现存世界就是人类欲望的结果。然而这欲望如果不加控制，就既无真正美好的社会局面，也无真正美好的个人生活。遗憾的是迄今为止，我们还没有看到控制这欲望的希望。所以，世界的本质是一部悲剧。

（14）《红楼梦》的诱人处在情与趣，对《红楼梦》无感的人往往太理性。太理性的人，你很难深入他的内心世界，尽管总是听他说自己的主张，但不一定就是他内心的想法。个性使然，与是非无关。

（15）遗传因素、成长背景加上生活环境，造就了每个人独特的个性，决定着每个人都有不同的人生方式，谁也学不来谁。我们只能在属于自己的生活范围内，承受着只有自己才能感受到的生命之重。

（16）木心先生为什么说"生命好就好在没意义"？生命原是一张白纸，怎么利用这张白纸，全在于自己。这就是如何活着，生命的意义是活出来的，活得精彩了，生命才有了意义。

（17）生命的高度与格局相关；生命的长度与心态相关。小格局的人不会有大成就；心胸狭窄的人往往与长寿无缘。

美是生活

（1）传统上我们不大重视"生日"这类事，尤其是成人之后就不再庆贺了，这和儒家文化强调社会先于个人的主张有关。其实庆贺生日是对生命印记的强化，是一种积极的自我承认，是一种生命价值的重新确立。换句话说，认识自我生命的价值，具有人本主义的意义。在欧洲，人本主义是神权思想的反动；在中国，人本主义是儒家观念的反动，两者都有争取人权，追求个人自由的意义。

（2）吴越争霸，留下了一条成语鞭策着后人，留下了一个美人的倩影令人神往，留下一把宝剑叙述着华夏民族昔日的辉煌！

（3）把鹊桥相会的日子设定为中国的情人节实在是有点牵强，这是受西方文化影响的一个典型案例。牛郎、织女是已有两个孩子的夫妻，何来情人？牛郎织女故事的魅力在于它的悲剧性，这与西方以娱乐为主要色彩的情人节相去甚远。如果硬是要在这一天定个什么节日，定为"两地生活夫妻节"倒是合适。以强化某种关注为目的节日，如劳动节、儿童节、妇女节，对象都是相对弱势的群体，两地生活的夫妻也绝对需要关注，是一种真正的人文关怀。

（4）"狗熊掰玉米"其实是生命的一个普遍规则，人这一辈子其实也是一个不断获得又不断放弃的过程，生命的结束就是最后的一次放弃。所以要坦然，不断调整心态，人与狗熊的区别在于不仅要不断放弃物质的东西，还要放弃非物质的东西。学会放弃就是要把"被迫"调整为"主动"，这样才能轻装前进，直达成功的终点。

（5）在我们这样一个宗教情结淡薄的国度，故乡就成了人们的精神家园，当下为来自农村的城里人所独有。因为真正的农村人和真正的城里人都体会不到这种城乡边际人所独有的情怀，也就上升不到精神的层次。尤其是城里人，随着城市大规模的改造和扩张，很难找到旧有的遗迹，加上动迁频繁，居住条件不断提升，连家乡的概念也没有了。不知道这是人的幸福，还是悲哀？

（6）我国的基础教育一度是很成功的，是因为妄自菲薄，改掉了好的东西，加上多种因素的影响，使得整整一代人在题海中度过了自己的青春，消磨的不仅仅是未来国家建设者们的创新能力，也许还有民族意志。

（7）水往低处流，人往高处走，体现的不光是人生态度，也反映了客观规律，社会就是其成员不断在这种"用脚投票"的过程中发展着。

（8）"抱怨"仿佛已经成了流行病，我所希望的是它仅仅是一种病，万不可演变成社会常态。产生的原因有些复杂，这里不想去分析。只是设想如果报怨者们能扪心自问一下，我对这个社会、所在单位或自己的家庭做过些什么？或准备要做些什么？倘若人人都这样问过之后，抱怨的流行病是不是就可以减轻一些呢？顾准先生后半生身处逆境，连朋友和家人都与他划清了界线，可是我们在他这个时期留下的著作中，连一句报怨的话也找不到，而是以深邃的理论洞察力，乐观预见了国家光明的未来，这大概就是伟人与普通人的区别吧！

（9）在这个浮躁的社会，教师作为社会成员，无法拽着头发离开地球，难免随着大家一块浮躁，因而已经没有什么好名声，然而想做教师的追求绝对是一个高尚的追求！"传道、授业、解惑"，只要做到一点，就是他人表率。

（10）勇于承担责任的人就是不平凡的人，历史走向由他们指引，国家命运由他们掌握，社会进步由他们推动，家庭幸福由他们缔造。他们其实就是鲁迅先生所说的"民族的脊梁"。他们没有明星那样耀眼，但我们每个人都能感觉到他们的存在。

（11）对于积极进取的人而言，生命的每一阶段都是美丽的。虽然"夕阳无限好，只是近黄昏"感叹了生命的伟大与不可超越，可毕竟还有"老夫喜作黄昏颂，满目青山夕照明"的昂扬斗志。

（12）我国传统节日，包括春节在内几乎都是人为的规定，只有中秋节融入了较多的自然因素，是"天人合一"观的完美体现，表达并践行了人与人，人与自然和谐相处的美好理想。只有在明月当空之际，我们才真正有机会"把酒问青天"，才能暂时忘却尘世的喧嚣，安静地与宇宙对话，从而检视生活、检视人生！

（13）想起了一千年前临川先生的仲永之叹！后天因素在这里虽然不幸起了决定性的作用，但不要忘记，后天因素中分为主观和客观两个方面，只要是一个真正肯用功努力的人，任何客观理由都不应该成为理由。

（14）当下，我们是浮躁有余，激情不足；激情是一种信念，而非冲动，因此它给予人的总是一种持久的生命活力。浮躁只是一种心理状态，是欲望得不到满足时的情绪表现，紧跟其后的往往是无奈的沉寂。

（15）车尔尼雪夫斯基说，美是生活。而生活中人是第一因素，能给人愉悦就是美。人际间的和谐契合，感觉到的是审美的愉悦。

（16）一个孩子的学习习惯与处世方式一样，多半在七岁以前就形成了，所以家长实际上是人生真正第一启蒙教师。一个孩子好的表现，一半是好的遗传，另一半是父母良好影响（言传身教）的结果。在社会与学校的负面影响较大的今天，家庭教育就成了塑造孩子积极人生的决定性因素。

（17）积极的人生，总是快乐的人生！

警醒生命的长度，掘进生命的深度

（1）人的心胸与天赋、个性和成长背景相关，只能发现，难以发明，更不可创造。给你一个心胸狭窄的人，看能不能把他的心胸培养得宽广了？

（2）现实生活给我们的教训是交心越多，失落越大。"逢人只说三分话，不可全抛一片心。"古人这样说，是经验之谈，更是教训所得。如果逢人便可"交心"，哪会有"知己"一说？哪会有"得一二知己足矣"的感慨？

（3）写东西也是一种疏导方式。从私人写作到官样文章，都有疏导情绪的作用，只是程度不同而已。

（4）在信息传输发达、社会信誉日渐危机的当下，为什么仍然有人轻易就相信了别人的"忽悠"？原因有多种，可根本的原因却只有一条，即科学素养低下，没有构建起最起码的常识系统，遇到点什么情况，毫无免疫能力，人家说什么就相信了什么。

（5）是在长吁短叹中蹉跎岁月，还是在埋头奋进中珍惜时光？这不光是个自信心的问题，还是一个视野问题。时刻警醒生命的长度，才能不断掘进生命的深度。

（6）人与人之间，一见面，说上三句话，就相互认识了一半。剩下的那一半就足够认识一辈子了，甚至一辈子也认识不完。所以给人下结论，只有两个时间点比较靠谱，一个是刚认识的第一天；另一个是在他死了以后。在其余时段，万不可轻易评价一个人。

（7）父母都优秀，就不用刻意去教育子女。我同意一个比喻：父母是原件，子女是复印件；原件的质量决定着复印件的质量。所以教育子女的最好方法是提升自己。

（8）现代科学告诉我们，大脑是思维的器官，可我还是喜欢"心想"这个词，总感觉经过心想出来的东西就有了热度似的，会更加踏实一些。如果换成了"脑想"，是不是就显得理性有余，而情感不足了？所以"心想"并非古人不明白思维的路径，而是把思维指向了更加有厚度的层次。

（9）人这一辈子，许许多多的事都是不以我们自己的意志为转移的，原因也不是能说明白的。好事或不好的事，缘或孽缘，往往都是这样。遗憾的是，人是最不善于接受教训、最看不清自己的动物，只有发生了才明白；而过后再遇到相同的事，又不明白了。人们说，那些贪腐官员都是聪明人，为什么就不接受别人的教训，非要自己害自己呢？其实人在任何事情（包括好事坏事）上都这样，不断地重复着别人，也重复着自己。

（10）人有两个我，蒋勋先生说，庭院表现社交的我，园林表现私密的我，前者是儒家的，后者是老庄的。日记呢？在二者之间，既非完全私密（除非写了就撕，或保证永不公开）的，又非社交的，这是日记的尴尬。

（11）如何养成较大的视野格局？方法并不复杂，只要不总是关注自己，不总是从自身出发来思考问题、看待人生、处理世事，格局自然就大了。

（12）心态平和，尽量做事，不执意追求什么，包括所谓健康，才是最好的养老方式。我不建议参加当下的老年信息群和老年活动，原因就是这些人总把"养生"挂在嘴上，似乎养生成了继续活着的主要内容和全部目的，使生命本身过早地失去了意义。活着不应该就是为了养生。要想不死，唯一的办法就是不生。可是生不生不由我们自己，所以死是必然的。如何面对这个人生结局？四个字：顺其自然！全世界每年的死亡人口超过四千五百万，这是辩证法的胜利，是人类群体新陈代谢的成就，也是生命自身的壮观景象！其意义与迎接新生命的诞生同等重要！坦然面对，才能更大地激发自身生命的价值。

（13）所谓"初心"，是指当初所立之志向，非"人之初"之"初"，也不是"性本善"之"性"。领导人所强调之"初心"，当特指建党初期的宗旨，即全心全意为人民服务。只要不忘这个初心，不论是革命，还是执政，都会成就其事业，完成其使命。

在世俗环境中做俗人

（1）人不可能掌控一切，据说连上帝都造不出一块连他自己也搬不动的石头。所以顺应规律永远是人类一切行动的首选。至于个人也一样，既然无法改变命运，不妨调整心态，学会顺从。再说，适应环境本来就是我们的生存本能，而环境就是命运的显性表现。

（2）什么是福？ 希望而不绝望，想得到而没得到，是为福也。

（3）在生存环境相对稳定的前提下，幸福指数与智商成反比，智商越高，幸福指数就越低。幸福与物质、精神是相互独立的三角关系。

（4）不要总记着自己对别人的恩典和情义，这也是一种负担，时间久了，就会积累成痛苦。

（5）任何历史都是当代史，任何史学都是主流思想的史学。

（6）失去了"那个"的时候，也赢得了"这个"，可是人永远只珍惜失去了的"那个"。

（7）有些事实是不能说出来的。有的不能在一定的范围内（空间）说，有的不能在一定的时期内（时间）说，有的是在一定范围和时期都不能说。更多的是可以和这个人说，不能和那个人说。不过，该说不说可能是要死人的。刘半农先生在归绥中学讲学，陪同的张宝国先生见刘先生的礼帽上爬着一个虱子，出于为尊者掩饰的心态，张先生没有说，三天后刘先生就死了，原来那个虱子带着鼠疫。

（8）社会为什么总强调"亲母"而不强调"母亲"，因为后者是自然本能，而前者是社会伦理规则派生出来的道德要求。"母亲"是本能，是天生就有的，连动物也会；"亲母"是道德的，只有人类才有。所以历代都不断树立着"亲母"的典范，而从未见有评选"母亲"的活动。

（9）蒋勋认为嫉妒和欣赏是一体两面。当你嫉妒一个人时，欣赏也就在其中了。

（10）人生最没有意义的事就是谈论人生的意义。我们中国人传统上只讲"三德"（立德、立功、立言），且把"立言"放在末位。可见中国人本不尚空谈，空谈之风是魏晋清谈风尚的负遗产。

（11）爱是一种折磨。人有寻找这种折磨的本能和自由，但不一定有享有的权利。权利与义务平衡，无能力尽义务，也就失去了所享有的权利。

（12）浮躁的社会中，仅存的美好就是容易触动你心灵的那些人和事，这是需要用心来维护的。只要你存了维护的心，美好就在你心里了。

（13）形而下的爱最经不起考验，任何"不顺"，都是决裂的借口。

（14）喜欢一个人总会喜欢他笔下流出的文字，在这人情淡漠的世上，做思想的富有者和心语的倾听者，人生最深的信任与最大的鞭策莫过如此。

（15）把自己看作俗人，明白自己活在世俗环境中，这本身就是一种觉悟。如果善于适应环境，享受世俗乐趣，就是高人。我们努力提高自己的精神层次，不是要拔高自己，远离红尘，而是为了认清自己，完成世俗的生活。

（16）有的时候清高只是一种掩饰，就像有的人因自卑而自负，因为人总是喜欢从相反的方向表现自己。

（17）有的事能做不能说，有的事能说不能做。任何时候都不要对两性私密之事怀羞耻之心或作为炫耀的资本。女人要自重，男人更要尊重女人。

有一种错误叫"你是正确的"

（1）《论语》是活的思想；《弟子规》是死的规矩。所谓"国学班"可讲前者，不可学后者；后者与先贤的思想背道而驰。正如我们应该学习《道德经》，却不能拘泥于《太上感应篇》。

（2）最好的家庭教育是成就自己，对子女最大的帮助也是成就自己。只做保姆他们是不会真正感恩你的，一直做下去，在他们心里你就真成了保姆。成就自己的过程，就是给子女树立榜样的过程，潜移默化，力量无穷。而所谓"成就自己"首先是要"立德"，并且这应该成为一个终身的目标。对于一个家长而言，"立德"与"立功"和"立言"三者之间是总分关系，不是递减关系。

（3）去除杂念，才能获得思想。

（4）身边无伟人。已婚男人有一个共同体会：世上最正确的意见是老婆的意见；最强的头脑是老婆的头脑；最丰富的知识是老婆的知识——然而这种认知万不可指导实践，即只能当作策略，而不能当作战略，尤其是掌握权力的男人。

（5）出路出路，走出去才有路；困难困难，困在家里总是难。命运是动态的，动起来才能有掌握的机会，不要忘记，守株待兔只是一个笑话。

（6）性教育破坏了青春期两性之间的模糊美，如探月工程破坏了月宫的意境美一样。如何在科学时代保留传统的心理的童话的美感，是科学与美学结合的前沿课题。

（7）人活着至少要有一个乐观的预期。如果总感觉明年不如今年，现在不如过去，那活得多没有意义？人这一生，每个阶段都有自己的兴奋点，要善于发现并利用这些兴奋点，让乐观的情绪充溢生活的方方面面。

（8）劳动是艰苦的，但无功利的劳动却是人生最惬意的活动之一。没有生存负担，不用考虑是否有收获，只享受劳动的过程。

（9）与人争利没有用，身边的这种例子太多了。有时，看上去有用，其实还是没用，因为同时也失去了很多，对于失去的东西，当事人总是不愿说罢了。

（10）越是颠倒黑白、荣耻倒挂的时候，越要坚守心中的美。只要美在心中，精神的世界就不会太丑。如一间黑屋子，即便是点了一盏豆油小灯，黑暗也会被驱散了。

（11）传统中国人对待人生境遇往往有三种办法：顺利时学孔孟，求进取；逆境时学老庄，不掺和；绝望时，近释氏，远尘世。在现世生存的我们怎么办？"择其善者而从之，其不善者而改之"，舍此，无它。

（12）一个家庭给予子女正面或负面的影响是一辈子的事，"家和万事兴"这句老生常谈不是一句口号。可是成人之后毕竟有了自己的判断和认知，彻底摆脱家庭的负面影响，才能称得上是真正的家庭重建，才真正有机会改正父母的错误。如果总是耿耿于怀家庭的负面影响，等于是继续用上一辈的错误来惩罚自己。

（13）历史与现实一样，不像一些人说得那样好，也不像一些人说得那样坏，具体问题需要放在具体环境和背景下分析。社会发展既有一个过程，更不可能脱节或断裂；也不是越发展越好，大楼如森林，空房子越来越多，满街的汽车跑不动……就不是太好！

（14）真正的思想家在民间，诸子百家生前基本上都是民间人士，有的也是吃了上顿没下顿。对所有人都怀着敬意，自己也必然离高尚不远了。

（15）物极必反，人不能过。什么位置说什么话，是一种处世艺术，也是一种职业品德。有一种错误就叫"你是正确的"，就是不在其位而谋其政，说了不该是自己说的话，做了不该是自己做的事，即使你说的话、做的事是对的，导致的结果却是错的。

（16）安慰自己的秘诀是：少问别人为什么，多问自己凭什么。

（17）许多事你要不把它当回事，它就不是事；你要当回事了，它就真成了事。当你觉得一件事可能与你有关，而又没有主动摊上你的时候，一定要沉住气，静观其变，看看再说。

（18）我的一切论述都是一种自我表达和自我宣泄，与别人的思想无关。尤其是我写的这些话，多半是闲得没事干瞎划拉，目的是消磨时间。如果恰好有人喜欢，那也只是一次巧合。

好，不等于多

（1）一个人觉得所处的社会环境不是太好，提防着点儿是对的，但不能为这事紧张，紧张了就会紧张了自己的人际关系。

（2）写东西本质上是自言自语。想得到承认是附加的欲望。国有国情，人也有人情，各人情况不同，选择的生活方式也不一样，只要相互尊重，就是君子本色。

（3）地方文化往往就是传统文化，而传统文化是中华文化的根本与生命源泉。而地方文化的载体是民俗与方言，民俗的淡化与方言的消失，动摇的是中华文化的根本，枯竭的是中华文化的生命源泉。

（4）设备与技术人才太集中造成了少数医院人满为患的假象，实际上多数医院门可罗雀。公益性单位市场化，加上所谓优化资源配置的导向，造成了此种不公正不公平的社会现象。

（5）无论士农工商，还是贫富贵贱，在其人生的路上都均匀地撒满了幸福的花与不幸的刺。乐观者看到的多半是幸福的花，悲观者多半看到的是不幸的刺。

（6）想要热闹就选择结婚，想要孤单就选择单身；想要责任就选择结婚，想要放任就选择单身；想要约束就选择结婚，想要散漫就选择单身；想要服从就选择结婚，想要独立就选择单身；想要在人生路上有人相伴就选择结婚；想要自主设计生活就选择单身。

（7）夫妻俩过日子就像一双筷子：一是谁也离不开谁，离开就成了一根无所用的小棍；二是什么酸甜苦辣都要一起尝；三是必须协调配合，才能达成目标；四是不能靠得太紧，太紧了会摩擦起火。

（8）小妹说，人懒着懒着就散了。看来"懒散"一词的两个词素是因果关系。散者，放任也。要想不放任自己，就绝不能懒。

（9）小妹又说，生活没有想象得那么美好。想象总是与实际相脱离，一旦与实际结合，现实中的严酷就会立即过滤掉想象中的美好。

（10）总想着让人关注自己，或者总想着别人是不是在关注自己，这是病，得治。

（11）中国人的批评观向来都是一面倒的，说你好时总是好上加好，说你坏时总是坏上加坏，所以"上智"的先贤们才倡导中庸。

（12）童心是世上最好的心态。保持这心态，就永远精力充沛；保持这心态，生命就永远是春天。

（13）人本身是完美的，没条件服务他人，就做好自己，无论是精神方面还是物质方面都应如此。好，不等于多，尤其是物质方面。

（14）师傅与教师的职业特点不一样，师傅要看教育对象的情况来确定自己的传授态度，而教师不管这些。教师只要站在讲台上，就热情待人而绝不保守，这与教师的品质无关，而是其职业特点。

（15）优秀的人孤独，优秀的女人更孤独。因为后者需要的是同等水平的对话者，心照不宣的交流者，和比自己更强势的心理依恋者。而现实中，这样的男人少之又少。

（16）心里有阳光，阴暗就会远离。就是说，只要心里明亮，在哪儿都有一片光明的天地。

（17）任何长期关系，若想牢固美好，都必有一个前提：要关照对方的意愿。可是做到这一点，谈何容易！

（18）真正的悲剧是矛盾发生时，自以为是矛盾原因的其实往往不是原因。

（19）如果遇到了不是一个层面又难以对话的对手，就不妨把对方的一切都当作无，即使当面闹腾也当作听歌就行了。"无为而治"，不光是指治国，治家治人同样有效。

（20）亿万人中能相遇，多小的概率，所以才有"缘分"一说，任何情谊都十分可贵，应该好好珍惜。然而，事实却是走到底的朋友并不多见。

（21）人要能拿得起，放得下，就是有所为，有所不为。多数情况下是拿得起容易，放得下难。

（22）与一二知己海聊瞎侃忘乎所以是人生最美好的时光，可毕竟生活之网有诸多束缚，无法尽随人意……

（23）任何人和事，只要经过宣传，就不像说得那样好，也不像说得那样坏。导向性的言论必定会有所强调，凡强调的就难免扩大，甚至夸张。

（24）有人说，不是老人变坏了，而是坏人变老了。可我相信，既然时势能造出少数英雄，就一定能造出更多的流氓。

（25）生命的载体在于长度；生命的意义在于厚度。

丢了过程，失了结果

（1）人际矛盾激烈的时候，弱势的一方往往会有两种结果：一是斗点心眼儿得以舒缓情绪；二是情绪突然暴发，成了普通刑事案件中的加害者。所以，待人接物切忌太强势。

（2）什么是贵人？能在单位"一把手"面前替你说好话的人就是你的贵人。怎样才能遇到这样的贵人？多半取决于你自己：一、不要把自己的工作推给别人；二、不要对同事耍小聪明；三、不要见异思迁，好高骛远。做到这些，你的贵人就来了。

（3）自从大脑发育成了现在这种样子，人就变成了最不可信的生物。知道了这一点，才能建立起起码的交际原则。种种书面的法律法规就是这种交际原则的延伸。从蚂蚁到大象，有这些种种的规则吗？

（4）人最悲催的就是自己瞧不起自己。如果你这样了，谁还会把你当回事呢？

（5）智广说："人在痛苦中深刻，但痛苦不是通往深刻的唯一道路。"这句话本身很深刻，深刻得想把它作为座右铭。

（6）看淡了物质生活往往就是快乐的开始，看淡了多少就快乐了多少，收获了快乐才是收获了人生。

（7）也许爱的力量只在青少年中发生作用，所以为爱而抛弃生命的现象，只在青少年中发生。

（8）相融才能成就永恒，为了保持自己的修为而排他，得到的只是清高。

（9）认识要以现实为依据，当一个人只剩了思想，思也是空虚，想也是空虚，就与空虚为伴了。

（10）人在孤独时其实很美，因为孤独会引发思考，思考是人所有活动中最高端的活动。

（11）如果没有以德报怨的格局，就要做到恩怨分明，不愧己心，千万不能恩将仇报，彻底毁了自己的品格。

（12）好的行为成了习惯，就是修养。

（13）一个人的真正成功是他以自己的思想影响了别人，以自己的行为塑造了别人。

（14）现代社会使亲戚成了血缘维系的陌生人，这是退步，也是进步。退步是淡漠了传统社会温情脉脉的人际关系，进步是使建成真正的公民社会有了可能。

（15）人治的前提是治人者"性本善"，法治的前提是治人者"性本恶"。人治里有法治，法治里有人治，二者并不完全排斥，汉语里有许多"法"的词汇，说明中国传统的治理方式，并非完全是人治。

（16）"仗义每多屠狗辈，负心最是读书人"，真正的建设者是每天从点滴做起的实干家，而不是网络论坛里唾沫横飞的红人。

（17）当母爱（包括父爱）因社会污染而普遍有了私心，社会就真正堕落了。

（18）中国人缺失内省的精神，任何应该反省的错误都是他人的错误，是因为缺失了内省的动力，内省非但得不到回报，而且还常常被认为是不合时宜。

（19）一个人所做的事，在另一个人心里有怎样的呈现，离不开后者如何观察前者做事的动机、过程与结果。有看重动机的，有看重过程的，有看重结果的，所以明明是一件事，在不同的人心里，就有了不一样的呈现。

（20）想钱想疯了，不会幸福。有段相亲视频中一位自称受过高等教育的女嘉宾直言，男性财富达一亿以上，自己就可以接受年龄比自己大十五岁至二十岁。尽管我们要尊重不同价值观，但在婚姻关系中有两个基本事实：一是夫妻关系不是出卖肉体的失足者与嫖客的关系；二是夫妻关系中钱不是唯一的纽带。

（21）不总埋怨过去，不总寄希望于未来，只要坚持活好现在就是成功的人生。

（22）两性关系中，过程也是真实的存在，可多数人只想着结果，结果是丢了过程，结果也没得到。

（23）实行市场经济后，释放了私欲，交易行为渗透到了方方面面。这样的环境下，传统的婚姻达成方式不光受到了冲击，而且成了各种价值观短兵相接的战场，致使相当一部分女性成了受害者。

（24）男权社会，审美的主动性在男性，所以女人也认可了男人们挑剔的眼光，甘愿为悦己者容了。

（25）在价值观倒错的情况下，"才"可否变成"财"，成了检验是否真"才"的唯一标准。

（26）当荣耻倒置的时候，人人都会把不要脸当作有本事。

（27）我的"若有所思"系列是想尽量说点贴近实际的话，可是因识力与胆力所限，一些话还是说得不清不楚——这句话很实际。

打住欲望，生出满足感

（1）孟子说"无敌国外患者，国恒亡"，意思是一个国家不能太安然了，太安然了容易享乐腐化放松警惕，会导致国家的灭亡。人也是这样，生活上太顺，人际关系总是一团和气，也容易不思进取。有几个批评者（包括恶意批评者）或竞争者，可以使人时刻警醒。所以人这一生，不仅要感谢恩人，也要感谢敌人。

（2）转机往往发生在看似随机的事件中，你当回事地想和某人改善关系，不一定能成功，可一件偶然的小事却使两人的关系发生了实质性的改变。

（3）衣服是为人服务的，可它有一个扶"胜"不扶"败"的特点，人的气质越好，衣服就越显得好。这也是为什么挑选服装模特儿发展成了一门学问的缘故。

（4）"坏人"之"坏"也分几个层次：初级的坏，是把"坏"字写在脑门上，防有可防；中级的"坏"是顺其自然的坏，不执意表现，让你防不胜防；高级的"坏"是杀了你，你还得感激他，防无可防。

（5）孝心与孝行是不同的两个概念，孝心容易孝行难。往往是有其心，不一定有其行，真是知易行难，只有二者一致了，才是真正的孝。

（6）静心才能有思想，虚怀才能给德行留下空间，打住欲望才会生出满足感。

（7）自以为是的人总是理直气壮，还让人很无奈。语曰："无知者无畏"，即谓此。

（8）人活着就要有点自信，而这自信主要来自实力，所以自信的关键是提升实力。

（9）健康与快乐不是一个概念，不能合而为一。以健康为目的，必定活得战战兢兢，也失去了快乐；以快乐为目的，必定活得洒脱自信，也赢得了健康。一些人总把健康当作生活的主要目的，在这个目的下，活得小心翼翼，这也不能，那也不行，结果快乐没有，健康也不一定有。生命的意义在深度，不在长度。

（10）朋友之间总是不计较得失，总是一方收益，另一方付出，那么这种关系很难长久，如果长久了，也不是平等的朋友关系了。

（11）知恩图报是一种品德，更多的情况下只是一种理想。现实中更多的情况是，别人帮你办事，你送了人家一次礼或请吃了一次饭，到后来你只记得你请人吃饭送人礼，而不记得人家帮你办事解决问题了。

（12）低调也需要资本。

（13）超越了自己的认知，便以为是错误，才是最大的错误。

（14）日子是给自己过的，不是给别人评判的。

（15）一般情况下，向上的路都是上坡路；如果觉得好走了，可能是走在了下坡路上。人生之路同样如此，不能图安逸。

（16）"常与高人相会，闲与雅人相聚"，据说这是一条古训。这样的道理人们都懂，但做不到。高人与雅人都有古怪的一面，较难相处。即使这些人愿意与我们交往，还得我们有宽容的一面。因此与高人、雅人相交者往往也是高人或雅人。"人以群分"就是这个道理。所以，识人之一法，就是看他经常在一起的朋友。此外，高人、雅人是相对的，凡有人群的地方，就有高人、雅人，识与不识是水平，想不想识是态度。

（17）妻子艺术细胞丰富，是爱人的幸运，是丈夫的不幸。角色不一样，感觉就不一样。

（18）私人化写作一般不受欢迎，读者寥寥，不过这类写作期望的不是普及，而是希望有人读懂。

（19）持中，不仅是立场，而且是品德。

友谊有我，爱无我

（1）爱是活出来的，不是论证出来的。

（2）精神的结合与肉体的结合虽然相互独立，各有自己的价值，但在具体的人身上却难以分割。肉体之爱应该是精神之爱的显性表达。

（3）感情是不受性别限制的，然而也并非都是无性欲的或中立的关系。这就是异性感情和同性感情表现不同、发展趋势不同的原因。

（4）爱比友谊更富有包容性，友谊有我，爱无我。

（5）一个被爱之火燃烧着的灵魂，往往会感染另外一些人。

（6）幸福的爱一定是理智的精神的爱。

（7）真正的精神慰藉只要获得过一次，就会终生难忘。

（8）爱，总是对人怀有好感，排斥孤独，总是沉迷于共同拥有的东西，总是以不由自主的慷慨来达到爱的共同拥有。

（9）幸福是爱在共同拥有中追寻的唯一目标。

（10）爱情的本质就在于爱和希望被爱。像火不能不燃烧一样，爱也不能不爱。爱是一团火，去爱就是燃烧。

（11）眼泪是幸福与痛苦的标志，爱无非是幸福与痛苦。因此，爱不能改变眼泪，只能形成眼泪。

（12）爱能使一个人心胸变得越来越宽厚，越来越温柔，越来越懂得体恤他人。

（13）曾经的爱人忽然变得心肠冷漠，往往不是人性恶劣所致，而是深深的失望与不切实际的渴望所造成的结果。

（14）真实的爱是永恒的，如果爱是虚假的或貌似真实的，就没有爱可言。能够终止的爱，应该不是真实的爱。

天若有情天亦老

（1）以爱的名义管束着被爱者是一件得不偿失的事，不仅仅失去被爱者的活力与自由，还会换来被爱者对施爱者的冷漠和可能的反抗。爱的本质是要尽可能给予被爱者充分的自由和人格尊重。

（2）跪拜和崇拜不一样，如果心中只有偶像，就很难有真理的位置。

（3）同情弱者是本能，欣赏强者是修养。高远的追求，应当尽量脱离本能，靠近修养。

（4）读一位网友的信息，自称其一生只做了一件事：打坐。我想到的是：此人是一个富二代，无生活之忧；又是一具优秀行尸和一台最佳造粪机；还有一个必需的条件：生活在一个和平安定的国度。

（5）事业单位与企业单位性质不同，前者产出的多半是无形产品，后者产出的多半是有形产品。生产无形产品的单位，其考核的严格程度往往与管理能力成反比。考核得越细，管理能力越低。

（6）炫富是暴发户才有的特点。如只有三代富才有资格谈论美食一样，只有三代富有，才有可能淡化财富的意识。

（7）和老婆讲道理的男人有严重问题，去做就行了。为什么要讲呢？因为她是你老婆。

（8）平静时偶尔想想宏观的宇宙和微观的世界，就会给我们多一个认识社会的渠道，在认识社会的过程中淡化自我，心态就超然了。

（9）劳动不仅是生活的需要，还是身体的需要，经验表明：夫妇俩，干活儿少的一位相比之下，健康状况要差一些。

（10）物质是精神的载体，没有了物质，精神焉附？尽管肉体因欲望而龌龊，我们的精神也只能暂栖此处，好好爱护它，在修"道"的路上务必让它随行。

（11）精神与肉体迟早要分离，延缓的有效方法之一是"止欲"。止住肉体的欲望，不仅可以提升精神的层次，还可以使自身生命运动中的物质（肉体）活动与精神活动尽可能节奏一致。

（12）爱一个人和爱一件东西不一样，后者可以握在手里、戴在身上，人不能双眼紧盯，关注太多。不论子女，还是爱侣，都会产生逆反心理，甚至影响其成长。爱一个人，就要给予其足够的独立发展的空间。（请参照本篇第 1 条）

（13）经历着大起大落感情生活的人老得快，诗曰：天若有情天亦老，何况人呢？

（14）红颜非祸水，只是祸水爱红颜。

不要让过去干涉当下

（1）孔子倡导正名以来，"盖儒者所争，尤在名实，名实已明，天下之理得矣！"王夫之也说："知实而不知名，知名而不知实，皆不知也。"可见坐而论道是一个必需的环节。"不争论"虽然是回避名实之争的高明策略，只是掩盖不了矛盾的客观存在。

（2）不要让过去干涉当下，因为过去已无法更改；也不要让未来压抑现在，因为未来不可控制，好好活出现在的自己，才是人生的关键。

（3）朋友不能太近，太近了，就没有朋友了。太近了，会有摩擦，摩擦就会产生矛盾。相互扶助的前提是保持适当距离。水至清则无鱼，人至近则无友。

（4）"若有所思"里的话，朋友说句句经典，网友说是心灵鸡汤，老婆说尽是胡说八道。角色不同，看问题的角度就不同，得出的结论有可能是相反的。因此当你的话对某人不管用时，找一个管用的人替你传达也许就管用了。

（5）位卑者之言有时也能引起关注，但谈不上震撼力，多半只是有点黑色幽默而已。

（6）熟读数种人文经典，可能使道理变成人格；研习若干科普文献，可能使常识变成规范。

（7）读书不要怕费劲，不费劲不会有收获；做事不要怕困难，无困难不会有成就。

（8）朋友说，一定要有别人无法拿走的三样东西：独立的思想、独立的经济和独立的人格。我留言：关键是经济独立，有了这个独立，其他独立就有了。说到底，我是受了经济基础决定论的影响。

（9）不是所有错误都能被原谅的。朋友之间，夫妻之间，都是如此。

（10）病中的母亲嘱咐我，夫妻之间有点矛盾要"圪忍的"，并说在老婆名下逞强的男人是"愣子"。我觉得母亲在这里使用了"互文见义"的修辞法。

（11）老年人只要头脑清醒，就不要把"死"的话题挂在嘴上，对自己、对家人，都是负能量。

（12）那些声称自己能了解你，能跟你有相同感受的人，多半情况下只是在安慰你，其实他并不了解你，也未必与你感同身受。

（13）核时代国家的真正实力是二次核打击能力。一个人的真正勇气在于被迫低头之后，能再次抬起头来。

（14）"危机"这个词的构成告诉我们，机遇在危险中，或许只在危险中。

（15）浅阅读，碎片化阅读，也是阅读，比不读强，前提是纸质阅读。沉沦在手机中就不如不读，简化了思维，还影响了健康。

（16）恩养仇。一位同事天天给办公室打水，有一天没打，另一位同事拿起空壶摇了摇，失望而不满地说："怎连口水也没？"对人好，要有底线，否则惯下的是最终对你不满的人。

（17）有梦想，人生就有意义，有青春的梦想，就有最活跃的生命力，趁年轻莫辜负了好时光。

（18）应当把最好的情绪留给家人，可是我们往往做不到，为什么？因为在家人面前容易放松，放松就容易放肆。

（19）岁月是对人生经历的肯定，越往后越精彩才是正常。高龄积淀的不仅是财富，还有智慧。

（20）关于生气，见过太多的表述与警告，可总结起来无非是两条：对他人等同渐进谋杀；对自己等同慢性自杀，所以生气既是愚蠢的，又是不道德的。

第三编 | 文学杂谈

我与《红楼梦》(一)

央视《百家讲坛》曾播出刘心武先生的"《红楼梦》八十回后真故事",开头误了几集,我是从他讲金陵十二钗副册开始看的。刘先生说得快,为了记下完整的刘氏"情榜"和后二十八回回目,我晚上收看一次,第二天早晨重播时再看一次。有朋友说,其实用不着这样忙,网上看视频更方便。不过,我自己的电脑系统不畅,缓冲次数多,烦人;上班时间一是静不下来,总有事要做,二是觉得不合适,就坚持在电视上看完了。这成为我自从知道央视有《百家讲坛》这档节目以来最认真的一次收看。

先前读周汝昌《红楼艺术的魅力》一书时,就为周老先生没有列出这个"情榜"的名单而遗憾,这一次得以见到了"红楼情榜"的面貌,虽然是刘氏版而不是周氏版的,也至少满足了我这类读者的一点好奇心。再说,谁能肯定《红楼梦》的作者就没设计过这样一个对应梁山一百单八男(鲍鹏山教授说,三位女将中的大嫂、二娘已男性化了，三娘患了性别失语症，姑且都算作"男"性）英雄榜的金陵一百单八女英雄榜？而且，扈三娘这样的弱女子还赫然出现在梁山黑社会座次表上，天下第一号情种宝二爷竟然被排除在了金陵白社会的情榜之外？

和《揭秘红楼梦》一样，这一次刘先生的"探佚"，用的也是富有作家特色的"推测"考证法，不知又能引起怎样的波澜？不过刘先生所主张的"文本细读"确实是一次红学回归，红学的基础应该建立在《红楼梦》原著上。

因收看刘先生的讲座，我想到了自己读《红楼梦》的经历。1973年10月，毛主席在一次会议上说：《红楼梦》是思想和艺术结合得最好的一部古典小说，提议干部要多读几遍，并批评了认为《红楼梦》主要是写爱情的肤浅看法，明确指出《红楼梦》是写阶级斗争的，谈情是为了打掩护，说用马克思主义观点研究《红楼梦》的还不多。年底，在接见参加中央军委会议的领导干部时，毛主席又建议身经百战的将军"搞点文学"，《红楼梦》至少"要看五遍"，"才有发言权"。不知道将军们后来听没听这个建议，毛主席的话倒是推动了1974年全国范围内的"评红"运动，虽然没有达到稍后"评《水浒》，反宋江"运动那样的程度和规模，但对红学和《红楼梦》的普及，影响无疑是空前的。我第一次，也是唯一一次认真地阅读《红楼梦》就是从这时开始的。这年夏天，我在县里参加一个会议，期间花了三块四毛五（生产队时代，这不是一个小数）买了一套人民文学出版社的四卷本《红楼梦》。

先读李希凡先生的长篇"前言"。作为"两个小人物"之一的李先生，彼时几乎是家喻户晓的大人物，由于得到了毛主席的支持，李先生所主张的"封建社会百科全书"观，也就成了那个时候红学界的主流观点。在当时的背景与个人视野条件下，接受这样的观点顺理成章，也不费劲。

读正文时，有点周折。一开始那段序言式的文言文，让我这个小学五年级就断续"停课闹革命"的小青年遇到了困难，有点读不下去的意思。上初中（农村小学的戴帽子中学，实际上是小学水平，现在的人已经不了解了）时，语文老师说课本中所选的文言文是封建糟粕（后来我疑心这是老师也不懂的托词），删除得只剩了一篇《粤各乡居民示谕英夷》，还是让自己看的，就没讲过。好在我懂得往后翻阅，一眼便见"宝玉初试"，这是年轻人所敏感的，于是从第六回起，一路看下去，边看边与大观园里的年轻人们共命运，喜欢平儿，喜欢紫娟，喜欢鸳鸯，喜欢史湘云……吟唱"滴不尽相思血泪……"，感受主人公们的痛彻心扉，向往"凤尾森森，龙吟细细"的去处，即便身处理想主义的年代，也难免有"暗洒闲抛"之举，直到"甄士隐详说太虚情，贾雨村归结红楼梦"。

再回头读前五回，一个字也不放过地细细地读，读了无数遍，抄录了全部诗词歌赋。以至于书早不看了，读"红诗"的活动还没有停下来。期间有过一本《红楼梦诗词解释》，借给好友李君，丢了。1979 年冬天，又买了蔡义江的《红楼梦诗词曲赋评注》，作为常备案卷书。之后，对第六回以后的阅读就基本是随兴趣选看了，所以严格地说，对这样一本伟大的书，我只是完整地通读过这一遍。想起我的老师谢荣生先生读红十一遍，真是汗颜；连毛主席"不读五遍没有发言权"的最低要求也差得远。

这唯一的一次通读，不光是一次感性阅读，也算得上是一次理性的"文本细读"（借用刘心武先生的用语，当然"细"的程度不能和刘先生同日而语了）。除李希凡的长篇"前言"是事实上的读前辅导外，我手里还有一册"文革"版的《红楼梦评论集》[也许收有著名的洪广思（即冯其庸）的《〈红楼梦〉，是一部写阶级斗争的书》一文]，虽然多是批判旧红学的观点，可因了毛主席对《红楼梦》的肯定，对《红楼梦》本身的评论还较为理性。读原著的同时，读评论，使我并没有陷在情节中不能自拔。这么多年过去了，这本评论集长得什么样，我已不记得了，只对它后面所附的"《红楼梦》人物关系表"还有印象，它给了初读《红楼梦》的我不少帮助。

同时我还推荐给别人阅读。塞外乡村，文化沙漠，可也有个别精英隐于其间。因了我的推荐，阅读或重新阅读并互相交流心得的有瑞师和姚表兄。瑞师是倭占时期我县文化教育的主要负责人，后又因此与一些旧时的军政要员、文化人士羁绊一起，相互影响，学养深厚，履历丰富。姚表兄是乡村医生中的佼佼者，聪敏好学。我们常在一起交换意见，探究文义，是事实上的"红楼沙龙"。贾珍花三千两银子，从薛大爷那为秦可卿买的"纹若槟榔"的楠木棺材，就是表兄从他的中药柜里拿给我一片槟榔，让我对这种花纹有了直观印象。约在1978年夏天，全套书被我借给了同学，再未回来，断续的读红活动才告结束。

检阅我这个时期的日记，有阅读《红楼梦》的记载，摘录几条：

1974年：

11月14日：昨晚躺在被子里读一本评论《红楼梦》的小册子，一直到后半夜一点钟。这件事又被我想了起来，今晚还要继续。

11月17日：其中，《鹿城文艺》《中山大学学报》不是我的意愿。我交给邮局的订单上前者为《湘江文艺》，后者为《南开大学学报》。为什么改变呢？我没有追究原因，因为此事是从"胡乱"开始，也只好以"胡乱"了结。我现在还不知道这些新伙伴将会给我什么样的帮助。好像《红楼梦》中秦可卿的卧室中挂着写有"世事洞明皆学问，人情练达即文章"的条幅。我还远不懂所谓"世事""人情"，更谈不上"洞明""练达"，但"处处留心"是对的。杜子美老先生有"读书破万卷，下笔如有神"的体会。我的老师谢荣生先生也一再教导只有"积微"才能"研穷"。这里有辩证法的原理，量变可以引起质变，在社会科学领域同样如此。抽象的理论中蕴含着无数具体的事物。学习的过程就是一个积累感性认识的过程。类似的感性认识积累多了,就会产生一种飞跃。学习过程中常有对某个问题豁然开朗的感受,就是一种飞跃现象。所谓"众里寻她千百度,蓦然回首,那人却在灯火阑珊处"。

"只要学起来!"

柔石的这种性格时时刻刻都应铭记在心中。在正确思想的统帅下,认真攀登知识的高峰,总有一天在某一个知识领域会从"不自由"变成"自由"。

1976年:

2月25日:刚才在俱乐部和同志们共同阅读了约四十分钟《红楼梦》。

11月21日:现在,再读《红楼梦》前五回后休息。这前五回中,共有三个问题弄不清楚,准备自己先研究。如不行的话,再请教别人。

11月22日:继续读《红楼梦》前五回。

1977年:

8月17日:来恩舅晚上来取走了《红楼梦》第二册和第三册。

8月18日:近十二点了,手边有《红楼梦》第一册,让我拿起它来。

二十世纪八十年代初期,我有机会接触过两本有分量的红学专著,是周汝昌先生的《红楼梦新证》和王朝闻先生的《论凤姐》,可惜只是大致翻了翻,没有认真阅读,想来很遗憾,因为那时年轻,看过能记住一些。

吃了教书饭以后,所讲课本中有《红楼梦》选段,因讲课的需要涉猎相关材料,已是为生计谋,没有多少兴趣了。

不过,在这之后也有过一次认真的阅读,是买到了胡适序脂评甲戌影印本(《脂砚斋甲戌抄阅再评石头记》,上海古籍出版社,1985年9月版)后。据说这是最早的抄本,也被认为是最接近原稿的本子。读胡氏的《红楼梦研究》，读脂砚斋的评注，读原著，很细。期间还买了一本《红楼梦辞典》（杨为珍、郭荣光主编，山东文艺出版社，1986年版）来通读。可终因甲戌本是一个只有十六回的残本，就不能算是一次全面的阅读。红学总归是显学，相关的资料总是容易见到，除《红楼梦学刊》这样的大型杂志读过几期外，到了手边的研究性文章也偶有浏览。印象较深的是美国威斯康星大学赵冈教授的《红楼梦人名研究》，第一次知道了"贾府四美"芳讳的真义是"原应叹惜"！

这期间，北京大学整理出版了一套续《红楼梦》丛书，我陆续买过几种，也硬着头皮看过几种，有印象的有临鹤山人的《红楼圆梦》、云槎外史的《红楼梦影》和秦子忱的《续红楼梦》等，都是清人的作品，其中秦子忱的续书是大部头，篇幅和原著一样的规模。总体上的感觉是味同嚼蜡，不光是续书本身的问题，可能与我年龄渐长后形成的阅读偏好等因素有关。此时的我，对风花雪月已不感兴趣，宁愿读推理、读武侠，甚至是理论性的书。这次集中读续书，让我知道了狗尾续貂的工作原来是前仆后继，一直有人在做。

九十年代中期，红学界忽然冒出了霍国玲、霍纪平姐弟，他们的《红楼解梦》到2003年就出版了五集八大册，我读了第一集，做了笔记。后面的没有读，是因为没有买到。让人难以忘记的是1996年6月，我们校长带本校骨干教师到外地参观学习时，我让他替我购买此书。有同事后来告诉我，校长很重视我的托付，在北京时特意交代大家逛街时留意这本书。然而还是没有买到。不过，读完这第一集，让我了解到还有人这样来研究《红楼梦》。霍氏考证了宝玉的生日，得出宝、黛合起来害死了雍正皇帝的惊世之论，虽然一时让人难以接受，但从此红学界有了一个"解梦派"。刘心武先生说他自己属于考证派，我感觉他更像解梦派。

2006年，周汝昌先生首次发表谈红楼艺术的专著《红楼艺术的魅力》,我买了一本。2008年,陕西大学出版社出版林语堂先生的红学论集《眼前春色梦中人》,我也买了。自己买的书一般是不着急读的,因为不着急,许多书因此搁置了几十年,从没翻过。可这两本书是例外,买来就一口气读完了。周先生的新著让我再次感受了国学的博大精深;林先生的集子所收全是旧文,其中《平心论高鹗》这篇六万字的长文,早在1958年就发表了。林书在"附录"里收了胡适的《红楼梦考证》(1921年)和俞平伯的《红楼梦研究》(1950年),前者虽是重读,也有新收获;后者对我来说更是补课。

我在搜狐网占了一小块空间,试着写博客以来,时不时也浏览网上红学,还链接了一个70后红学家,和他有过一次认真的网聊。欣喜红学后继有人,雪芹所创造的就业岗位还会有进一步扩大的可能,可我欣赏不了他们的唯我境界和辱骂战法,也常常因此读不下去他们撰写的也许很有见地的红学大作。这大大影响了我这类随心所欲的读者的阅读心境,也就大大影响了我对新人类红学家的了解。或许,这就是代沟吧?

俞平伯先生在逝世前说:

"《红楼梦》是一部小说。"(魏同贤《俞平伯〈红楼梦〉研究的再评价》,《文学遗产》1986年第2期)

这是一位老红学家耗尽一生心血后得出的结论,多么不容易!所谓厚积薄发,深入浅出,莫过于此!可不论是索隐派、考证派、解梦派,还是评论派、百科全书派,总是自觉或不自觉地不把《红楼梦》当小说看,至今亦然,今后恐怕还会继续如此。

然而,这毕竟是一部不同凡响的伟大著作。毛主席说过,中国人骄傲的资本除了地大物博,还有一本《红楼梦》。(《论十大关系》,1956年4月25日)如今,因了人口因素,地不大,物也不博了,让中国人骄傲的事就只剩了一部《红楼梦》了,孤零零地,在那儿扛着。王蒙先生曾寄希望于一度当红的北京侃爷王朔能侃出一部类似

《红楼梦》的小说来,不想他连自己也没有超越,别说是再来一部《红楼梦》了,就连续写《红楼梦》的,至少到现在还没有人超过已被人骂得狗血淋头的高鹗。林语堂先生早在五十多年前就说过:

"不信,你续一续看!"(林语堂《平心论高鹗》)

作为一个读过一遍《红楼梦》的人,看着刘心武先生为探究出了自以为是的"《红楼梦》八十回后的真故事"而沾沾自喜,我也高兴,可又担心这位大作家手痒痒,一不小心搞出一个续本来。须知《红楼梦》是不能续的,如断臂女神维纳斯的胳膊一样。假如当初《红楼梦》是一个全本,还有没有如此普遍而永恒的魅力?谁能证明《红楼梦》的残缺不是作者的主观故意?

只读过一遍《红楼梦》的我,不顾伟大导师"不读五遍就没有发言权"的告诫,叨叨了这些话,请大家谅解,其实这不是我的错,是《红楼梦》的魅力闹的。

(2010.4.18)

大观园里闻乡音

读过《红楼梦》的人有一个共同感受,就是总能从书中的人物里找到与自己个性相仿的一个,觉得自己像书里的某某人;不曾想,连人物的用语特点也能找到与自己相同相近之处,像是在大观园里遇上了老乡,增加了亲近感。与人物个性对应不同,人物个性的对应有主观性,往往是我们觉得"谁"就像书里的"谁",这个"觉得"就是主观性;语言却是客观的,人家怎么说就是怎么说,白纸黑字,在那儿摆着,给人主观理解的空间很窄。我说在大观园里遇见了老乡,就是可以举出客观例证的。

家乡话,或者说方言,首先表现为"发音"相近,其次是"词汇"和"用法"相同。遗憾的是,人类记录语音的设备发明得太晚,我们很难搞清楚三百年前大观园主人们的发音了。当然,从诗词韵律平仄关系上或可探寻端倪,但这非得音韵学专家如黄侃、赵元任一类人不可,非我辈踏足之地。我们只能从可见的"词汇"和"用法"

上做一点扫描。

还需要说明的是，方言地理学允许以一个点的语言代表一个分区，选出一两个人为分区的样本，而且只有这样才是合理的、科学的。因为我本人完全能听懂我的家乡话，况且我日常说话基本上以家乡话为主，所以我选取摘录的《红楼梦》部分方言词汇和用法是准确的，是可以作为例证来讨论的。和我说相同方言的朋友们，如果有兴趣，就请浏览一下这些例句，看看是否与我有相同的感受。

一、词

名词

△将道人肩上褡裢抢了过来背着，竟不回家，同了疯道人飘飘而去。（第一回）

褡裢，中间开口，两端装东西的长方形口袋，可以搭在肩上或使役牲畜的背上。

△忽见灯光一闪，只见贾蔷举着个捻子照道："谁在屋里？"（第十二回）

捻子，灯捻。捻，去声。

△薛蟠听了，心中忖度："……况且我长了这么大，文又不文，武又不武，虽说做买卖，究竟戥子算盘从没拿过，地土风俗远近道路又不知道，不如也打点几个本钱，和张德辉逛一年来……"（第四十八回）

戥子，小计量的秤，常用来称银子、药品等。我家的戥子，二十世纪七十年代曾借给村里合作医疗的卫生室，把象牙的戥杆弄断了，成了废品。

△宝玉在旁，一时又问："吃些滚水不吃？"（第五十二回）

滚水，就是开水。我们知道，普通话里是没有"滚水"这个词汇的。

△刚将年事忙过，凤姐儿便小月了，在家一月，不能理事，天天两三个太医用药。（第五十五回）

小月，即流产。

△凤姐冷笑道："……我的主意接了进来，已经厢房收拾了出来暂且住着，等满了服再圆房……"（第六十八回）

圆房，夫妻正式同宿，俗称"圆房"。

△……身上穿着缕金百蝶穿花大红洋缎窄裉袄，外罩五彩刻丝石青银鼠褂，下着翡翠撒花洋绉裙。（第三回）

窄裉袄，裉，音 ken，去声，衣服腋下的部分；袄，ŋ 声母，普通话里没有这个声母。"窄裉袄"就是紧身上衣。

时间名词

△惜春笑道："我这里正和智能儿说，我明儿也剃了头同他作姑子去呢，可巧又送了花儿来，若剃了头，可把这花儿戴在那里呢？"（第七回）

明儿，明天。"明儿"，必须读成儿化。这个词在前八十回使用过一百七十次以上。

△里面的堂客皆是凤姐张罗接待，先从显官诰命散起，也到晌午大错时方散尽了。（第十五回）

晌午，即中午；错，错过，大错，就是错过许久了。第十五回里，三次用到"晌午"一词。

△凤姐又说："打墙也是动土，已经惊动了人，今儿乐得还去逛逛。"（第二十九回）

今儿，今天。前八十回里，"今儿"这个词，至少用了二百次。

△平儿一一的拿与他瞧着，说道："……这包袱里是两匹绸子，年下做件衣裳穿……"（第四十二回）

△鸳鸯见他信以为真，仍与他装上，笑道："哄你顽呢，我有好些呢，留着年下给小孩子们罢。"（第四十二回）

年下，就是过年的时候。

△每日早起拿上等燕窝一两，冰糖五钱，用银铫子熬出粥来，若吃惯了，比药还强，最是滋阴补气的。（第四十五回）

早起，不是"早晨起来"，也不是"早早地起来"，而是指"早晨"，"起"，平声，不读上声。

△王夫人忙起身笑道："他妈前日没了，因有热孝，不便前头来。"（第五十四回）

前日，前天。"前日"一词的使用频率也很高，前八十回出现了近六十次。

代词

△兴儿道："他母亲和他妹子。昨儿他妹子各人抹了脖子了。"（第六十七回）

各人，自个儿，自己。各，音 ge，入声。

量词

△一时杂使的老婆子煎了二和药来。（第二十四回）

和，音 huo，去声，"遍""次"之义。

△环哥娶亲有限，花上三千两银子，不拘那里省一抿子也就够了。（第五十五回）

抿，把手上或工具上沾的东西从器皿上刮下来，此处借作量词。"一抿子"，形容量很少。

单音节动词

△正房炕上横设一张炕桌，桌上磊着书籍茶具，靠东壁面西设

着半旧的青缎靠背引枕。（第三回）

磊，音 luo，去声，"叠放"之义。

△又跳起来问着茜雪道："他是你那一门子的奶奶，你们这么孝敬他？不过是仗着我小时候吃过他几日奶罢了。如今逗的他比祖宗还大了。如今我又吃不着奶了，白白的养着祖宗作什么！撵了出去，大家干净！"（第八回）

逗，恃宠任性、娇惯放纵的意思。

△忽见灯光一闪，只见贾蔷举着个捻子照道："谁在屋里？"只见炕上那人笑道："瑞大叔要肏我呢。"（第十二回）

肏，普通话读 chao，去声；方言读 ri，入声。

△向赵姨娘要了张纸，拿剪子铰了两个纸人儿，问了他二人年庚，写在上面，又找了一张蓝纸，铰了五个青面鬼……（第二十五回）

△便去找了一块红缎子角儿，铰了两块指顶大的圆式，将那药烤和了，用簪挺摊上。（第五十二回）

铰，动词，用剪子剪的意思。"铰"这个动词在前八十回里使用了九次。

△林黛玉道："你倒是去罢，这里有老虎，看吃了你！"（第二十八回）

看，即"当心""小心""提防"一类意思。

△晴雯摇手笑道："……才刚鸳鸯送了好些果子来，都湃在那水晶缸里呢，叫他们打发你吃。"（第三十一回）

湃，音 ba，平声，本地方言音平声不分阴平、阳平。原义是"很凉"，此处为形容词使动用法："使……变湃"。本地方言里有"湃人"一词，"人"在此处读去声。

△贾母笑道："你把茄鲞搛些喂他。"凤姐儿听说，依言搛些茄鲞送入刘姥姥口中。（第四十一回）

搛，方言读 ji，上声，用筷子夹菜的动作。

△天亮了，只见宝玉遍体纯素，从角门出来，一语不发跨上马，一弯腰，顺着街就颠（三哥按：原字是"走"字与"真"字的合体，电脑字库里调不出来，找同音的"颠"字代替。下同）下去了。（第四十三回）

颠，奔跑，常儿化。

△袭人笑道："你一天不挨他两句硬话村你，你再过不去。"（第六十三回）

村，去声，"顶撞"之义。

△袭人等方欲代晴雯开时，只见晴雯挽着头发闯进来，豁啷一声将箱子掀开，两手捉着底子，朝天往地下尽情一倒，将所有之物尽都倒出。（第七十四回）

捉，即"拿""把"的意思，在本地方言中常用作此意。

△宝玉听说，忙握他的嘴，劝道："这是何苦！一个未清，你又这样起来。罢了，再别提这事，别弄的去了三个，又饶上一个。"（第七十七回）

饶，购物时，请卖方优惠。这里有"添加""赔上"之义。

双音节动词

△封肃喜的屁滚尿流，巴不得去奉承，便在女儿前一力撺掇成了，乘夜只用一乘小轿，便把娇杏送进去了。（第二回）

撺掇，音 cuanduo，撺，平声；掇，入声。"怂恿"之义。

△妙在薛蟠如今不大来学中应卯了，因此秦钟趁此和香怜挤眉弄眼，递暗号儿……（第九回）

应卯，到场应付。

△袭人等慌慌忙忙上来搊（三哥按：原字是"扌"与"留"字的合体，电脑字库里调不出来，找同音的"搊"字代替。下同）扶，问是怎么样，又要回贾母来请大夫。（第十三回）

搊扶，搊，去声，意为从身后扶起。方言里多用为"扶搊"。

△贾珍一面扶拐，拃挣着要蹲身跪下请安道乏。（第十三回）

拃挣，又写作扎挣，意为勉强支撑。

△那时秦钟正骑马随着他父亲的轿，忽见宝玉的小厮跑来，请他去打尖。（第十五回）

打尖，在旅途中休息、吃饭，称作"打尖"。

△宝玉笑道："何尝不穿着，见你一恼，我一炮燥就脱了。"（第二十回）

炮燥，炮，阴平，意为焦躁不安；或因焦躁不安而感觉有些热。

△平儿在窗外笑道："我浪我的，谁叫你动火了？难道图你受用一回，叫他知道了，又不待见我。"（第二十一回）

待见，喜欢、喜欢。

△贾芸道："有件事求舅舅帮衬帮衬……"（第二十四回）

帮衬，帮助。

△贾蓉听说，忙跑了出来，一叠声要马，一面抱怨道："早都不知作什么的，这会子寻趁我。"（第二十九回）

寻趁，就是故意找事。

△宝玉将他一拉，拉在身旁坐下，笑道："……你说我也罢了，袭人好意劝你，你又刮拉上她，你自己想想该不该？"（第三十一回）

刮拉，"拉上""牵扯"之义。

△尤氏笑道："我说你肏鬼呢，怎么你大嫂子的没有？"（第四十三回）

肏鬼，肏，此处必须读作 ri，入声，"作怪或捣鬼"的意思。

△贾母不时吩咐尤氏等："让凤丫头坐在上面，你们好生替我待东，难为他一年到头辛苦。"（第四十四回）

待东，替主人招待客人。

△说着丢下薛蟠，便牵马认镫去了。（第四十七回）

认镫，把脚尖踏进马镫，即"上马"之义。

△探春道："老太太一见了，喜欢的无可不可，已经逼着太太认了干女儿了。老太太要养活，才刚已经定了。"（第四十九回）

养活，抚养。

△这荷叶乃是錾珐琅的，活信可以扭转，如今皆将荷叶扭转向外，将灯影逼住全向外照，看戏分外真切。（第五十三回）

逼住，聚光，为增强光照效果。

△凤姐道："左右也不过是这样，三日好两日不好的……也只好强扎挣着罢了……"（第六十四回）

扎挣，就是尽力坚持。"挣扎"是普通话；"扎挣"是方言。

△袭人因笑说："你快出去解救，晴雯和麝月两个人按住芳官那里膈肢呢。"（第七十回）

膈肢，指挠痒痒肉。

△外边晴雯听见她嫂子缠磨宝玉，又急又臊又气，一阵虚火上攻，早昏晕过去。（第七十七回）

缠磨，即"纠缠"的意思。

形容词

△时贾赦之妻邢氏忙亦起身，笑回道："我带了外甥女过去，倒也便宜。"（第三回）

便宜，便，音 bian，去声。"弄好了"的意思。

△王夫人道："有事没事都害不着什么．每常他来请，有我们，你自然不便意……"（第七回）

便意，也写作"便宜"，就是"准备好了"。

△破衲芒鞋无住迹，腌臢更有满头疮。（第二十五回）

腌臢，腌，ŋ 声母。形容东西脏，作名词时，指脏东西。普通话中的零声母，在本地方言中多半为 ŋ 声母。

△尤氏笑道："你瞧他兴的这样儿！我劝你收着些儿好。太满了就泼出来了。"（第四十三回）

兴的，得意的样子。兴，去声。

△林之孝家的道："他是园里南角子上夜的，白日里没什么事，所以姑娘不大相识。高高孤拐，大大的眼睛，最干净爽利的。"（第六十一回）

爽利，干活儿手巧利落。

副词

△堪堪又是一载的光阴，谁知女学生之母贾氏夫人一疾而终。（第二回）

堪堪，估量时间的副词，义近"转眼"。

△那先生笑道："大奶奶这个症候，可是那众位耽搁了……"（第十回）

可是，意为"实在是"，加重语气，可，入声。

△将转过了一重山坡，见两三个婆子慌慌张张的走来……（第十一回）

将，刚刚。

△刘姥姥吃了茶，便把些乡村中所见所闻的事情说与贾母，贾母益发得了趣味。（第三十九回）

△刘姥姥忙说："不敢多破费了。已经遭扰了几日，又拿着走，越发心里不安起来。"（第四十二回）

△一面下了台阶，低头正欲迈步，复又忙回身问道："如今的夜越发长了，你一夜咳嗽几遍？醒几次？"（第五十二回）

益发，同"越发"，"更加"之义。前八十回里，"益发"一词出现近二十次；"越发"一词出现多达近一百六十次。不管"益发"，还是"越发"，在本地方言中都是常用的强调语气副词。

△凤姐听了笑道："我说呢，姨妈知道你二爷来了，忽喇巴的反打发个房里人来了？原来你这蹄子肏鬼。"（第十六回）

忽喇巴，"忽然凭空"的意思，时间副词。

二、短语

三音节短语

△这熙凤携着黛玉的手，上下细细打谅了一回，仍送至贾母身边坐下，因笑道："天下真有这样标致的人物，我今儿才算见了！……怨不得老祖宗天天口头心头一时不忘……"（第三回）

怨不得，"难怪"的意思，有时也说成"怪不得"。

△一时薛林二人也吃完了饭，又酽酽的沏上茶来大家吃了。薛姨妈方放了心。（第八回）

酽酽的，就是"浓浓的"，不过"酽"似乎是形容茶水浓的专用词，第二个"酽"有时读作儿化音。

△刘姥姥道："不相干的，我们走熟了的，姑娘们只管走罢．可惜你们的那绣鞋，别沾脏了。"（第四十回）

不相干，就是"没关系的""没事的"。琥珀担心刘姥姥走在土路上被青苔滑倒了，她这样说。

△刘姥姥道："我们庄家人闲了，也常会几个人弄这个，但不如说的这么好听。少不得我也试一试。"众人都笑道："容易说的。你只管说，不相干。"（第四十回）

△晴雯嗽了两声，说道："不相干，那里这么娇嫩起来了。"（第五十一回）

"不相干"这个词使用频次也较高，前八十回里出现了二十二次。

△晴雯道:"袭人姐姐才出去,听见他说要到琏二奶奶那边去。保不住还到林姑娘那里。"(第六十七回)

保不住,"不一定"的意思。

△麝月道:"左不过在这几个院里,那里就丢了他。一时不见,就这样找。"(第六十七回)

左不过,有"反正""无非""总的来说"这类意思。

△迎春笑道:"没有说什么,左不过是他们小题大做罢了。何必问他。"(第七十三回)

"左不过",又作"左不过是"。

△金桂冷笑道:"拷问谁,谁肯认?依我说竟装个不知道,大家丢开手罢了。横竖治死我也没什么要紧,乐得再娶好的。若据良心上说,左不是你三个多嫌我一个。"(第八十回)

左不是,同"左不过",本地方言有时还说成"左不来是"。"左不过"一词前八十回里出现了八次。

△凤姐笑道:"我不管这事。倘或说准了,这会子说得好听,到有了钱的时节,你就丢在脖子后头,谁去和你打饥荒去。倘或老太太知道了,倒把我这几年的脸面都丢了。"(第七十二回)

打饥荒,就是"还债"的意思。

四音节短语

△尤氏笑道:"罢,罢!可以不必见他,比不得咱们家的孩子们,胡打海摔的惯了。人家的孩子都是斯斯文文的惯了,乍见了你这破落户,还被人笑话死了呢。"(第七回)

胡打海摔,比喻经得起磕碰,不娇贵。

△晴雯道:"白眉赤眼,做什么去呢?到底说句话儿,也像一件事。"(第三十四回)

白眉赤眼,让人讨厌,不入眼。

△贾母忙和李纨道："你寡妇失业的，那里还拉你出这个钱，我替你出了罢。"（第四十三回）

寡妇失业，"业"，音 ye（也），现在也经常听村里的老太太们说这个词。周汝昌（1918—2012，著名红学家）注："寡妇失业的，北人俗常常习用俗语，甚至可用以比喻孤苦无助之处境。"王家惠（唐山作家，自称"新丰润说"的代表人物）不同意这个解释，认为寡妇失业就是寡妇，与"无助"无关，即"寡妇是也"，以为这是河北丰润俗语。不妥，我不是丰润人，也这样说。"失业"一词，可能只是同音假借，方言里的有音无字的现象并不罕见，一般的处理办法就是同音假借，究竟什么意思？存疑，也许就是个不表示实在意义的语助词。

△听邢夫人道："你知道你老爷跟前竟没有个可靠的人，心里再要买一个，又怕那些人牙子家出来的不干不净，也不知道毛病儿，买了来家，三日两日，又要肏鬼吊猴的……"（第四十六回）

肏鬼吊猴，形容"捣鬼作反、没事找事"。"肏"，出自邢夫人之口，证实不能读作"操"，更不能读成"透"。如前例，只能读作 ri，入声。

△宝玉忙道："这如何使得！才好了些，如何做得活。"晴雯道："不用你蝎蝎螫螫的，我自知道。"（第五十二回）

蝎蝎螫螫，形容"婆婆妈妈，过分地表示关注而又着急的"表现。

△尤三姐站在炕上，指贾琏笑道："你不用和我花马吊嘴的，清水下杂面，你吃我看见。见提着影戏人子上场，好歹别戳破这层纸儿……"（第六十五回）

花马吊嘴，形容花言巧语地耍嘴皮子。

△两个姑子笑推这丫头道："你这孩子好性气，那糊涂老嬷嬷们的话，你也不该来回才是。咱们奶奶万金之躯，劳乏了几日，黄汤辣

水没吃,咱们哄他欢喜一会还不得一半儿,说这些话做什么。"(第七十一回)

黄汤辣水,泛指食品,近义词,清汤寡水。

△众媳妇答应着,提灯引路,又有一个先去悄悄的知会伏侍的小厮们不要失惊打怪。(第七十五回)

失惊打怪,大惊小怪的意思。

多音节短语

△别人不过拣各人爱吃的一两点就罢了,刘姥姥原不曾吃过这些东西,且都作的小巧,不显堆垛儿,他和板儿每样吃了些,就去了半盘子。(第四十一回)

不显堆垛儿,不显多,是从体积上说的。

△薛姨妈道:"这是宫里头的新鲜样法,拿纱堆的花儿十二支。昨儿我想起来,白放着可惜了儿的,何不给他们姊妹们戴去……"(第七回)

可惜了儿的,"因浪费而令人惋惜"的意思。

△……心里自己盘算道:"如何他不来瞧宝玉?便是有事缠住了,他必定也是要来打个花胡哨,讨老太太和太太的好儿才是……"(第三十五回)

打个花胡哨,"耍个眼前花"的意思。

三、粗话

把"粗话"作为一类,是因为粗话往往最能显出语言的地域特点。

△李贵忙断喝不止,说:"偏你这小狗肏的知道,有这些蛆

嚼！"（第九回）

狗肏的，骂人的粗话；肏，今写作"日"，本地方言中的常用词。这个字在前八十回里多次使用，后四十回里却没有。不仅如此，后四十回中骂人的粗话几近于无，为什么？这有什么启示？

蛆嚼，这是个动宾倒装结构，就是"嚼蛆"。这是一个方言色彩极强的词，就是"胡说"的意思。

△鸳鸯听说，立起身来，照他嫂子脸上下死劲啐了一口，指着他骂道："你快夹着你那屁嘴离了这里，好多着呢！……"（第四十六回）

夹着……屁嘴，屁，骂人常用语。有人做过研究，前八十回里出现的这个字全部出自女性之口。

△那柳家的笑道："好猴儿崽子，你亲婶子找野老儿去了，你岂不多得一个叔叔，有什么疑的！别讨我把你头上的杌子盖似的几根屄毛挦下来！还不开门让我进去呢。"（第六十一回）

挦，音 xian，平声。扯、拔之义。难以想象，写这些话的是和写《葬花词》的是同一个作者。再举一例：

△他女人骂道："胡涂浑呛了的忘八！你撞丧那黄汤罢。撞丧碎了，夹着你那膫子挺你的尸去。叫不叫，与你屄相干！一应有我承当，风雨横竖洒不着你头上来。"（第六十五回）

四、用法

△只见一张榻上歪着一位老婆婆，身后坐着一个纱罗裹的美人一般的个丫鬟在那里捶腿，凤姐儿站着正说笑。（第三十九回）

的个，方言用法；个，入声。

△凤姐儿道："……我已经回了太太了，你们不去我去。这些日

子也闷的很了。家里唱动戏，我又不得舒舒服服的看。"（第二十九回）

唱动戏，方言说法。"动"字加在动宾结构中间，表示动词的将来时，类似有："吃动饭""拔动萝卜"等，等于"动宾结构+的时候"。又如：

△宝钗道："惟有妈，说动话就拉上我们。"（第五十七回）

五、相同的地域文化

△三日起经，七日发引，寄灵于铁槛寺，日后带回原籍。（第十二回）

发引，把灵柩从停放地运出去。

△小丫鬟名宝珠者，因见秦氏身无所出，乃甘心愿为义女，誓任摔丧驾灵之任。（第十三回）

摔丧，起动棺材（俗称"起灵"）时，先由主丧孝子在灵前摔碎一只盆或碗，叫"摔丧"，保留土葬习俗的家乡，仍存此风俗。

△薛蟠在外边听见，连忙跑了过来，对着宝钗，左一个揖，右一个揖，只说："好妹妹，恕我这一次罢！原是我昨儿吃了酒，回来的晚了，路上撞客着了，来家未醒，不知胡说了什么，连自己也不知道，怨不得你生气。"（第三十五回）

撞客，遇见鬼怪等不干净的东西，本地文化中也有此一说。

△凤姐儿笑道："姑妈倒别这样说，我们老祖宗只是嫌人肉酸，若不嫌人肉酸，早已把我还吃了呢。"（第三十五回）

人肉酸，我的家乡文化中也有这样的认知。

△天文生应诺，写了殃榜而去。（第六十九回）

殃榜，阴阳先生给刚死去的人写的文书。请阴阳写殃榜，叫"批殃"。

六、综合例证

△薛宝钗道:"呆雁在那里呢?我也瞧一瞧。"林黛玉道:"我才出来,他就'忒儿'一声飞了。"(第二十八回)

才,刚,刚刚。

忒儿,象声词,这个词特别形象,连音调也和我家乡的老太太们日常说得完全相同。

△凤姐忙笑道:"……如今我手里每月连日子都不错给他们呢。先时候儿在外头关,那个月不打饥荒,何曾顺顺溜溜的得过一遭儿。"(第三十六回)

先时候儿,儿化,方言用法。

顺顺溜溜,即"顺顺利利"。

△晴雯冷笑道:"虽然碰不见衣裳,或者太太看见我勤谨,一个月也把太太的公费里分出二两银子来给我,也定不得。"(第三十七回)

碰不见,即"遇不到"。

勤谨,"勤快"的意思。

△平儿忙道:"你快去罢,不相干的。我们老太太最是惜老怜贫的,比不得那个狂三诈四的那些人。想是你怯上,我和周大娘送你去。"(第三十九回)

那个,读 neige,ge,入声。

狂三诈四,狂即"诳"的假借,诳骗。一味欺诈。

△刘姥姥道:"妞妞儿只怕不大进园子,生地方儿,小人儿家原不该去。比不得我们的孩子,会走了,那个坟圈子里不跑去。一则风拍了也是有的,二则只怕他身上干净,眼睛又净,或是遇见什么神了。依我说,给他瞧瞧祟书本子,仔细撞客着了。"(第四十二回)

风拍了,拍,入声,"吹"的意思。本地人感冒了就叫"拍着了"。

△说着叫平儿来吩咐道："明儿咱们有事，恐怕不得闲儿。你这空儿把送姥姥的东西打点了，他明儿一早就好走的便宜了。"（第四十二回）

打点，"整理""安排""准备"的意思。

△且说赵姨娘因见宝钗送了贾环些东西，心中甚是喜欢，想道："怨不得别人都说那宝丫头好……连我们这样没时运的，他都想到了……"……自己便蝎蝎螫螫的拿着东西，走至王夫人房中……陪笑说道："……真是大户人家的姑娘，又展样，又大方……怪不得老太太和太太成日家都夸他疼他……"（第六十七回）

没时运，即运气不好。

展样，又称作"展活"，有舒展像样之义，形容人长得有气质，够标准。

成日家，"整天、总是、经常"之义。"家"，语助词。

这段话很符合赵姨娘的身份。《红楼梦》里的人物说方言多的就是赵姨娘和婆娘子嬷嬷们，其次就是王熙凤，文化层次低、个性泼辣又没有多少约束，是个另类。

△那婆子道："我在这里赶蜜蜂儿，今年三伏里雨水少，这果子树上都有虫子，把果子吃的疤癞流星的掉了好些下来。姑娘还不知道呢，这马蜂最可恶的，一嘟噜上只咬破三两个儿，那破的水滴到好的上头，连这一嘟噜都是要烂的……"（第六十七回）

蜜蜂儿、个儿，儿化，方言说法。

一嘟噜、疤癞流星，方言词汇。嘟噜，串；疤癞流星，"疤癞"是疮疤，"流星"比喻斑点，描写表面不光滑，而有凹凸的伤痕，也指水果等物外皮不光滑。

这段话很符合一个年长老太太的身份特点。

△凤姐儿一面又骂贾蓉："天雷劈脑子五鬼分尸的没良心的种

子！不知天有多高，地有多厚，成日家调三窝四，干出这些没脸面没王法败家破业的营生……"（第六十八回）

营生，官话词汇，方言用法。这里指"事情"。

这两句话极其微妙，第一句暗示了婶侄之间的特殊关系；第二句是婶婶对侄儿的教训。

△平儿听了，笑道："这样说，你竟是个平白无辜之人，拿你来顶缸……"（第六十一回）

平白无辜，清白的，没有一点过错。

顶缸，替人受过。

△秋桐便气的哭骂道："理那起瞎肏的混咬舌根！我和他井水不犯河水，怎么就冲了他！好个爱八哥儿，在外头什么人不见，偏来了就有人冲了。白眉赤脸，那里来的孩子？……"（第六十九回）

瞎肏，胡乱蛊捣。

白眉赤脸，不入眼，脸皮厚。

△仍命人忙忙的收拾紫菱洲房屋，命姊妹们陪伴着解释，又盼咐宝玉……（第八十回）

忙忙的，后一个"忙"字应读成儿化音。"忙忙的"，在前八十回里是个常用词，共出现了 26 次。

姊妹，姐妹；姊，音 zǐ，本地方言如《红楼梦》，多称为"姊妹"，很少说"姐妹"。

△薛蟠道："如今舅舅正升了外省去，家里自然忙乱起身，咱们这工夫一窝一拖的奔了去，岂不没眼色。"（第四回）

忙乱，"张罗""准备"之意。

工夫，"时候"的意思。

没眼色，就是"不知趣""不识相"。

△众人都笑说："前儿在一处看见二爷写的斗方儿，字法越发好了，多早晚儿赏我们几张贴贴。"（第八回）

前儿，前天。

斗方儿，名词，一二尺见方单幅笺纸，对角平行垂直，一般是写个"福"字或四字短语，贴在门、箱柜、柁头等处。

越发，副词，更加。

△湘莲道："这个事也用不着你操心，外头有我，你只心里有了就是。眼前十月一，我已经打点下上坟的花消。你知道我一贫如洗，家里是没的积聚，纵有几个钱来，随手就光的，不如趁空儿留下这一分，省得到了跟前扎煞手。"（第四十七回）

十月一，冬季祭祀祖先日，这一天多有烧纸习俗。本地仍然保留着一年三祭的风俗。春季为清明节，秋季为七月十五。

花消，花费。

扎煞手，扎，去声；五指分开的样子，比喻做事没有预备好，慌了神。

△尤三姐站在炕上，指贾琏笑道："你不用和我花马吊嘴的，清水下杂面，你吃我看见。见提着影戏人子上场，好歹别戳破这层纸儿。你别油蒙了心，打谅我们不知道你府上的事。这会子花了几个臭钱，你们哥儿俩拿着我们姐儿两个权当粉头来取乐儿，你们就打错了算盘了……"（第六十五回）

戳破，捅破。

打谅，即"打量"，估摸之义。

粉头，妍头。

举例至此结束，我有一个感受，就是《红楼梦》方言多半出现在人物的对话中，叙述者（作者）一般不说方言，站在第三方立场，做客观陈述。这也许就是写实主义的创作风格的表现。

同时我们还发现，《红楼梦》的语言运用，除塑造人物个性的功能外，也是立体的，多维的，不仅仅丰富，还透露了多方面的信息。

否则，为什么《红楼梦》方言的研究也会与其他方面一样，出现"各自为战、自说自话"的局面？到目前为止，我所见到的，至少有"江南方言说""北京方言说""东北方言说""天津方言说"，甚至有"荆湘方言说""张家口方言说""丰润方言说"等。这怎么解释？

扬雄（公元前53—18年）的《輶轩使者绝代语释别国方言》问世两千多年以来，历代对方言多有研究。只是语言的趋同，是语言发展的大势所趋。然而，方言传承了中国古老的历史文化，是地域文化的载体，是社会从属的标志，一种方言的消失就是一种古老文化的消失，一种地域文明的消失。面对此种局面，莫非我们只能作无可奈何的感叹吗？《红楼梦》所记录和描绘的鲜活语言给了我们诸多启示。我们应该明白，一个地区的方言除了显示了该地区文化发展的水平和方向之外，也是构建整个民族的文化发展状况和历史趋势的基础之一。它既是其他非物质文化遗产的载体，本身也是一种非物质文化遗产。

总之，我在大观园里听到了乡音，这不是推论，而是一个事实。

（2018年4月20日初稿，2019年3月1日补充）

遍访红楼找洋货

作为一面社会的镜子,《红楼梦》准确地记录了当时的社会发展状态,也反映出我国近代化之前对外交流方面的一些情况。以至于我一边羡慕《红楼梦》主人公们的超前消费,一边就想,这部伟大的著作究竟是不是完全意义上的"古典"名著?

一、自鸣钟,奏响了近代中西贸易的序曲

△刘姥姥只听见咯当咯当的响声,大有似打箩柜筛面的一般,不免东瞧西望。忽见堂屋中柱子上挂着一个匣子,底下又坠着一个秤砣般一物,却不住地乱晃。(第六回)

这是一位乡下老太太眼中的西洋自鸣钟。这东西只有贵族官僚才拥有,凤姐房间里摆着这样一件,身价地位了然可见。不过在整个贾府,钟表的使用已经十分普遍,甚至是不能算作奢侈的日常生活用品。

△说着，只听外间房中十锦格上的自鸣钟当当两声，外间值宿的老嬷嬷嗽了两声，因说道："姑娘们睡罢，明儿再说罢。"（第五十一回）

这是宝玉房间的挂钟，听钟表的提醒安排作息。

△凤姐冷笑道："……我是你们知道的，那一个金自鸣钟卖了五百六十两银子。没有半个月，大事小事倒有十来件，白填在里头……"（第七十二回）

这个自鸣钟是"金"的，因此贵重，被凤姐卖了贴补家用。虽然她的话不能全信，但此时的贾府确实已从巅峰开始下滑了。

明朝谢肇淛《五杂俎·天部二》："西僧利玛窦有自鸣钟，中设机关，每遇一时辄鸣。"史载利玛窦于1583年9月10日从澳门进入广东，如果他随身带着钟表的话，这应该是西洋钟表首次进入中国内地的时间。1601年，利玛窦在呈给万历皇帝的献礼中，包括两件自鸣钟。从此，庄严雄伟的中国宫殿内开始响起了清脆的节奏。到清代，赵翼在其所著《檐曝杂记·钟表》中称："自鸣钟，时辰表，皆来自西洋。"

随着异质文化的输入，西方的宗教、天文、历法、数学、医学、各种艺术也相继传入，对整个传统社会产生了极大的影响。而康熙皇帝是个有作为的皇帝，对西方文明采取了较为客观的态度，既不盲目排斥，也不盲目跟从，而且还向来华的传教士们学习先进的科学技术及艺术。因此，一些西方器物包括钟表，就在中国流行起来。他自己就写过一首《咏自鸣钟》的诗："法自西洋始，巧心授受知。轮行随刻转，表指按分移。绦幌休催晓，金钟预报时。清晨勤政务，数问奏章迟。"

乾隆五十六年（1791年）的海关文献记载，当年由粤海关口进大小自鸣钟、时辰表、嵌表鼻烟壶共一千零二十五件。乾隆帝每年下令从欧洲订购三万到六万两白银的豪华精制钟表。这一年距《红楼梦》脂砚斋乾隆十九年（1754年）甲戌抄阅再评本的问世已经过去三十七年了，而初稿和书中所描写的生活应该更早，以至于北京市民率先使用了六十进位的西方计时体系。不过《红楼梦》里使用的还是本土的时辰刻系统，可谓洋为中用。

　　△素日跟我的人，随身自有钟表，不论大小事，我是皆有一定的时辰。（第十四回）

　　从王熙凤的话里我们知道，怀表至少在荣国府中已经普及。

　　1656年，荷兰科学家惠更斯应用伽利略等时性理论（即钟摆理论）设计了钟摆。1657年，在他的指导下，第一个摆钟被成功制造出来。1675年，以发条为动力，以游丝为调速机构的小型钟问世，同时也为制造便于携带的袋表提供了条件。王熙凤们随身携带的钟表就是袋装表，即怀表。

　　1860年，咸丰皇帝向瑞士江诗丹顿订制了一只蓝色珐琅装饰的怀表，这是瑞士钟表首次传入我国。虽然中国人苏颂在宋代就发明了水钟，可这只是用于天文研究的大型钟。

　　△宝玉命取表来看时，果然针已指到亥正，方重新盥漱，宽衣安歇，不在话下。（第十九回）

　　△宝玉听说，回手向怀中掏出核桃大小的一个金表来，瞧了一瞧，那针已指到戌末亥初之间……（第四十五回）

　　核桃大小的金表，代表钟表制造技术已经非常成熟。

　　△众人因问几更了，人回："二更以后了，钟打过十一下了。"宝玉犹不信，要过表来瞧了一瞧，已是子初初刻十分了……（第六十三回）

　　应该是晚上11：25了，中西计时系统高度契合，在钟表结构和表盘刻度上是完全一致的。

二、怡红院的镜子，折射了帝国贸易的繁荣

尽管乾隆朝以后，清中央政府因为繁荣强盛，就实行起了最严格的贸易保护主义政策（事实证明这个政策是多么愚蠢），但官民两条线的对外贸易不可能完全禁绝，尤其是上流社会，一些国外的先进的产品总能及时进入其生活圈内。贾宝玉卧室里的一面穿衣大镜就折射出了帝国贸易的繁荣景象。

△及至门前，忽见迎面也进来了一群人，都与自己形相一样，却是一架玻璃大镜相照。（第十七回）

这是第一次写怡红院的镜子，指出是玻璃大镜，不是传统的铜镜。

1688年，纳夫发明了制作大块玻璃的工艺，从此有了使玻璃成为普通物品的可能。一般认为，清末外国人在中国建造高楼大厦，才把玻璃引进中国。这里出现的大玻璃穿衣镜和下面引文里的怡红院窗户安装的玻璃，明明白白地告诉我们，大玻璃引进早于清末，几乎与纳夫的发明与生产同步。

清史记载，康熙三十四年（1695年），内务府就设立了玻璃作坊，仿西洋之法制造玻璃。但这个大内作坊技术不过关，做出来的玻璃质量差，作坊也就流产了。有论者称，宫中真正使用玻璃，并且在京城富贵人家流行使用玻璃制作的精致围屏，是粤海关监督祖秉圭一手推动的，使用的是广州进口的西洋玻璃，时在雍正七年至十年之际，即1729年到1732年。反映在书中，就有后面引文中特别提到的贾母生日时粤海将军赠送的玻璃大围屏。此时正是大观园的少男少女们活跃的时候。

△一回头，只见左边立着一架大穿衣镜，从镜后转出两个一般大的十五六岁的丫头来说："请二爷里头屋里坐。"（第二十六回）

第二次突出这面镜子。十七世纪前后，巴洛克宫殿喜好用镜子装饰大厅，凡尔赛宫的镜厅即是有名的例子。宝玉的室内装潢也用到

了十分洋派的设计。

△刚从屏后得了一门转去，只见她亲家母也从外面迎了进来……便心下忽然想起："常听大富贵人家有一种穿衣镜，这别是我在镜子里头呢罢。"说毕伸手一摸，再细一看，可不是，四面雕空紫檀板壁将镜子嵌在中间……一面只管用手摸。这镜子原是西洋机括，可以开合。不意刘姥姥乱摸之间，其力巧合，便撞开消息，掩过镜子，露出门来。（第四十一回）

第三次写这面镜子，交代"西洋机括"，暗示是整体引进。

"常听大富贵人家有一种穿衣镜"，说明上流社会已经普及。

△麝月笑道："好姐姐，我铺床，你把那穿衣镜的套子放下来，上头的划子划上，你的身量比我高些。"……此时宝玉正坐着纳闷……忽听见晴雯如此说，便自己起身出去，放下镜套，划上消息，进来笑道："你们暖和罢，都完了。"（第五十一回）

第四次写这面穿衣镜，从中我们知道，这面镜子很高，是落地大镜。

△袭人笑道："那是你梦迷了。你揉眼细瞧，是镜子里照的你影儿。"宝玉向前瞧了一瞧，原是那嵌的大镜对面相照，自己也笑了……麝月道："怪道老太太常嘱咐说小人屋里不可多有镜子。小人魂不全，有镜子照多了，睡觉惊恐作胡梦。如今倒在大镜子那里安了一张床……"（第五十六回）

"小人"，即小孩子。作者不惜笔墨，先后至少（说"至少"，一是我阅读不细，恐怕有漏掉的地方，二是所有引文只到前八十回）五次描写这面镜子，用意何在？恐怕除衬托怡红公子的个性、品质如镜子一样单纯透明外，也不乏炫耀的意思，进口穿衣大镜，十分稀罕名贵。

与水银玻璃大镜出现的同时，贾府的玻璃窗户也已经是常见之物。《红楼梦》直接描写玻璃窗户的地方至少有两处，请看下面的例子。

△（周瑞家的）穿夹道从李纨后窗下过，隔着玻璃窗户，见李纨在炕上歪着睡觉呢，遂越过西花墙，出西角门进入凤姐院中。（第七回）

这是作者第一次提到玻璃窗户，是在李纨的住处。

△一面忙起来揭起窗屉，从玻璃窗内往外一看，原来不是日光，竟是一夜大雪，下将有一尺多厚，天上仍是搓绵扯絮一般。（第四十九回）

这次是怡红院的玻璃窗。这种安装在窗户上的玻璃更非国产，前面已经交代，此时国内还没有这样的工艺。

其他进口玻璃制品，作者特别指出的是在当时有指标性、典型性的"粤海将军邬家一架玻璃"围屏。

△凤姐儿道："共有十六家有围屏，十二架大的，四架小的炕屏。内中只有江南甄家一架大屏十二扇，大红缎子缂丝满床笏，一面是泥金百寿图的，是头等的。还有粤海将军邬家一架玻璃的还罢了。"（第七十一回）

我们应该了解的是，中国玻璃的发明、生产、发展是一个独立系统，但是多限于制作工艺品和装饰材料，因此没有进入普通生活圈。

△贾妃乃下舆，只见清流一带，势如游龙，两边石栏上，皆系水晶玻璃各色风灯，点得如银花雪浪，上面柳杏诸树虽无花叶，然皆用通草绸绫纸绢依势作成，粘于枝上的，每一株悬灯数盏，更兼池中荷荇凫鹭之属，亦皆系螺蚌羽毛之类作就的。诸灯上下争辉，真系玻璃世界，珠宝乾坤。（第十八回）

△先时连那么样的玻璃缸，玛瑙碗不知弄坏了多少，也没见个大气儿，这会子一把扇子就这么着了，何苦来！（第三十一回）

玻璃与玛瑙并列，可见国产玻璃制品此时还极其珍贵。然而，前八十回里共二十七次提到"玻璃"一词，相当一部分是指现代意义上的玻璃制品，可见其使用情况的普遍。

三、西洋纺织品的流行，使我们听到了欧洲工业革命的先声

虽然从 1764 年詹姆斯·哈格里夫斯发明使用珍妮纺纱机算，以棉纺织业为突破口，英国用了大约七十年完成第一次工业革命。可是大观园里普遍使用的西洋纺织品，让我们意识到，欧洲工业革命暴发的初始阶段，就已经对中国社会发生了一定影响。

《红楼梦》主人公们使用的外国面料可以分成两大类：一是防水面料，如哆罗尼、羽缎、雀金呢等；二是其他面料，洋绉、倭缎等。

△……独李纨穿一件青哆罗呢对襟褂子，薛宝钗穿一件莲青斗纹锦上添花洋线番羓丝的鹤氅。（第四十九回）

先说这个"洋线番羓丝"，这是一种用丝线和毛线混合的织物，属名贵衣料，如果不是原装进口，至少也是使用了进口原料和西洋纺织技艺。

哆罗呢，也叫哆罗绒，欧洲产宽幅毛呢类织物。以羊毛为原料，分平纹、斜纹，以平纹居多。表面处理成毛绒状，增加了织物的松软度。再经染色、印花，成为实用与艺术感兼备的毛呢料，可作为衣料、装饰料，或做毛毯的材料。十六世纪，荷兰制造这类毛呢已经颇具特色，英、法、意等国也竞相生产，通常作为贸易出口的大宗商品。

清朝哆罗呢来源于多种渠道：

有国外进贡的，如荷兰分别在顺治、康熙、雍正时期向清朝进贡了数量可观的哆罗呢，据史料记载，其在康熙二十五年（1686 年）一次进贡"大哆罗呢绒十五匹、中哆罗呢绒十匹……"。

有朝廷订织的，如乾隆时期多次向荷兰莱顿公司订购。

更多的是通过进出口贸易买来的。

△宝玉此时欢喜非常，忙唤人起来，盥漱已毕，只穿一件茄色哆罗呢狐皮袄子，罩一件海龙皮小小鹰膀褂，束了腰，披了玉针蓑，戴上金藤笠，登上沙棠屐，忙忙地往芦雪庵来。（第四十九回）

哆罗呢狐皮袄子，宝玉也穿上了这种面料的衣服，因为下雪了。

△凤姐儿又命平儿把一个玉色绸里的哆罗呢的包袱拿出来，又命包上一件雪褂子。（第五十一回）

哆罗呢也可以做包袱皮。

△贾母见宝玉身上穿着荔色哆罗呢的天马箭袖，大红猩猩毡盘金彩绣石青妆缎沿边的排穗褂子。（第五十二回）

然后贾母就问："下雪呢么？"宝玉说："天阴着，还没下呢。"于是贾母就让鸳鸯把那件有故事的雀金呢风衣取出来给宝玉穿。当时，大观园的防水衣具依次为蓑衣、油衣、哆罗呢、凫靥裘（贾母送宝琴的那件野鸭子毛织的斗篷）、雀金呢。

△宝玉因见他外面罩着大红羽缎对衿褂子，因问："下雪了么？"（第八回）

羽缎，也叫羽毛缎，就是哔叽，质地厚密，一面光滑，明清时期常用为防雨防雪衣料。

△昨儿那么大雪，人人都是有的，不是猩猩毡就是羽缎羽纱的，十来件大红衣裳，映着大雪好不齐整。（第五十一回）

刘廷玑的《在园杂志》卷一《缎》记载："近由东洋入中国者，更有羽缎、羽纱、哔叽缎、哆罗呢，据云可为雨具，试之终逊油衣。其价甚昂，亦前代所未闻者。"比刘氏年长二十岁的王士祯在《皇华纪闻》卷三中说得更具体："西洋有羽缎、羽纱，以鸟羽毛织成，每一匹价至六七十金，着雨不湿。"

△只听贾母笑道："这叫作雀金呢，这是俄罗斯国拿孔雀毛拈了线织的。前儿把那一件野鸭子的给了你小妹妹，这件给你罢。"（第五十二回）

雀金呢，贾母明白指出生产于俄罗斯，用它做的这件衣服，书里叫"雀裘"，就是雀金呢大衣。

△身上穿着缕金百蝶穿花大红洋缎窄裉袄，外罩五彩刻丝石青银鼠褂，下着翡翠撒花洋绉裙。（第三回）

洋缎、洋绉，舶来品。这是凤姐首秀时穿的衣服。

△那凤姐家常带着紫貂昭君套，围着攒珠勒子，穿着桃红撒花袄，石青刻丝灰鼠披风，大红洋绉银鼠皮裙。（第六回）

洋绉，丝绸织品，极薄而软，微带自然皱纹。

△……穿一件二色金百蝶穿花大红箭袖，束着五彩丝攒花结长穗宫绦，外罩石青起花八团倭缎排穗褂……（第三回）

倭缎，倭，即倭奴国，简称倭国，就是日本国，产自日本的一种缎面起绒花的缎。其后福建漳州、泉州等地有仿制品，也被称为倭缎。这是宝玉首秀时的装束。

贾府的主人们身上衣着的进口品牌，比例之高是不是超出了我们的想象？至少是超出了我的想象。

四、来自国外的生活用品的广泛使用是早期国际分工的体现

大观园里来自国外的生活用品，有日用品，如手巾、毡子、鼻烟及其他家常用品；有西药；陈设和玩具等，几乎涉及了日常生活的各个方面。

△说着便走过来，弯腰洗了两把。紫鹃递过香皂去，宝玉道："不用了，这盆里就不少了。"（第二十一回）

香皂，俗称洋胰子。《二十年目睹之怪现状》第五十五回："除了两箱林文烟花露水，和两箱洋胰子是真的，其余没有一瓶不是清水。"

△大家吃毕，凤姐手里拿着西洋布手巾，裹着一把乌木三镶银箸，按席摆下。（第四十回）

"西洋的布手巾",还是"西洋布的手巾"?前者是原装进口,后者是来料加工。

△榻之上一头又设一个极轻巧洋漆描金小几,几上放着茶吊,茶碗,漱盂,洋巾之类,又有一个眼镜匣子。(第五十三回)

短短一句交代,透露了日常生活接受了多少外来影响!让我们深深感到,中华民族是一个开放的民族,如果没有当局海禁、边禁政策干扰的话,民间交往至少与世界同步,也可能同步受到欧洲工业革命的影响。即便如此,其往来影响也难以禁绝。

△一面说,一面便将黛玉的匙箸用一块洋巾包了,交与藕官道:"你先带了这个去,也算一趟差了。"(第五十九回)

洋巾,这无疑是原装进口了。

△这汗巾子是茜香国女国王所贡之物,夏天系着,肌肤生香,不生汗渍。(第二十八回)

茜香国,虚拟国名,刘心武认为是琉球王国。

△临窗大炕上铺着猩红洋罽,正面设着大红金钱蟒靠背,石青金钱蟒引枕,秋香色金钱蟒大条褥。两边设一对梅花式洋漆小几……(第三回)

洋罽,罽,用毛做成的毡子一类东西;洋漆,又称泥金,一种引进的涂层技术。这是王夫人日常居室,即五间大正房旁边的三间耳房内的部分陈设。

△宝玉便揭开盒盖,里面是个西洋珐琅的黄发赤身女子,两肋又有肉翅,里面盛着些真正的汪恰洋烟。(第五十二回)

西洋鼻烟同钟表、珐琅器具一样,也是从西方输入的一大宗货物。鼻烟通常由上等烟丝和名贵药材制成,经鼻子嗅入,有醒脑提神、止痛等作用,为西药之一。

"汪恰",因宝玉的外语发音不准,弄得后世出现了多种解释,有人认为是烟叶产地是英国北美殖民地弗吉尼亚(即后来的美国弗吉尼亚州）的音译；有人认为是鼻烟品牌"安琪儿"的近似音；还有人认为是意大利语"一等"的音译，理由是此处有脂批"汪恰，西洋一等宝烟也"。

△薛蟠便命叫两个小厮进来，解了绳子，去了夹板，开了锁看时，这一箱都是绸缎绫锦洋货等家常应用之物。（第六十七回）

这一大箱子里，洋货就很多了。

△宝玉笑道："越发尽用西洋药治一治，只怕就好了。"说着，便命麝月："和二奶奶要去，就说我说了，姐姐那里常有那西洋贴头疼的膏子药，叫做依弗那，找寻一点儿。"麝月答应了，去了半日，果拿了半节来。便去找了一块红缎子角儿，铰了两块指顶大的圆式，将那药烤和了，用簪挺摊上。晴雯自拿着一面靶镜，贴在两太阳上。（第五十二回）

凤姐偏好使用洋货，与家世有一定关系。书中说王熙凤两鬓常年习惯贴这种药，贾府普遍在用西洋进口药品。

△一时宝玉又一眼看见了十锦格子上陈设的一只金西洋自行船，便指着乱叫说："那不是接他们来的船来了，湾在那里呢。"（第五十七回）

西洋自行船，火轮船，蒸汽机发动。宝玉能把玩到这个欧洲制造的船模，说明机动船已在当时人们的普遍认知之内。一说指发条玩具船，若此，作为陈设摆在室内，就有放眼世界的意思了。

△于是进了房门，只见迎面一个女孩儿，满面含笑迎了出来。刘姥姥忙笑道："姑娘们把我丢下来了，要我碰头碰到这里来。"说了，只觉那女孩儿不答。刘姥姥便赶来拉他的手，"咕咚"一声，便撞到板壁上，把头碰的生疼。细瞧了一瞧，原来是一幅画儿。刘姥姥自忖道："原来画儿有这样活凸出来的。"一面想，一面看，一面又用手摸去，却是一色平的，点头叹了两声。（第四十一回）

刘姥姥看到的这幅画是欧洲写实主义油画，运用了透视、光影等技巧，立体感强，人物惟妙惟肖，一眼望去仿佛真人。宝玉的房间里挂着一幅大尺度西方油画，是不是很现代？

△其余家中人，尤氏仍是一双鞋袜，凤姐儿是一个宫制四面和合荷包，里面装一个金寿星，一件波斯国所制玩器。（第六十二回）

波斯国（伊朗）玩具。

此外，"丰年好大雪，珍珠如土金如铁"。不光薛家是这样，在荣、宁两府里也有数不清的宝石。其中第三十一回、三十八回、四十回、五十二回、六十三回提到的六种宝石——猫儿眼、祖母绿、温都里纳、硬红、绛纹石、冻石，都产自境外，也是地道的洋货。

不论是一般日用品，还是珍稀宝物，总不能全部国产化。通过交换，实现了生产与生活两方面的目的，这不仅是简便易行的手段，而且是合理的国际分工，聪明的人们绝不会弃而不用，而局限于自产自销的禁锢之内。

五、丰富的食品透露了当时社会上频繁的国际往来

△我叫他兄弟到那边府里找宝玉去了，我才看着他吃了半盏燕窝汤，我才过来了。（第十回）

△每日早起拿上等燕窝一两，冰糖五钱，用银铫子熬出粥来，若吃惯了，比药还强，最是滋阴补气的。（第四十五回）

燕窝，产自苏门答腊、泰国、爪哇等地，通过泰国等东南亚国家及日本进入中国。

△凤姐道："那是暹罗国进贡的。我尝了不觉怎么好，还不及我们常喝的呢。"（第二十五回）

茶叶，泰国进贡，在凤姐眼里品质不是太好，还不如她日常喝的茶。

△……这么长一尾新鲜的鲟鱼，这么大的一个暹罗国进贡的灵柏香熏的暹猪。（第二十六回）

也是泰国进贡。

△就有蘅芜苑的一个婆子，也打着伞提着灯，送了一大包上等燕窝来，还有一包子洁粉梅片雪花洋糖。（第四十五回）

此时的洋糖并非国产，至民国后，名为"洋糖"的水果糖，才逐步多有国产的。

大观园里的少男少女们已经沐浴了近代社会的曙光，他们中间的高寿者，就已经进入了近代社会。有论者称，贾宝玉的思想具备了民主主义特征，确实是有客观的社会背景支撑的，所以我们说《红楼梦》并非是一部完全意义上的古典文学名著。

△芳官拿了一个五寸来高的小玻璃瓶来，迎亮照看，里面小半瓶胭脂一般的汁子，还道是宝玉吃的西洋葡萄酒。（第六十回）

三百年前，这红葡萄酒不知是来自法国，还是来自意大利。宝玉当时只有十四岁，清代好像也不禁止少年饮酒。当然，那时进口的欧洲酒一定不多，不是贾府这样的富贵人家，一般人是不会认得的。

在《红楼梦》的引进食品中，我们还看到乌进孝年租单子里有"暹罗猪二十个"、"西洋鸭两对"，一般认为是引进的品种，并非直接进口。

△却说宝玉自出了门，他房中这些丫鬟们都越性恣意的顽笑，也有赶围棋的，也有掷骰抹牌的，磕了一地瓜子皮。（第十九回）

△看时，只见西边炕上麝月，秋纹，碧痕，紫绡等正在那里抓子儿赢瓜子儿呢。（第六十四回）

这里的瓜子，也是从国外引进，刚刚开始推广种植的葵花籽。《红楼梦》故事发生的年代里，从美洲引进的玉米、土豆、红薯等已经大面积种植。有论者称，这个事实堪称宋代之后的中国第二次农业革命。

六、大观园建筑装饰图案及欧洲工艺技术的使用，说明中外交流的发展速度也相当惊人，受政府一度实行的"海禁"政策影响不是很大

△……一色水磨群墙，下面白石台阶，凿成西番莲花样。（第十七回）

这是大观园正门台阶上的浮雕图案，看似简单，一笔带过。可是，这种西番莲（又名巴西果、受难果、藤桃、转枝莲等），十六世纪西班牙探险家才在巴西和秘鲁的印第安部落里首次发现，把它带到欧洲，此时就已经抽象成了大观园里的建筑图案，不能不说这种交流与影响是惊人的。

△每人一把乌银洋錾自斟壶，一个十锦珐琅杯。（第四十回）

洋錾，外国工艺。"每人一把"，说明已经可以批量生产。每人，此时在缀锦阁吃饭看戏的至少有贾母、薛姨妈、王夫人、刘姥姥、湘云、宝钗、黛玉、迎春、探春、惜春、宝玉、李纨、凤姐这十三人。

△这荷叶乃是錾珐琅的，活信可以扭转，如今皆将荷叶扭转向外，将灯影逼住全向外照，看戏分外真切。（第五十三回）

活信，转动轴；逼住，聚光效果。

△宝玉正欲走时，只见袭人走来，手内捧着一个小连环洋漆茶盘，里面可式放着两钟新茶……（第六十二回）

洋漆，即泥金，从日本传入，用金粉与漆调和后涂绘于漆上的一种装饰技艺。雍正、乾隆时期是生产的全盛期。

七、相对广泛的中外交流影响着人们的观念和日常用语

中外密切交流，影响了贾府人们的观念。以中国为中心的天下观，开始变为中外对称的世界观。

△贾政道："这叫作女儿棠，乃是外国之种……"（第十七回）

"外国"一词活跃在日常口语中，据不完全统计，前八十回里

"外国"这个词出现了七次之多。

△众人听了都笑道:"骂得巧,可不是给了那西洋花点子哈巴儿了。"(第三十七回)

"西洋花点子哈巴儿",这种家常对话中的新概念,表现的已经不是天朝上国子民心中顽固的华夷之别观念了,至少在上流社会中是这样。

△宝琴笑道:"……我八岁时节,跟我父亲到西海沿子上买洋货,谁知有个真真国的女孩子,才十五岁,那脸面就和那西洋画上的美人一样,也披着黄头发……"……只听湘云笑问:"那一个外国美人来了?"(第五十二回)

真真国,虚拟国名。一说指阿拉伯伊斯兰诸国或荷兰。

△众人听了,都道:"难为她!竟比我们中国人还强。"(第五十二回)

"中国",这是个形容词,与"外国"相对,没说"大明国"或"大清国",听起来是很现代的称呼。

△一时到了怡红院,忽听宝玉叫"耶律雄奴",把佩凤,偕鸳,香菱三个人笑在一处,问是什么话,大家也学着叫这名字,又叫错了音韵,或忘了字眼,甚至于叫出"野驴子"来,引得合园中人凡听见无不笑倒。宝玉又见人人取笑,恐作贱了她,忙又说:"海西福朗思牙,闻有金星玻璃宝石,他本国番语以金星玻璃名为'温都里纳'。如今将你比作他,就改名唤叫'温都里纳'可好?"芳官听了更喜,说:"就是这样罢。"因此又唤了这名。众人嫌拗口,仍翻汉名,就唤"玻璃"。(第六十三回)

福朗思牙,即法兰西,当时法国的音译名。这段怡红院里小年轻们的调笑之语,如果把译名换成现在统一使用的词,你能感觉出他们是古人吗?有些国人喜欢起个洋名,是不是从贾宝玉开始的呢?

八、大观园中外交流局面形成的原因与王家和薛家相关

△这薛公子……虽是皇商，一应经济世事，全然不知，不过赖祖父之旧情分，户部挂虚名，支领钱粮，其余事体，自有伙计老家人等措办。（第四回）

薛家是皇商。王庆云《熙朝纪政》载："我朝无均输和采买之政，凡宫廷所需，一出时价采办，而不以累民。"隶属户部为皇家宫廷采办各种物资的经商者，称为"皇商"。这种"民办公助"的经商形式和专为顶层服务的经商目的，无疑享受着国际贸易的种种便利。

△凤姐忙接道："……那时我爷爷单管各国进贡朝贺的事，凡有的外国人来，都是我们家养活。粤，闽，滇，浙所有的洋船货物都是我们家的。"（第十六回）

王家曾总理贸易。这是我们仅仅从文本上找的原因。这两个事实，也为我们进一步理解"一荣俱荣，一损俱损"这句话，提供了佐证。

早在宋代，即传说中妈祖出生的年代，妈祖就被封为"灵惠妃"，完成了从地方神到全国神的转变。元朝封其为"护国明著天妃"。康熙二十三年（1684年），大清政府为刺激正在衰退的海运业，把妈祖从"天妃"升格为"天后"，成为地位最高的女神，一时全国供奉妈祖的庙宇达数千座之多。近年来的海洋水下考古的许多重大发现充分说明，我们从来都没有把眼光仅仅局限于陆地边境之内。《红楼梦》前八十回里，"大海"一词出现了八次，而"海"这个字更是出现了一百二十二次之多。

我们知道，《红楼梦》是一部以家庭日常生活为主要情节脉络，描写了宝黛等人物的感情纠葛，塑造了众多个性鲜明人物形象的小说，并非中外经济、文化交流的直接记录。尽管仅仅是点滴日常生活的描写，在前八十回里，"洋"字就出现了三十四次，其中"西

洋"十次,"东洋"一次,这已经明显地反映了近代以前(即鸦片战争以前)中国并非一个完全闭关自守的国家,而且有很大发展,社会、文化等也经历着深刻的变化,中国和外界的联系远比以前加强,在国际贸易中扮演着非常重要的角色。而且从"东洋""西洋"出现的频次上看,中国人认识世界,并非是通过日本这个渠道完成的。

事实上,"海洋"一直都是我们的关注点,中国人民与海洋的奋斗史,就是一部国际贸易史,一部对外交往史。历史上著名的海上丝绸之路与陆地丝绸之路同等重要。我们应该实事求是地厘清、辨析,全面了解真实的民族史,如此才能从根本上夯实文化自信、道路自信的基础。

国际贸易是国际交流的重要组成部分,而国际交流是社会发展的重要环节,是不以人们的意志为转移的,任凭统治者采用什么样的政策,世界发展的趋势是各民族、各民族国家之间的关系日渐紧密,这确实是任何力量也阻挡不了的。

(2018年4月9日初稿,2019年3月7日再改)

我与《红楼梦》（二）

我写过一篇《我与红楼梦》的文章，初次拿出来和几个朋友交流时，题目叫作《我读过一次红楼梦》。从那时起，很多年过去了，我对《红楼梦》前八十回又有过几次比较认真的接触——不敢说阅读，因为没有逐字逐句地读完全篇，实在不能算是认真阅读。

我没有精力，也没有兴趣仔细核对，不知道我在这期间接触的几本《红楼梦》各自依据的是什么原始版本。当然，红研所的注本除外，因为这个本子太出名了。

第一本是家人和朋友借的，中国文史出版社出版，无版权页。署名：曹雪芹、高鹗著。不知道是不是盗版，但文字畅通，没发现大问题。它给我的启示是第五十二回的一个西药名："依弗那"。这让我生出了在《红楼梦》里找洋货的兴趣。

这本书也就读到这一回，再没往下看。

第二本是在折价书店买的。吉林大学出版社2011年1月版。"出版前言"的写作时间为 2013 年 11 月。署名：曹雪芹著。

读这本书时，我按照既定思路摘录有关例句，做了百余张卡片，抄写了五十多页笔记，读到八十回结束。接着开始写阅读收获，除《遍访红楼找洋货》外，一鼓作气，又写了另一篇《大观园里闻乡音》。两篇文章共计两万多字，感觉是实实在在的收获。

当时，我想接着写第三篇，讨论一下《红楼梦》的时空结构方式。我发现，它的结构方式深受传统中国画技法"散点透视"和"四季同现"方法的影响，一些地方以"焦点透视"和"一时一现"的表现手法视点来观察，根本说不通。"四季同现"是我临时生造的一个短语。不懂画的我，不知道绘画语言是怎样表述这个技法的。把各种不同季节的花卉生长状态，画在同一个画面里，是中国画的常见表现手法。这与西洋山水画的时间切入点只有一个很不相同。《红楼梦》集我国写意美学之大成，这一点与西方的写实主义美学绝不相同。深受西方美学思想影响的红学家们，总以写实主义的视角分析《红楼梦》的时空结构，似乎不太对路。

我虽然做了一些相关笔记，记下了文本中的几个相关的关键词，也准备了一点资料，可没有趁热打铁写出来，就失去了兴趣。这里我有意透露了我的观点，是想以待来者。我的阅读有限，或许有人早已研究过了。毕竟以我的识力，是没有资格吃红学这碗饭的。兴趣没了，也就没了。

第三本是正经从新华书店买的，人民文学出版社 2008 年 7 月版，署名：曹雪芹著，无名氏续，程伟元、高鹗整理。初版时间为 1982 年 1 月。由中国艺术研究院红楼梦研究所校注。我是第二次买这个本子，第一次买的就是 82 年版的，是略去了注解的普及本。此本的前八十回以庚辰本为底本，以程甲本（1791 年活字本）配补；又以十多种脂本、抄本和多个程甲、程乙本参校。书前有校注总负责人冯其庸先生的说明。这个庚辰本是晚清状元、协办大学士徐郙的旧藏，1933年，胡适从徐郙之子徐星曙处得见此抄本，撰写《跋乾隆庚辰本〈脂砚斋重评石头记〉钞本》一文，使其重见天日。1948年夏，燕京大学从徐家购得，最终成为北京大学图书馆藏书。参与校注工作的除冯其庸外，还有李希凡、刘梦溪、蔡义江、胡文彬等二十多位知名红学家。所以，这个本子被认为是目前最好的新版《红楼梦》。《文汇读书周报》曾刊发过胡文骏的专门介绍，题目叫作《好云香护采芹人——人民文学出版社〈红楼梦〉整理出版述略》。我写现在这篇文章时，还找到了胡先生的文章，大致浏览了一遍。

　　写完《遍访红楼找洋货》和《大观园里闻乡音》两篇文章后，我觉得上面两个本子都不可靠，就买了这个本子来校对。中途让不知情的父亲拿去阅读，我的所谓校对停止了半年。好在是在自己的微信公众号上贴发，也不是正规的平面学术期刊，校对不校对也无所谓。

　　总之，从写出《我与红楼梦（一）》这篇文章以来，我又接触了几次《红楼梦》，涉及了三个版本。

　　伴随而来的是从减价书店陆续买到的十几本红学专著。到现在，有的浏览了一下；有的看了个大概；有的翻都没翻。完整读过的是少数几本。

　　我读书很少，这一点家人知道，其他亲友不清楚，也不相信我读书很少。过去是看报纸、看电视——这大概都不算读书，现在是看手机，就更不算读书了。

　　有时也想读一本正经的书，和名人对一次话，至少是听一听名人的教诲，可是读不进去，一看书就犯困，包括看伟大的《红楼梦》，难以克服。红学著作是学术，读起来更费劲。没有人逼我做学问，我为什么要费那个劲儿呢？

　　尽管如此，有书在架上，偶尔习惯性地翻翻也是有的。我就是在这种情况下认识了下面这些红学专著：

周汝昌《红楼小讲》，北京出版社，2002年1月出版。

这是"大家小书"丛书中的一种。书前有袁行霈先生写的总序。周先生是红学大师，他本来是大学里的英语老师，可他弃"英"投"红"，研究红学凡六十五年。

这本十万字的小书是真正的深入浅出，厚积薄发。全书四十讲，加上一篇导读，涉及了《红楼梦》的方方面面。初稿是在报上发表，写给普通读者的。语言通俗，娓娓道来，很好读。作者在书中揭示，《红楼梦》全书应为一百零八回，"前后各为一'扇'，即半部五十四回。两'扇'前后不但对比对映，而且以前伏后，以后应前，各自有双层的笔法内涵，有表有里"。周先生进一步指出："全书一百零八回有一个结构上的大章法，即每九回为一大段落，每段落都在一个重点事件上停顿，或开启，或结束，节奏分明，舒卷如意。"这为我们读红提供了一个门径，无疑是一种有益的启示。我曾在我自己做群主的"读书会微信群"里设问："为什么贾府繁荣的顶点出现在第五十四回和第五十五回？"因为这两回是全书结构的中间点，形式与内容两者高度一致。遗憾群里没有人回应，也就没有机会展开讨论。

宋广波《胡适红学年谱》，黑龙江教育出版社，2003年出版。

这本书的诞生是一个励志故事。作者是西安交大的工科硕士，报考社科院的博士研究生，因外语成绩不合格，被拒之门外。于是北漂，期间读了四十多遍《红楼梦》，就写出了这本书。用编年体的形式，以胡适之红学研究经历为主线，收罗红学成果，成了红学研究的工具书。从曹寅去世的康熙五十一年（1712年）到民国九年（1920年）之间的曹家家世变迁及《红楼梦》成书、流传，到红学兴起和各家论述，都摘要列入，征引文献一百多种。我们从其所收集的清史档案资料里得知曹家由盛转衰时期的实况：

……细查其房屋并家人住房十三处，共计四百八十三间；地八处，共十九顷零六十七亩；家人大小男女共一百十四口……曹頫家属蒙恩谕少留房屋以资养赡。今其家属不久回京，奴才应将在京房屋人口酌量拨给。[新任江宁织造隋赫德雍正六年（1728年）二月初二奏章]

頫之祖□□与伯寅相继为织造，将四十年。寅字子清，号荔轩，奉天旗人；有诗才，颇擅风雅；母为圣祖保母，二女皆为王妃。及卒，子顒嗣其职；顒又卒，令頫补其缺，以养两世孀妇；因亏空罢任，封其家赀，止银数两，钱数千，质票值千金而已，上闻恻然！（同年，《永宪录续编》，六十七页）

细读这两段档案文字，是不是感觉与贾家很相似？无疑这就是《红楼梦》的写作背景，也是作者写作的真正动力。

书前有耿志云和胡文彬两位红学家写的序言。耿序"觉得作者在搜集材料方面确实是下了不少的功夫，显然可以为进一步的研究提供一定的方便。"胡序也对该书给予了充分肯定，指出在当下的学术环境和出版环境中，该书成书的艰难。"成稿之后同几家出版社联系出版事宜，最终大多是泥牛入海，杳无音信。"好在总归有慧眼识珠者，此书才得以问世。

孙轶旻《红楼收藏》，山东画报出版社，2004年2月出版。

首次印刷仅八千册，不是很受欢迎，也摆上了减价书市。该书装帧古朴精致，很漂亮。七万多字，多图。我买了以后没有读，但在写《遍访红楼找洋货》一文时，从这本书里引用了一则资料。

《周思源正解金陵十二钗》，中华书局，2006年出版。

这是一本《红楼梦》人物文学形象分析论，著作的缘起与作者做客央视《百家讲坛》有关。周先生坚持以文本为依据，分析了宝玉以外的几个文学形象，包括蒋玉涵、冯紫英、柳湘莲。

读这本书时，我感觉作者心中始终有一个论敌，即刘心武先生。他一一辩驳了周汝昌一派，尤其是刘先生的观点，如"秦可卿为废太子遗孤"说、"冯紫英阴谋刺杀"说等。

周先生分析，康熙皇帝打猎，从河北的木兰围场一直打到五百公里外的辽宁铁岭（所谓铁网山）去，匪夷所思。再说，康熙皇帝去围场打猎四十八次，唯独雍正皇帝在位十三年，一次也没去过。利用打猎刺杀皇上，不可能存在。

潘重规《红楼血泪史》，广西师范大学出版社，2006年7月出版。

潘老先生认为《红楼梦》的作者"是一位经过亡国惨痛的文人，怀着满腔的民族仇恨……偷生在暴力之下，屈服不甘，回天无力，悼念故国覆亡，和殉国的先烈，在无可奈何当中，惟有用最巧妙的文辞，通过异族最严密的监视下，保存兴亡绝续之交的一段信史"。

意思是，《红楼梦》就是"明清兴亡血泪史"。"风月宝鉴"就是明清宝鉴，与资治通鉴命义相同。林黛玉代表明朝，薛宝钗代表清朝，宝玉是传国玉玺。林薛争玉，就是明清争夺一千多万平方公里和几万万人民的统治权。

甚至一些具体的人和事也都有隐喻性。比如袭人，是"龙衣人"。黛玉吃天王补心丹，因为代表了明朝的天子身份，连潇湘馆贴的对联都是"绿窗明月在，青史古人空"！

因此，潘先生得出结论说，作者不可能是曹雪芹。一是才力不够，一个只活了四十岁的旗人，文化底蕴、知识蓄积和时间都不够，而且还名不见经传；二是身世家庭不像贾家；三是书中的立意与旗人身份不符。潘先生猜想，作者应该是顾炎武、王夫之这类人物，是一名隐身的反清义士。

此话一出，旋即受到远在美国的胡适先生的批判。当然，潘先生并不服气，对胡先生的批判逐一进行了反驳。书中收录的《三论红楼梦——答胡适之先生》，就是潘胡公案的记录。

那么，潘重规先生究竟是个什么人呢？如此解读《红楼梦》，有点分量没有？潘先生出生在油菜之乡婺源。曾在东北大学、四川大学、暨南大学、安徽大学、台湾师范大学、新加坡南洋大学、香港中文大学和巴黎第三大学任教授，是知名大学者，2003年去世，享年九十五岁。

我举出老先生的这些资历，就是想说明他的书不是普通人的随意性消遣，而是一个大学者的研究性著作。

洪涛《红楼梦与诠释方法论》，北京图书馆出版社，2008年出版。

这是一本学院派著作。作者是港大哲学博士，精通英文，著有《英语文法新解》《英语文法与表达技巧》等英语文法专著，与宋广波英语不合格形成对照。

因作者的教育背景，借鉴西方的学术经验和理论分析《红楼梦》文本，同时在西方学术视野中来看红学是怎么一回事。

全书三十余万字，除"导论"和尾章"总括及批评"外，主要分析了《红楼梦》如下内容：（1）作者的身份及其超强的诠释功能；（2）文本地位与诠释问题；（3）特殊读者与文本的诠释。条分缕析，学院派风范极强，读起来并不轻松。注意力需集中，才能跟上思路。这是一本我准备再读的书。

此书因引文丰富，也兼具资料性。

《红楼真影》，周汝昌、周建临父子著，2009 年 4 月出版。

初版印刷七千册，后被摆进了减价书店，可见读红人数之少。本书是电视解说词，语言很美，又富画面感。本书主要讲述了红学研究的历程和所知曹雪芹极少的生平片断，是了解红学发展情况的重要参考书。

刘心武《红楼梦八十回后真故事》，江苏人民出版社，2010 年 3 月出版。

这是根据央视《百家讲坛》讲座文案扩展修订而来，在《我与红楼梦（一）》中，我提到过，这个讲座我在电视上听过。阅读时重点读了前面三讲，即"全本《红楼梦》之谜""《红楼梦》结构之谜"和"贾迎春之谜"。因为当初在电视上误了这三讲，有了书就补了不足。当初听讲座时我担心的事还是发生了，即我怕刘先生控制不住手痒痒，也做起续《红楼梦》的荒唐事来，结果还真的续了，讲座也好，这本书也好，就是为续书做准备的。结果这么一个大作家，还是难逃狗尾续貂的嘲笑。我从网上下载过几回，和《红楼梦》原著不在一个档次上，比高鹗也差远了，尽管号称探究到了《红楼梦》的真故事，可读者不买账呀！

《刘心武揭秘红楼梦》，江苏人民出版社，2011 年 4 月出版。

全书分四大卷，和《红楼梦》的规模一样，一百万字，不愧为长篇小说家。说是揭秘，也是小说笔法，像推理小说，只是没有能像推理小说那样抓住读者的注意力。我只读了第一册。印象还是听刘先生《百家讲坛》时留下的。他号称文本细读，其实眼睛时时刻刻盯着文本以外。因此出版者称这本书是"具有文化自觉和个人魅力的开放的阅读文本"。

宣逸玲《若说没奇缘，今生偏又遇着他——诗说红楼十二钗》，中国华侨出版社，2014年6月出版。

本书近十九万字。我没有读完，准备再读。

此书以十二钗为纲，把全书相关的诗词编在对应的人物名下，集中分析了每一首诗词的含义及对塑造人物形象、推动故事情节发展所起的作用。作者是上面这些红学著作中唯一的女性作者，自称资深红迷；其著作多半是对爱情、婚姻和人生的讨论。

台湾蒋勋先生细品《红楼梦》的音频正风行。

蒋勋先生自己是绘画艺术家、美学家，既有深厚的国学功底，又有西方的学术训练。他坚持从文本出发，挖掘人物独特的心理活动过程、人物对话语言的个性特点和具体的生活细节，从人物的一句话、一个眼神、一个动作中分析成长及生存环境对人物个性形成的影响，展现文本的美学意义，极富启示。他深入浅出的讲解，不纠缠历史背景，不作烦琐考证，把注意力集中在人物青春的生命力和极富立体感的生活状态上，非常适合一般读者的口味。即使是没有读过《红楼梦》的人，也能愉快接受，诱发出阅读欲望。我自己从今年春节前起，断断续续听完了五十五回，边听边重新阅读了部分章节，剩下的内容估计会全部听完的。从一开始，我就把蒋先生的讲座音频推荐到了我所在的"读书会"微信群，听过的朋友都说好，而且有人在听第二遍。

这就是我从写出《我与红楼梦（一）》以后，近十年来再次与《红楼梦》相遇的情况，我期望着今后的某个时刻，能写出《我与红楼梦（三）》来，因为我喜欢这本小说，尤其是小说里的人物，就像我生活中的好朋友一样。

（2019.5.15）

名誉地位他人事，我以我手写我心

——一位书法家的心声

今天"三哥唠叨"要荣幸地介绍一位民间书法家。说他"民间"，是因为他低调，以一个非专业人士的身份，在书法园地默默耕耘三十多年，不求名利，不向主流书坛争一席之地；说他是书法家，是因为他的书艺精湛，比起某些知名书家，毫不逊色。

他就是吕瑞军先生。

1968年，他出生于塞外鱼米之乡——内蒙古河套地区的临河市。1987年入伍，1989年考入武警西安技术学院，在中国人民解放军武装警察部队服役十二年，后转业至工商银行包头分行工作。

瑞军自幼喜欢书法，及长，五体皆修，"软硬兼施"，尤其擅长写手卷，折页。

古今中外的哲文诗歌是他书抄的绝佳素材，先后通篇书写了《道德经》《金刚经》《大学》和《中庸》等古代经典著作；书写了三百多幅《摩诃般若波罗蜜多心经》及历届《感动中国》颁奖词等，凡一百余万字。他在一份自传性材料中这样说：

> 在抄录的过程中，我深深地被感染、感动和感叹着，被圣贤仁人留给我们浩瀚博大的精神财富震撼和鼓舞着……文化是一种影响，文化是一种情怀，文化是一种温暖，有中国人的地方就有中国字，有中国字的地方就有中国心，而每个中国文字都铿锵有力，音韵流美，喻义深远，造型奇特。特别是在当今开放的年代，网络又把最新最好的文章最迅速地呈现给我们，所以，尽管一百多万我喜欢的文字饱蘸着浓浓爱意从我笔下流淌出来，但远远不能让我心甘和满足……让我持久而勤劳地坚守这块阵地的唯一动力就是我对中国书法的刻骨铭心的爱！

瑞军的体验是真切的，真正的书写，带来的不光是精神的享受，还可以开启智慧，陶冶情操，所谓妙笔生花，往往能界破虚空，在千变万化的美的流动中，感受自然、社会与人生的哲理，从而表现作者的人生追求与精神境界。蒋彝先生认为："书法本身居于所有各种艺术之首位，如果没有欣赏书法的知识，就不可能真正理解中国的美学。"李泽厚先生也强调："线的艺术是中国艺术的魂灵。"而中国书法艺术把中国线的艺术发挥到了极致！

现代书家泰斗沈尹默说过，书法无色而具图画的灿烂，无声而有音乐的旋律。欣赏瑞军的作品，点画结构，气韵风神，节奏律动，力透纸背，无不表达了作者的个性、思想感情、趣味和素养。他借助于汉字之形体，来抒发情怀，陶冶性灵，在博大而浩瀚的精神领域里，构建着属于自己的一方天地。正如苏东坡所言："窗明几净，笔砚纸墨，皆极精良，亦自是人生一乐。"

瑞军曾说:"在习字学书的经历中,我也有意无意地担负了一种传承国学的责任和使命,这是传播正能量的有益途径。书法让人觉得:离祖先近了,离中国近了,离高贵近了……今后我将倍加努力!"

正是像他一样的这种民间的文化自觉,扎实地奠定了中华民族大文化的基础。木心先生虽然认为中国书法艺术与西方古典音乐艺术构成了人类艺术史上两座真正高峰。很遗憾,他的结论是:唐代之后,中国有书法,没艺术。这未免悲观,未免失之偏颇。中国书法艺术的灵魂从未湮灭,中国书法艺术的精神始终得以传承。之所以如此,不仅是因为有主流书家从未间断的挥毫渲染,更是因为有像瑞军这样的民间书家持之以恒的泼墨铺垫。艺术的基石在民间,艺术的传承在民间,艺术的希望在民间,书法艺术也是如此!

"名誉地位他人事,我以我手写我心。"这是瑞军对自己的要求,也是他的追求,他的人生境界。包头是我的第二故乡,我为包头有瑞军这样一位不懈追求人生新境界的书法艺术家而自豪!

(2015.10.30)

诗意的生活
——《大漠诗集》序

1979年春天，在百花争艳的日子里，祖国大地涌现出了不少民间的文学社团。期间，在我的倡议和怂恿下，班里以瑞田为首的几个同学出面，正式成立了文学社团——四五文学社，创办了一份不定期的油印刊物《小溪》，滑国璋老师（现为我区著名书法家、作家）题写了刊名，杨宗国老师（现为四川师范大学教授，博士生导师）写诗祝贺。《小溪》不负众望，在校期间顽强地流淌了近两年，此后一直流淌在同学们的记忆中……当年《小溪》的作者群，如今除我之外都是方方面面的杰出人才，教授、专家、学者、官员……不论在什么岗位，都是真正的社会精英。这些人基本上都是中文专业的，只有一个半例外。半个是剑林，从数学专业转成中文专业；一个就是荣辉了，数学专业毕业后，在中学教了几年课，就去机关从事人事工作，一直到现在。

当年，荣辉是在我的鼓励下给《小溪》投稿的，本集所选 1979 年到 1980 年创作的旧体诗词，多篇都在《小溪》发表过，这次重新赏读，备感亲切，如见到了久别的老朋友一样。

我和荣辉有共同的经历，都是光着脚从农村文化圈走进城市文化圈的城乡边际人。虽然在城里生活三十多年了，可这种特殊身份印记所形成的特殊心理是一种永远化解不开的情结。乡亲、亲情，变成了甜蜜而又心痛的遥远记忆，变成了荣辉笔下诗意的回味，每读一遍都震颤心扉，让我真正明白了什么叫精神家园！

我想说，这是我和诗人共同的精神财富！这一点，没有这种经历的城里人和候鸟般到处迁徙已没了家乡概念的人是难以体验的。在我们这个飞速发展的国度和一天等于二十年的时代，城市扩容呈现了爆炸的模式，连一所三十年以前的房子也很难找到。不断的拆迁，毁掉的不仅是承载着家庭温馨故事的老屋、充满邻里深情的大院，还有和谐互助的市民文化。大家被迫住在火柴盒式的单元结构公寓楼里，隔绝成了一个个永不往来的城市部落群，这真是现代都市人的悲哀！

幸好诗魂还在，诗意不断，因了这种顽强的坚守，使得我们在物欲横流的环境下，还能有幸偏于陋室，品味着心灵的美感，沐浴着精神的光辉，憧憬着希望的灯塔！

也许这就是《大漠诗集》的全部意义！

1991 年年底的送旧迎新之际，我有感而发，写出几句像诗的话来，查词谱，句式接近"金缕曲"（词牌名），便改成了与"金缕曲"一样的字数，因不合音律，没有底气，就以《字如金缕曲》为题，寄给了在鹿城的荣辉。他来信时只是指出了几个不该押"仄韵"的地方，而我也没有当回事，因为原本就没有照着词谱去写。二十年后，我才知道，他不光检查批改了我这首小诗的音律，还写了"和"诗，而他竟然没有给我看过；此时，又逢岁末年尾的日子，我终于得以细细品味荣辉的大作，深深被他谦逊的品性感动着，对我这个老朋友如此，可见他是怎样地虚怀若谷！这一次，他终于要编一个集子出来，我想一定是做了许多的思想斗争。

自编集子，正是我们的一个文化传统，更是一种精神的坚守。不论在乡野，还是在庙堂，旧体诗一直以顽强的生命力，活跃在中华民族大文化的园地里。11月22日《人民日报》报道，以旧体诗为主要创作和研究对象的中华诗词学会会员已经达到一万八千人人，加上各地的分会和诗社，创作旧体诗的作者已突破二百万人。如果再加上荣辉这类孤军奋战的人，该是怎样一支宏大的队伍！

作为一名非专业诗人，资深人事工作干部，荣辉的诗不矫情，不造作，无一篇应景之作。尤其是近年的创作更加成熟，厚重，大气，责任感日渐强烈，社会良知日渐突出，表现出了诗人的文化自觉。在主流媒体不完全对知识分子开放的情况下，这种来自民间的文化自觉，是构建民族大文化的真正基础，是滋养文化精神的源泉，是文化生命力的鲜活表现！

"大漠孤烟直，长河落日圆。"荣辉自谓"大漠诗人"，不仅是因为他的作品表现出了大漠人孤傲、凄婉而又不失厚重的品质，也因为诗人生长在黄河的冲积平原上——他的村子与黄河近在咫尺，得"大漠""长河"广博而厚重的文化滋养，诗意的大地孕育了诗意的生活，诗意的生活促成了诗人诗意的书写！

愿诗人继续以此不断丰富自己诗意的人生！

（2011.12.4）

娜娜和她的《彳亍行》

　　娜娜是老同学庆文的姑娘，大名叫萨娜。因了我和她父亲的关系，娜娜可以说是我看着长大的，不过在她上高中以后就见得少了，最后一次和娜娜见面是 2008 年秋天。学校差一名语文老师，我帮着联系，想让娜娜来我校试试。后来没有办成，我的尴尬和娜娜的失望都可想而知，倒是一向宽厚的庆文给我们说了安慰的话。

　　事没办成，就不说了。不过，娜娜当年这个冒冒失失的假小子，几年不见变成了一个至少表面文静的大姑娘——这印象一直保留着，因为从那以后近五年来就再没见过她。

　　今年寒假期间，庆文来电话，说娜娜出版了一本小说，长篇的，书名叫《彳亍行》。我有些意外，娜娜出息了！长篇小说，一时还无法把我所理解的这种文学类型和我所知道的娜娜联系起来。此时，我在县城父母家，查询不便，无法了解。等回到自己家，上网一查，发现不说是好评如潮，也是一片赞扬，一度竟敢与刚刚获得诺奖的莫言一争高下，同列北京图书市场售书榜前茅。

有评论称："更令人欣喜的是我们在看到莫言作品雄踞图书榜的时候，发现了更多的熟悉和陌生的作者也纷纷发表新作。这也就让我们注意到了包括贾平凹的《带灯》，高建群推出的封笔之作《统万城》以及一位新人之作《彳亍行》在内的一批新老作者的作品。"

开学不久，庆文给我送来一册，崭新的。

很久没有读小说了，上一次读，还是同事小姚特意买了送给我的，滑国璋老师的长篇小说《七九河开》，是几年前的事了。年轻时害过文学病的我，中年以后渐渐远离了文学，想其原因大概是随着年龄增长，弱化了形象思维的能力，对故事，对情节，对人物，都难以产生共鸣，没有共鸣就没有吸引力，真是老了！

然而，面对娜娜的这本《彳亍行》，我有了全然不同的心态。第一次手捧着一本晚辈的书，第一次阅读一本熟悉的晚辈的书。以前虽然读过几本卫慧等"新新人类"的作品，但这批人与我相差不到二十岁，算不上真正的晚辈，80后、90后新锐作家的文字又无缘接触。当下的年轻人，尤其是我熟悉的年轻人有怎样的想法？通过他们的文字，透露了他们怎样的内心世界？无论如何，娜娜的书无疑给了我一次补课的机会。

《彳亍行》共二十五万字，以主人公苏日娜对一位中年朋友讲述自己经历的手法，编排故事，结构全书。因讲述的是"经历"，就依着时间顺序从小学讲到中学、大学，讲到毕业以后的职场奋斗，把个人经历放在了社会发展的大背景下陆续展开，有很强的历史感。

作者对主人公小学生活的关注点放在了校园冷暴力上，这是一个老话题，但老而不旧，不光是"过去时"，而且是"现在进行时"，必定还是"将来时",所以才有常说常新之感,才有当下的意义。与众不同的是儿童时代的苏日娜,并没有对这种普遍存在的冷暴力稍加屈服,而总是主动应对,不惧压力。

带着这种倔强脾气进入青春期的主人公形成了反叛的个性。中学时期的苏日娜不幸陷入了校园冷暴力与家庭传统教育模式双重压迫的困境。牛顿发现了作用力等于反作用力的物理现象,也许在社会方面也是如此。苏日娜的反抗更加激烈,与家庭的矛盾冲突延续到大学,大学毕业以后,职场经历中,直到全书结束,也未见缓解的迹象。我猜想,只有主人公到了中年以后,自己的孩子也到了青春期时,才能理解父母当年的良苦用心。唉,一代一代的人,不都是这样过来的吗?文学中两代人之间的冲突也可谓是一个常说常新的主题。周作人就发现"个性解放"并不是五四时期的新追求,至少明代公安派的"性灵说",就是一种个性解放的表现,所体现的人文精神,反映了近古以来文人自我意识的觉醒和对传统人生观、价值观的叛逆精神。苏日娜对家庭的叛逆、对社会的叛逆不过是带着二十一世纪中国社会的特征。

书中没有正面描写主人公的大学生活,而是通过主人公的恋爱经历及与一位退休教师的特殊关系,表现了当代大学生的理性追求和新老两代知识分子的高尚情怀,着实让人赞叹!

全书的高潮部分是主人公的职场奋斗经历,表现了作者强烈的现实主义关怀!随着市场经济的确立,大学毕业生的就业竞争越来越激烈,每遇市场稍有低迷,整班同学徘徊在职场之外也不鲜见。对于主人公苏日娜这样一个初出社会又基本与家庭脱离了关系的女孩子,压力之大,可想而知。可她照样特立独行,不屈从规则,不附就市侩,不为窘迫的生活而消磨意志,不因真诚的友谊改变目标,朝着既定的方向艰辛而乐观地前行。正如书名所昭示的那样,尽管"彳亍",但"彳""亍"合起来就是"行",这就是我们中国人的智慧,真正的"行"是因"彳亍"而来的。苏日娜一定会继续前行，直至走出更加精彩的人生。

因为熟悉，阅读娜娜的书，就有一个问题总困扰在心头。娜娜和主人公苏日娜是什么关系？对娜娜稍有了解的人会感到《彳亍行》显然是一本自传性小说，可小说毕竟不是自传。联系现实生活中的作者，有两点印象突出。

一是主人公苏日娜的形象。主人公形象饱满，很立体，很个性，按照教科书的苛刻要求来衡量，也算得上"塑造成功"了——就是一个活脱脱的我所认识的娜娜。音容笑貌，说话方式，甚至连走路姿态也几乎一模一样。从这点上说，就是一部自传。

二是父亲的形象。书中的父亲也写得个性丰满，尤其是父亲的语言，都有鲜明的个性特征。这个父亲传统、守旧，全然不顾及女儿的个性发展，甚至连女儿最基本的诉求也不愿意了解。父女关系紧张，形同路人，发展到后来，连路人也不如。这与我所熟悉的娜娜的父亲，及所了解的他们父女之间的关系，完全挨不上。庆文是同学中最早升为处级的干部，按道理，官场中人理性有余，感性往往不足，而庆文的儿女情长却是在同学中最突出的一个。在无数次的找我闲聊中，就几乎没有不带着娜娜的，直到娜娜上了高中后，才不怎么跟着她了。至于对女儿的放任，那就更不像一个严父了，儿时的娜娜贪玩、好动、行为出格，比男孩子还活跃，我偶尔管束一下，庆文总是说："别管，孩子，自由发展去吧！"这怎么能和书中那个父亲联系起来呢？从这点上说，就是一部小说。

也许，合起来就叫作自传性小说吧？总之娜娜出息了，被媒体誉为青年作家，当之无愧！北师大中国新诗研究中心主任谭五昌先生为本书作序，题为《一种人格精神光芒的闪耀》；中国戏曲学院戏文系主任谢柏梁先生的读后感附在书后，题为《特立独行的女孩》。关于小说的意义以及带给当代中国人的思考，他们给予了充分肯定，我就不再续狗尾了。

总之，我为娜娜而自豪！盼望娜娜的下一部作品早日问世！

（2013.7.12）

木兰将军是北魏故都盛乐人

《木兰词》是诗歌类文学作品,它的主角木兰将军是一个文学形象。文学家所塑造的人物形象通常有两种情况,一是有原型基础,就是说,现实中有这样一个人,作者根据作品需要,把他(她)艺术化了;二是完全虚构的,是作者自己构想的。不管哪一种情况,任何成功的文学形象都必须要有坚实的现实背景为依托,扎根在一个特定的具体生活环境中。木兰无疑是一个成功的广受古今读者关注的艺术形象。同时,一些有影响的历史学家把她当作历史人物来对待,比如当代史学家范文澜先生和晚清史学家姚莹就坚定地认为木兰在历史上确有其人。所以,这个文学形象至少是有原型的,是作者在真实人物的基础上塑造的女性英雄形象。

那么,木兰这个人物原型,或在作者的艺术构思里,她生活在什么时代,具体在什么样的地域环境中成长、生活、战斗?就是说,她是哪个时代、哪里的人?

南朝时期有位智匠和尚，大约在陈朝光大二年（568年）编了一部《古今乐录》，其中首次收录了《木兰诗》。遗憾的是，《古今乐录》早已失传。我们现在看到的《木兰诗》版本是宋代郭茂倩于神宗元丰七年（1084年），在担任河南府法曹参军的任上，编辑问世的一部大型诗歌集《乐府诗集》里边收录的。这就是说，这首诗产生在《古今乐录》编成的568年之前，而我们今天读到的《木兰诗》是近15个世纪前的作品。又从历史地理的条件可以判定，诗中之事产生于北魏或稍后一段时期。即使按《古今乐录》编成的时间算，距今也有1450多年了。

由于《古今乐录》的失传，加上《乐府诗集》的编选说明过分简略，于是有人说，《木兰诗》并非北朝民歌，而是唐人或稍早时候的文人创作。即便如此，这篇诗作在世也至少1300年了。

不论其创作在什么时代，木兰所生活的年代是一定的，不会因为诗歌的创作年代，影响主人公的生活年代，因为版本除极个别地方有不同外，已经基本固定化。我们现在能够肯定的是，木兰这个人物最早就出现在《木兰诗》中，而且只出现在这篇诗歌中，其事迹也仅见于这首诗本身。在汗牛充栋的中国历史典籍中，有关木兰的事迹迄今未见片言只语的记载。即在《木兰诗》产生之前或同时代，再无其他典籍来佐证。其后由此诗而来的衍生产品，诸如诗歌、传说、野史、戏曲，甚至墓葬、庙宇、故居及所谓地方史志等，都不靠谱。这应该是常识。所以，关于"她是哪个时代、哪里的人"这个问题的答案，我们只能从诗歌本身来寻找。

而诗歌本身给了我们丰富的信息，我们只借助诗歌中的信息就足以确定木兰将军的时代和籍贯了。

（一）木兰生平的主要活动在北魏太武帝到孝文帝期间

先看看木兰所处的时代。

诗中说：

> 昨夜见军帖，可汗大点兵，
> 军书十二卷，卷卷有爷名。
> 阿爷无大儿，木兰无长兄，
> 愿为市鞍马，从此替爷征。
> 东市买骏马，西市买鞍鞯，
> 南市买辔头，北市买长鞭。

这几句诗里，有一个词、一种制度和一件事应该引起我们的注意。词就是"可汗"这个称呼，制度就是替父从军，事就是木兰自己采购军用装备。

"可汗"这个词最早出现在《三国志·魏书》里。约在三世纪，鲜卑部落称部落酋长为"可汗"。到四世纪以后，北亚阿尔泰语系各民族对其首领普遍尊称为"可汗"。"可汗"作为一国之主的称号，始于402年柔然首领社崙统一漠北后的自称。受其影响，虽然道武帝拓跋珪早在皇始三年（398年）就正式即帝位，但在北魏官方文献里，孝文帝改革之前，皇帝时常被称为"可汗"，同时草原各部也尊称其为"可汗"。在鲜卑贵族内部或官场上也时有习惯性地以"可汗"见称。

另见《魏故咸阳太守刘府君墓志铭》称："大魏开建，托定恒代，以曾祖初万头，大族之胄，宜履名宦，从驾之众，理须督率，依地置官，为何浑地汗。尔时此斑，例亚州牧。"所谓"何浑地汗""例亚州牧"，表明在北魏治下，较"州牧"稍低一级的地方官，也可以称为"汗"。墓主刘玉病逝于北魏孝昌三年,即527年。铭文叙述其曾祖事,按正常代际,加上死者年龄,应该至少是百年前的事了,与上文所讲以"可汗"指称"皇帝"的年份相当。

汉名与鲜卑名混称,这是北魏政权汉化改革过程中必有的也是很正常的现象。《木兰诗》中"天子"与"可汗"互指,正是忠实地反映了这一特殊时期的特殊现象。

一种制度,就是子弟可以"替父从军"。"阿爷无大儿,木兰无长兄",木兰家里没有成年男性,假如有的话,由这位"长兄"替父从军就是正常现象,也就不会有这个名传千古的女扮男装替父从军的故事了。

北魏时,鲜卑族虽散居于中国北方各地,却只有他们享有从军的权利,汉人永无从军的资格。陈寅恪在《隋唐制度渊源略论稿》一书中说:北魏时代的军事制度,"为大体兵农分离制,为部酋分属制,为特殊贵族制"。从另一个角度说,服兵役是鲜卑贵族的一种义务,替年迈体弱的父亲跨马从戎,不仅合法,而且光荣。

还有一件事就是木兰在投奔部队之前,自己采购了基本的军用装备。《新唐书·兵志》:"其介胄戎具藏于库,有所征行,则视其人而出给之。"自北周武帝时所创府兵法之后,可知在府兵制度下服行兵役的军人,其兵器及战马悉由公家供给,并不需要由私人自行购置。所以正常情况下,这种"可汗大点兵"的国家级动员,需要自备军用装备的事只能发生在府兵制以前的北魏时期。

此外,诗中"壮士十年归""同行十二年"告诉我们,木兰从军时间超过了十年之久,这也不符合府兵制的要求。据《隋书·食货志》和《资治通鉴》胡三省批注等文献,府兵之法,籍全国丁壮悉为兵士,自十八以上成丁,至六十而免,规定每人每年服兵役的时间为一个月,周而复始,轮番替代。这显然与诗中的叙述是冲突的。

综上分析,木兰将军所处的时代是在孝文帝大规模汉化改革前,或最晚在同一个时期，她的家庭是北魏鲜卑贵族。这一点，也符合诗中对木兰日常生活的描写，如家有"织布机"及她的购买力。尤其是织布机，在1500年前，它不会仅仅是一件生产工具，应该还是一件高科技的奢侈品。

　　诗中又说："归来见天子，天子坐明堂。"作者在此处进一步用了纪实手法，"天子"和"明堂"这两个词为我们提供了更多的线索。因为，不管是"天子"还是"明堂"，都是传统儒家礼仪制度的表现。

　　一般认为，将封建社会最高统治者称为"天子"始于周代。《尚书》中说，天神改变了他对自己的长子、大国商国君主的任命。因此，"天子"的含义，乃是天的长子或嗣子。原则上说，许多人都是天神之子，都有做"天子"的资格，只要德行具备。作为儒家经典，汉以后，《尚书》为想做"天子"的人提供了理论根据。只要有了"天子"的身份，做皇帝就有了合法性。北魏皇帝"天子"身份的确立是从道武帝拓跋珪（386年~409年在位）就开始了的。

　　所谓"明堂"，即"明正教之堂"，是"天子之庙"。"王者造明堂、辟雍，所以承天行化也，天称明，故命曰明堂。"（桓谭《新论·正经》）"明堂者，天子所居之初名也。"（阮元《明堂论》）"朱子曰，然则郊者古礼，而明堂者周制也，周公以义起之也。"（马端临《文献通考·卷七十三》）"明堂是圣人根本大法，即德教之根本大义，一切礼制，无不统摄于此。"（马一浮《释明堂》）于是明堂逐步演变成了后世的太庙。因其重要性，明堂从诞生之日起就无不建在"国中"，即首都，或干脆建于宫中。史载北魏的明堂是孝文帝太和十年（486年）提出营造规划，于太和十五年（491年）基本建成。其遗址具体位置在今大同市区东南向阳东街一带，已探明这处圆形遗址直径为289至294米，占地面积达百亩。为我国四大明堂遗址之一。北魏迁都洛阳后，一度再建明堂，但因形制之争，又值世乱，终未建成。就是说，为表示隆重，孝文帝在明堂召见了从战场归来的木兰将军。

再一点，诗中说："可汗问所欲，木兰不用尚书郎。"此处提到了"尚书"。

北魏的尚书制度经历了一个适应新占领区统治的过程。太武帝拓跋焘（424年~452年在位）统一北方后，由南北大人制改为南北尚书制，体现了北魏对国内两大异质文化生态区域的重视。随着北魏由二元型政治体制向封建国家转型的完成，南北尚书制度失去了存在意义，在太和十七年（493年）孝文帝的官制改革中被废除。

从上面这两行诗中透露的信息，我们可以进一步确定，木兰将军的主要活动时间在太武帝拓跋焘到孝文帝拓跋宏期间。

（二）木兰的故乡是北魏盛乐城

木兰所在的年代问题解决之后，我们接下来要说一说她是"哪里人"的问题。这个问题似乎争论更大，加上近年来各方争夺名人效应，着实令人困扰。上文已经强调，我们所能依据的可信的信息只有《木兰诗》本身，所以我们仍然继续从文本中寻找答案。

（1）"黄河"是不是"黄河"？

旦辞爷娘去，暮宿黄河边，
不闻爷娘唤女声，但闻黄河流水鸣溅溅。
旦辞黄河去，暮至黑山头，

>不闻爷娘唤女声，但闻燕山胡骑鸣啾啾。

连用三次"黄河"这个词，正好北方第一河就是"黄河"，于是此"黄河"就是彼"黄河"，似乎就没有人怀疑过。然而稍有历史地理知识的人都知道，我们的母亲河，古代偏偏不叫黄河，尤其是1500年前，生态未被破坏，黄河并不"黄"。

所以，我国第一部字典《说文解字》称其为"河"，说："河，河水，出敦煌塞外昆仑山，发原注海。"（《说文解字·水部》）第一部地理志《山海经》称其为"河水"，说："积石之山，其下有石门，河水冒出以西流。"（《山海经·西山经》）此外，《尚书》称其为"九河"，《史记》称其为"大河"，《汉书·西域传》称其为"中国河"。那么，北魏时期它叫什么呢？《水经注》中称其为"上河"。"上河"应该是北魏时期人们对黄河的正式称呼，因为《水经注》这本书，就是郦道元在北魏晚期完成的。我们的母亲河被称为"黄河"是唐代及以后的事了，即使如此，在正式的书面语言中也多以单名"河"来称呼它。

那么，诗里的"黄河"在哪儿？这是个有待考证的问题。现经流盛乐古城遗址北部的什拉乌素河（旧时典籍写作"锡喇乌苏河"），古称"黄水河"，诗中的"黄河"是不是"黄水河"的简称呢？

即便诗中的"黄河"就是黄河，也不影响木兰的故乡是哪里的问题，因为跨上战马后，她的行为就属于军事行动，只要符合朝发夕至，一马之程就行了。

木兰报名后，立即从家乡出发，经过一天的行程赶到"黄河"边上的部队集合地。第二天早上从驻地出发，再赶一天的路，到了"黑山头"。这是诗中白纸黑字、明确无误告诉我们的一个事实。也就是说，无论"黄河"指哪条河，它都距离木兰的故乡一天行程，又距"黑山头"一天行程。

（2）"黑山头"在哪儿？

早晨辞别黄河，晚上就到了"黑山头"，马走一天的路程。一匹好马，一天跑150公里左右。诗中提供的"黑山头"坐标在"燕山"，说明这是"燕山"的主峰之一。然而，现在的黄河最近点，骑马一天是无论如何到不了现在的燕山山脉的。

我们知道，阴山山脉中的大青山在蒙古语叫作"漠喀喇"，意为"黑山"，而这个蒙古语名称又是根据汉语古称意译的，而"大青山"这个名称在明代嘉靖年间才出现。

流经呼和浩特市近郊的大黑河，秦代即称之为黑水河，隋唐至明代称为金河。查阅"金河"一词，其含义基本上都被解释成是"大黑河"中古时期的称呼。"青（黑）城""黑河""黑山"构成了本地区特有的"黑色"风景。唐朝诗人柳中庸《征人怨》："岁岁金河复玉关，朝朝马策与刀环。三春白雪归青冢，万里黄河绕黑山。"1300年前，作者就把"黑山"与"青冢"放在同一诗首的意境之中，也说明这"黑山"就在"青冢"的附近。我们知道，"黑山""青冢"两地距离不足20公里。

那么，如何解释诗中的"燕山"？"燕山"与"阴山"是否为北方少数民族语言音转误译？诗的本义是否应为"但闻阴山胡骑鸣啾啾"？事实上"阴山胡骑"确实比"燕山胡骑"更客观、更真实。

有人认为，燕山是燕然山，即蒙古国境内的杭爱山。因汉武帝时期著名的燕然山之战和东汉时期窦宪将军大败匈奴后在此处刻石记功，燕然山就成了我国历史上北方对敌关系中的征战对象，在古典诗词里常常也有代表征战对象的意义。如王维《使至塞上》中的"萧关逢候骑，都护在燕然"，范仲淹《渔家傲》中的"燕然未勒归无计"。但是令人质疑的是，我们注意到这些文献中对"燕然山"的简称都是"燕然"，而未见称其为"燕山"的。

"但闻燕山胡骑鸣啾啾"一句中的"燕山"如果是实指，我们认为它就是"黑山头"即大青山所在的阴山山脉。这符合《木兰诗》整体叙述的客观情境。

（3）木兰姓什么？

唧唧复唧唧，木兰当户织。
阿爷无大儿，木兰无长兄。
可汗问所欲，木兰不用尚书郎。
同行十二年，不知木兰是女郎。

全诗四处提到"木兰"，仔细辨认，第一个"木兰"是他称；第二个"木兰"是自称；第三个"木兰"可以认为是自称，也可以认为是他称；第四个"木兰"又是他称。无论是自称，还是他称，都只有"木兰"两个字。

民间所称"花木兰"，显然是后人一厢情愿给木兰加了个姓。现在所能查到的最早让木兰姓"花"的文字资料，是绍兴才子徐渭的杂剧《雌木兰替父从军》，而徐渭的存世时间是1521年到1593年，正是晚明时期，离木兰的时代相差了1000年。此后，根据不同的记载与传说，木兰的姓氏至少有花、朱、魏、韩四种说法。

历史的实际情况是，鲜卑族的普通人是没有姓氏的，贵族才有姓氏，而木兰是鲜卑贵族，她是有姓氏的。据《魏书》卷二七《穆崇传》载："太祖初，（穆丑善）率部归附，与崇同心戮力，御侮左右。"穆，即丘穆陵氏，是北魏时期仅次于宗室拓跋氏的鲜卑贵族，与皇室之间维持了近百年的联姻关系。孝文帝改革去鲜卑姓改汉姓，穆氏列为八姓之首。木兰，出身在穆氏家族，她的全名应该写作"穆兰"，这完全符合她的身份。除前文所指出诗中所揭示的优裕生活外，替父从军，这个"父"不是一般兵士，而是天子可汗三令五申亲自点名的贵族将军。

　　　　昨夜见军帖，可汗大点兵，
　　　　军书十二卷，卷卷有爷名。

可见其地位之重要，职位之关键。木兰之父，应该是道武帝迁都平城后，留守盛乐的贵族世家。然而，可汗心急如焚，竟不顾其年老体弱，已不适宜做前线指挥官了。其时，草原民族受汉文化影响较少，更无后世"三从四德"的约束，使得木兰替父出征成为可能。

（4）木兰"故乡"的规模有多大？

　　　　愿借明驼千里足，送儿还故乡。

这里有两条重要信息，一是木兰不愿留在天子身边做官。一方面可能是木兰不恋功名权贵生活；另一方面也不可能留下来继续工作，官场上日常的生活与交际中，其女子身份的暴露风险要比战场紧张状态下大得多，所以回故乡是必然的。而"千里足"不仅是形容"明驼"之快，也暗示了路途之远。现在从大同（平城）到和林格尔县盛乐镇，驾车也得走四个小时，那是平坦公路，当初的情景可以想见。

二是"战马"换成"明驼"，"军用"改"民用"，而民用工具有明显的沙漠草原特点。木兰回乡之路，沙丘碧草，蓝天白云，山川辽阔，壮士英姿，明驼神骏，别一番气度雍容，别一番异族风情！"明驼"一词具有民族性、地域风情、文化情致、人物品格、人物定位，及其社会价值取向等多方面的人文意义，它把木兰的故乡牢牢地定位在盛乐这片土地上。

考察木兰从军前的准备工作，"东市买骏马，西市买鞍鞯，南市买辔头，北市买长鞭"，好大的街市！既符合草原特点，又符合这么大的街市规模，北朝时期距"黄河"一马之地，除盛乐之外，还有吗？

不仅如此，我们可以继续从诗中寻找答案。

爷娘闻女来，出郭相扶将。

"郭"，外城，就是在城墙外又围了一道墙。"出郭"，等同来到郊外，年迈的父母十多年来经历了怎样的担心？得知女儿平安归来，该有多么大的喜悦，所以相互搀扶着坚持出城来到郊外迎接。这完全是一个写实性的描写。也证实了木兰的故乡是一座城市，不是一个村庄。

三世纪中叶，鲜卑族拓跋部在首领力微的统帅下，逐渐强盛起来，号令所至，诸部归服。拓跋力微就在现在的呼和浩特市南36公里的盛乐（今和林格尔县盛乐镇）举行了一次部落酋长祭天大会。东晋咸康七年（341年）在盛乐故城南筑盛乐新城。东晋永和二年（346年）正式定都盛乐。

盛乐古城遗址坐落于呼和浩特市和林格尔县盛乐镇。古城南接东西摩天岭群山，北连土默川平原，西南有宝贝河（古称不详）环绕。古城遗址平面基本呈正方形。实测一边长670米，另一边长655米，面积近44万平方米。

试问，号称是木兰故乡的那些地方有这样宏大的城市吗？让世代贵族的木兰将军生活在一个村子里合适吗？

至此，我们可以想象一下。

北魏道武帝（拓跋珪）天兴元年（398年）迁都平城（今大同）后，作为鲜卑贵族穆氏家族仍然留守故都盛乐（今和林格尔县盛乐镇），这期间，漠北柔然部乘虚进犯，在新首都平城的天子，就近点名穆老将军出征应对，于是引出了木兰替父从军的故事。

我们知道，北魏时，北方最大的强敌就是柔然。始光元年（424年）八月，柔然可汗大檀（即牟汗纥升盖可汗）得知北魏明元帝拓跋嗣去世，亲率六万骑兵攻入北魏云中地区（今和林格尔西北），一度攻陷故都盛乐。到战争开始的第五年，429年8月，魏太武帝率一万骑兵长途奔袭巳尼陂（今贝加尔湖东南），以少胜多，出奇制胜，大破柔然，威服高丽，为稳定北方创造了有利条件。自此，柔然势力削弱。但双方仍有交战，但以北魏远袭居多，柔然主动进攻较少，直到正光元年（520年），柔然首领阿那瓌依附北魏，北部边患才告一段落。

木兰替父从军的史实，应该发生在这期间。

（5）如何理解木兰织布？

> 唧唧复唧唧，木兰当户织，
> 不闻机杼声，唯闻女叹息。

那么，地处草原地区的盛乐城里有织布机声吗？有。在距盛乐古城遗址仅30公里左右的和林格尔县新店子出土的东汉墓壁画中就有纺织图。这比北朝还早好几百年。此处能有织布机，一是与内地交流频繁，织布技术普及；二是根据董妙先的"多四季"理论，当时北方地区的气温高于当下，棉麻一类农作物种植纬度也比现在高。此种遗存一直到二十世纪五、六十年代的和林格尔农村，几乎村村都有纺线车和编织口袋的纺织机。

此外，木兰织布并非完全是生产性质，也有兴趣所在，而且作为贵族女性学习必要的女工技艺，家里为女儿们备一台织布机是常规之事。

总之，《木兰诗》明明白白地告诉我们，木兰将军是北魏故都盛乐人。

（2020.3.2）

第四编 | 散文随笔

从恋爱到婚姻

柏拉图把不接触肉体的恋爱视为爱情的最高境界。男女双方处在纯粹的精神享受中,他们的嘴唇从不碰在一起,思想永远在幻想中遨游。在现代人看来,这是典型的食古不化,但是这种观点体现出来的高尚情操和美的升华,永远如阳光一样照耀了一代又一代恋人。能够全身心地去爱自己的恋人,又时时都能以普遍认可的道德标准来检点自己的行为,诚然是一种高尚的恋爱。

正常的青年男子在追求异性的问题上,普遍具有主动性。男人在生理冲动下最爱使用甜蜜的语言,最爱说一些海誓山盟的话。这时聪明的姑娘是不把他们的话算数的。因此,一个想寻找人生永久伴侣的姑娘应以二十三岁为界线,之前要强调理智,控制情感,尤其要控制生理支配的情感;之后要强调情感,避免过分理智而失之交臂。

恋爱对象的选择是对熟悉的众多异性中某一个人具体的偏爱,是对这个人价值的理想化。恋爱要求一个人将注意力集中在一个对象上，要求感受的和谐完整。恋爱常常会陷入对情人的理想化想象。选择永久伴侣却该从幻想的天国降到现实世界中来，把注意力放在具体的活生生的人身上。一个准备寻求意中人的青年，其前奏往往是一个痛苦的阶段。思想游移不定，找不到具体的吸引点，他（她）或者在朦胧中显现，或者真实地站在面前，直至能看到清楚的轮廓。

这里理智是解除困惑的关键。配偶双方大致应在同一文化层面，这里的文化，并不指书本知识或文凭等级，而是地域影响、经济条件、家庭背景、道德修养、教育程度等的总和；应有较强的家庭责任感，不论出现什么情况都能为对方负责，即勇于承担责任；应有基本的生活应变能力，不怕贫穷，只要会生活。由理性调节的社会的人，对人生伴侣的选择，不仅要追求生物、生理方面的并存，还要求两个人心理、审美、道德和生活上的和谐。这里强调的是和谐，而不是男女双方客观条件的相同和观念的一致。

可以说，恋爱是青春萌动的情感，融入了冲动与理想；婚姻是秋意凝淀的意愿，渗透了理智与现实。恋爱双方如灵魂插上翅膀，比翼翱翔于幻想之境，不断唱着缥缈的歌，最终你依然是你，我依然是我。配偶双方面对的是裸呈的人生，不断做着生活的戏，直到你不是你，我不是我。前者炽热如火，燃烧之后升华为"无"；后者沉重如泥，团捏之后，塑造为"有"。"有"和"无"从来都是一对相辅相成的兄弟。既然灵魂与肉体不能分离，恋爱与婚姻就总会化身为二，又合而为一。在这个世界上，恋人们仍然深情地唱着缥缈的歌，夫妻们仍然踏实地做着生活的戏。歌与戏组成人间永远演奏不完的交响曲。

（2000.5.8）

有所为有所不为

家庭成员之间的一般矛盾往往没有判断的标准，所谓清官难断家务事。大家同处一个血亲利益共同体，谁是谁非都是一时见识，在基本指向上总是一致的。夫妇作为家庭成员的核心，在处理与其他成员的关系时，应采取有所为有所不为的态度；当一方与其他成员发生矛盾时，另一方尤其应当如此。"有所不为"就是对与自己想法不一致的意见或行为不必认真，应该始终保持一种随和心态。"有所为"就是当矛盾扩大到需要表明态度时，要有一定的准则。一般情况下，这些准则应该是：当配偶与孩子发生矛盾时，要站在配偶的立场上；当配偶与配偶的父母发生矛盾时，要站在配偶父母的立场上；当配偶与自己的父母发生矛盾时，要弄清原委，积极协调，既要尊重长辈，又不能伤及配偶。家庭成员间的关系有天伦与人伦的区别。夫妇间的人伦关系是后天确立的，需要加倍维护；而天伦关系有自然的亲和力，即便是闹几次矛盾也是伤而不害，用不着太大的努力就会得到弥补。所以，在处理家庭矛盾时，永远不要说伤及配偶的话，要真心实意地学会尊重配偶的家人，朋友；有了看法可以保留，不必坚持，更不必在实际操作中表现出来；反之，最终伤害的是自己。这里所谓"有所为"的几条准则，就是建立在这样的基础上，有直接的，有间接的，以重人伦的手段，达到人伦天伦和谐相处的目的。维护集团成员利益是动物的本能，人尤其把这种维护从物质领域扩展到了精神的领域。

男人与女人生理特征、心理行为不同，处世方法上有差异，所扮演的社会角色不尽一致，在配偶关系中也应该有各自特定的位置。夫妇间要互相尊重差异，要努力适应自己的位置。所谓男女平等，实质上是性别角色的复归，绝不是追求女性的男性化。"妇女能顶半边天"，是对妇女社会责任感的呼唤，却不幸误导了一部分妇女在夫妇关系上的心理越位。五千年父权制社会的积淀，养成了男人一种奇怪的心理特征，有人作过这样诗化的描写：他要顶天立地，却需要踩在女人的肩上；他要宣称自己是保护神，却对女人的温情倍加挑剔；他要作堂吉诃德的旅行，却得女人做忠实的随从！既是特征，便身不由己；社会给他们太多的负重，长期生活在倾斜中，使他们的心理更加脆弱。即便是属于站在新世纪门槛的新人类，也难以把这种脆弱变成历史。好在男人总是在女人的精心呵护下踏上征途。他们将继续问心无愧地做着她们的精神领袖。

明白了各自所处的位置和所扮演的角色，配偶双方都要学会有所为有所不为，在真诚相待中巧妙相处，一致努力，共同体验生命的靓丽色彩！

服饰彰显了人的个性气质

衣服因其装饰性而产生了审美价值，这种审美价值是受观赏者的审美趣味制约的。观赏者审美趣味的形成，除个人经历、气质、文化教养等因素外，还要受传统审美理想的影响。

西方美学思想普遍崇尚自然，主张艺术表现自然，再现自然。人体本身也属自然的范畴，人体美就是自然美的最高表现。所以，作为最能表现人体线条的各种紧身服，在西方受到特别的青睐。

在东方，传统的审美理想是宁要诗的神韵，而不要散文的逼真。苏东坡鄙视逼真的临摹为童子作画；齐白石公开主张艺术成功的秘诀在"像与不像之间"。表现人体本身的艺术，历来都不登大雅，人体美也不会成为审美的正宗。表现人体线条的一些"舶来服"总迟迟得不到社会的认可。

追求艺术上的神似而不是形似，把握物体形式中蕴含的内在特质，在作品中表现无形的内在精神，这是我们民族审美理想的主要特点。老年人宁愿看程式化但富有神韵的大戏，而不愿看合于自然节奏、表现现实生活的话剧。一幅反映秋天丛林的国画，不是描摹树叶绚烂的色彩，而是记录那无形的"秋意"或"秋思"。我们在探求服装艺术的时候，要注意到我们民族的审美特点。注意到了这个特点，就把握住了服装艺术民族化的关键。

衣服的气韵应该包括两方面的内容：通过结构、装饰体现衣服本身内在的特质；通过服饰彰显着装者的个性气质。人们常说"这件衣服显得老气"，或"这套衣服给人热情奔放的感觉"等，就是前一方面的内容。如果说"他穿上那件衣服一下子精神起来了"，那就是后一种情况了。衣服对于显现人的个性、气质及精神风貌确实非常重要。孔乙己的长衫成了唯一能表现孔乙己特殊身份的标志；如果给阿Q戴上一顶瓜皮小帽，阿Q也就不成其为阿Q了。有作为的艺术家塑造人物形象时，对于人物服饰的设计十分讲究。艺术的规律是相通的，现实生活中的服装设计也应如此。

衣服的气韵主要表现在线条与色彩的运用上。

线条的艺术是有生命的艺术，李泽厚先生说："净化了的线条如同音乐旋律一般，它们竟成了中国各类造型艺术和表现艺术的魂灵。"（《美的历程》）对于各种各样的线条，每个人自然可以有不同的理解，但并不是说完全没有共同的审美标准可循。一般来说，竖直线更多地给人以庄重、果断或僵化的联想；横直线更多地给人以稳重、深沉或呆板的联想；斜线使人联想到雅致、流畅或清高；变化线则容易给人活泼、豪放或轻浮的联想等。在表现民族审美特点，即表现气韵的总原则下，我们尽可自由地运用我们民族引以为自豪的线条的艺术。

色彩是最大众化的美感形式。它传递信息，表达感情，蕴神寓意尽在其中。每个人的审美情趣不同，在色彩的喜好上各有所爱，体现在对服装色彩的选择和使用上更是千差万别。不过，虽然任何一种色彩都可以给人以美的享受，却不是任何色彩的服装用来装扮某人，都会帮他增加魅力。这里，个人的审美情趣要与美的共同规律取得统一。和不同的线条给人以不同的联想一样，不同的色彩也会引起人们不同的心理感觉和感情联想。如红、橙、黄系统的色彩，能引起人们火热、炽烈、兴奋的感觉；蓝、青、灰系统的色彩，使人感到寒冷、平静、深远。前者常被称为暖色，后者常被称为冷色。我们可以利用不同色彩给人的不同感觉，在色彩美规律的指导下，创造出充分表现服装气韵的服装艺术。

追求服装艺术的民族化，要注意形神统一，切忌形神分离。换句话说，不应机械地模仿传统服装的某些细节，而要体现其内在精神。当然，我们还要大力学习、引进现代西方的服装艺术，但这种学习和引进不是照搬，而是要融西于中，为我所用，创造出一种既合于我们民族的审美理想，又合于现代潮流的崭新的服装艺术来。

（发表于1985年《时装》杂志第4期）

服装的性别功能是人类性爱的升华

衣服在避寒、遮羞、装饰以外还有标明性别角色的功能。这种功能的产生，是人类活动真正社会化的标志之一，是人类性爱的一次飞跃性升华，因而更具审美意义。

从直立行走之日起，男女双方裸呈了几百万年。那会儿大概如同我们今天在动物界观察到的一样，相互间没有什么不自然。随着社会的不断进步，我们的祖先逐渐认识到了生殖部位所带来的身心方面的愉悦及对于自身繁衍的重要性，便有意无意地或以茅草、野花，或以羽绒、兽毛来装饰它，以达到炫耀的目的，直到形成风气，社会皆然。这时一旦有人除下饰物，反倒觉得不自然起来。所以说，生殖崇拜尚未形成的早期人类为强调生殖部位所进行的装饰，既是衣服的起源，又是羞怯心理的滥觞。所谓衣服的性别功能，从一开始就和装饰功能、遮羞功能相辅相成，促使衣服逐步向完美的方向发展。

衣服的性别特点是服装性别功能的第一要素。一个人从出生之日起，在扮演各种角色前首先必须扮演性别的角色。由于男人女人的自然角色不同，由此衍生出来的社会角色也不能相同，而且社会还要把既定的性别脸谱加在他们的头上。其中一个很重要的手段就是通过着装来突出男女社会角色的不同。男装总是强调男性应有的雄浑、方正；女装总是强调女性应有的清丽、柔顺。普遍的自然性决定普遍的社会性，从而形成全体社会成员的共同心理。近年来出现的服装中性化及异性化倾向是对这种普遍心理认同的一种反动，也更加比较出了衣服性别特点所具有的社会性。

其次是服装性感美的表现。这种表现是在衣服具备了性别特点的前提下，通过进一步的巧妙设计来唤起异性的愉悦。着装的一个很重要目的是为了更艺术地展示人体美，并体现出更高一层的内在韵律；而这一点只有在得到异性的认可以后，才算获得完全的成功。所以，服装为表现人体美而采用的形式和手段就无法回避性的因素。

衣服的性感美一般是通过线条与色彩的运用表现的。通常，男性服装采用直线来强调男性的刚正稳健；女性服装通过曲线来强调女性的柔顺娇艳。具体地说，衣服线条与人体的关系包括了显露与遮掩两个方面。两者在设计上运用的多与少，表现了穿着者不同的文化背景和审美趣味。唐开元以后，贵族妇女盛行半露乳裙装，显示了盛唐文化上的开放。近代以来，西方妇女穿着袒胸露背式的晚礼服，透露了人本主义的胜利。目前仍然流行的紧包臀部的各式紧身裤、超短裙，则表明了奋发向上的现代气息。这些都充满了性感美，是显露的典范。盛夏季节里，有些姑娘们总喜欢穿薄而透明的服装，既是为了凉爽，也是为了若隐若现地展示自己楚楚动人的玉体。这种"犹抱琵琶半遮面"式恰到好处的显露，正是性感美的魅力所在。我国传统的服装设计受儒学思想的影响，基本倾向于保守，《白虎通义·衣裳篇》中就有"衣者隐也，裳者障也"的主张。但这也给我们造成了一种美学上的借鉴，时至今日，不少设计师仍主张"藏而不露"，

认为掩饰、含蓄更具魅力。如钱锺书先生所言"隐身适成引目之具，自障偏有自彰之效"。(《管锥编》)

(发表于1995年《服装科技》第1期)

人为什么会有多样性的表现？

人为什么会有多样的表现？人的社会存在决定了人的意识，而人的种种可见表现是受其意识支配的。

社会的多样性决定了人的思想意识的复杂性。这里至少有三个层面可以探讨。第一是生存本能，在这个层面上起主宰作用的是人的生物性需求，这种需求是不可抗拒的自然力，本应依据人的共性与个性自由表现，可人终久是依靠群体生活的社会性动物，连两种最基本的欲望也要受到社会准则的制约——食欲的满足看上去只是个人的行为，但也要符合公众认可的准则；至于性欲的满足从一开始就具有了社会性，因为一般情况下是异性间的互助行为。这种互助因人、因事、因时、因地而异，就是说要受内外因素的制约，而绝非随心所欲。人的最基本生存方式，不可能表现单一，不可能千篇一律，他要为满足自己的需要而考虑种种对策，而且这种对策需要根据时空条件和内在因素的变化时时加以调整，或以善良赢得好感，或以凶险威慑同伴，以适应其生存需要。不是人的本能善变，而是人的本能善于顺应不断变化着的生存环境。

所谓"饱暖思淫欲"或"富贵知礼义"是一种现象的两个方面，即生存欲望得到基本满足之后，就会把自己的生活目标指向第二个层面，即心理性层面。在这里，人的主要需求是审美的艺术的。处在这个层面时，人的表现最为复杂，原因是这种需求的动因仍然来自有形世界，即脱离不了物质的诱导，又想挣脱物质的索链寻求心理的愉悦。或者说，完美的艺术的活动是物质生活的升华（堕落是升华的另一种形式，如审美是审丑的另一种形式一样，这也说明了人被动表现的多样性），是形而上与形而下相结合的产物。人作为个体，其生活多半是在这个层面上展开。一个人可能没有听说过"审美"这个词，但并不影响他依据自己的审美标准来判别自己周围的一切，而后根据自己的感觉，表现喜怒哀乐，或依据自己的理想将审美对象艺术化。人们不都是艺术家，但人人都有将审美对象理想化的本能。事实上，我们不论认识人，还是观察事物，都注入了自己的情感，有时功利化一些，有时理性化一些。至于美的本质是什么？有人宣称美在客观，有人认为是一种主观感受，也有人说美是主客观统一的结果。如果我们面对的是实实在在的自然物，问题会简单一些，我们可以说这件东西美，那件东西不美，大家的分歧也许不很大。而我们每天主要面对的是活生生的人和不断变化着的事，被甲视为英雄的人在乙的眼里是地地道道的狗熊；乙以为是主持了公义而会受大家赞赏的事，丙却正组织民众抵制。受有形世界的影响，受物质利益的诱导，受团体规则的管束，人无不是因时因地因需要来表现自己。

第三个层面是精神性的，其生活动因是哲学的、宗教的。这时人的表现相对前一个层面会简单一些，因为暂时避开了物质世界的干扰，精神的对话就相对超然了。人的生活偏重精神领域，现实成了一种观照，一种对生活的抽象。人人都懂得理性地、超脱地看问题，这又是一种哲学情结。不幸的是精神生活同样丰富，同样可供人进行多样性选择，同样可以为了自己认同的"精神世界"表现出善良或狠毒。

　　对于一个人来说，因社会背景、知识结构、个人修养、道德水准的不同，可能偏重于某一层面的活动，但绝不可能与另外的层面隔绝，相互的交叉、复叠也会令人有多样性的表现。这仅仅是从生活的各个层面上说的，现实情况要比这复杂得多。大家既然是社会的共同成员，就得相互协调，我们总不能为了自己的利益或主张整天怒目相向，更无法因功利而划界，老死不相往来。我们必须相处，不仅与朋友相处，而且必须与和我们利益不同的人相处。怎么办？包裹自己的思想，甚至性格中某些不利于团结的因素，是很有效的方法。

　　人因其善变，因其多面，才区别于其他动物，为什么一定要追求明镜般的浅露，几何图般的空洞呢？

（1998.11.30）

真正的包装是精神的包装

世上肉眼可见的物体薄厚不等都有"皮",金属有氧化物保护层,连馒头也会在蒸锅里短短的十几分钟内赶忙包上韧性很强的厚厚的皮。动物的包装要复杂一些,除皮肤外,还要饰以美丽的毛、羽、壳、甲。人作为自然存在,以不同颜色的皮肤来包装,我们常把人类的肤色归纳为黄、黑、白三种,其实很少有肤色绝对相同的人,尤其是成年人,可谓色彩斑斓。可人类作为社会存在,这种包装远远不够,衣服作为装饰是从自然属性到社会属性的过渡。真正的包装是精神的包装,正是这种包装才把人从自然的人变成社会的人。

精神的包装多半情况下是一种主观设计,可这种设计实质上要受到成长环境、个人修养、物质条件、社会背景等因素的制约。芸芸众生,多数都免不了从众心理,如果能够摆脱风气,自我定位,自我设计,那就是风范,就是气派。

在人的精神包装设计中,经常被用到的材料是知识。这一点早在十七世纪就有人指出过。夸美纽斯在他的《大教学论》中举例说，欧洲上流社会的夫人们一般都能用几种语言谈话，她们学习外语绝不是为了研究或交际便利，而是为了显示自己的地位。这里语言作为知识成了纯粹的装饰品。直到今天，社会上有多少人真正把学习知识作为社会实践与社会进步的需要呢？恐怕仅仅为得到一个学历标志以装饰自己的人不是少数派。

这是知识指向的悲哀，还是知识价值的本来坐标？这个问题不是这篇短文所能说清的。我们只知道，物质的包装毕竟不是物质的主体，精神的包装也不会成为精神的主体。形式与内容的统一是物质的完美，也是精神的完美，把知识融于精神的主体之中，才是我们应当努力追求的。

（2000.10.24）

什么是"五服"?

"五服"是古代的一种丧服制度,从西周到两汉经过一千多年的制度性强化,对我国社会产生了方方面面的影响,包括礼仪、风俗、文化等,直到今天,仍然若隐若现、若有若无地延续着。

那么,古代的"五服"制度规定了些什么内容呢?我们知道,在传统文化中,一个人的死亡与出生是同等重要的,甚至比出生更重要。一个人死了以后,正常情况下是要通过一个隆重的仪式来强化这件事的。古人尤其如此,一个个被发掘的古代豪华大墓无不证明着这一点。古人认为死亡就是新生,是到另外一个世界的转换。后来在佛教的影响下,这种转换一度发展到极致,人还活着,就举行了向人世告别的仪式。这样的事例由现存敦煌壁画中的《老人入墓图》证明着。在这种转换仪式上,除了仪式本身的程序化规定,还对出席者的服饰作了制度性的安排,依照与死者关系的亲疏远近,依次为:

斩衰:用粗麻布缝制,左右和下边不收边,就是故意留着毛边,不缝齐整了。子女及配偶、妻、妾穿这种衣服。如果是天子死了，臣子也这样穿着。

齐衰：用粗麻布做成，收边缝齐。汉以后也用来表示同一个祖父的堂兄弟关系。王莽建立新朝后，为削弱刘氏的影响，一律封"齐衰"为侯，就是这个意思。

大功：功，即"工"，过去叫"女红"，所以一些文献上，"大功"也写作"大红"。用熟麻布做成。也表示同一个曾祖父的兄弟关系。

小功：用较粗的熟布制成。表示同一个高祖父的兄弟关系。

缌麻：用疏织细麻布制成。表示同一个五世祖（天祖父）的本族兄弟关系。

简略地说就是这些，特点是关系越远，布料的质地越好一些，做工越细一些，穿着的时间也越短一些。"斩衰"一穿就是三年，而"缌麻"一般穿三个月就可以了。

《红楼梦》描写秦可卿吊唁队伍的规模时说"白漫漫人来人往，花簇簇官去官来"，这里就透露了一些信息，除暗示了可卿大有来头，绝非养生堂里的弃婴外，还告诉我们，我们的吊唁服饰是白色的，穿这种服饰的人关系是比较近的。白，是颜色，细节上当然还有很多区别和讲究。就是在今天，如果我们出席一个传统的追悼仪式，仍然会发现做工粗糙的白色孝服上有许多区别。我所在地区的风俗是腰间系麻披的是儿女及配偶，戴蓝色花的是孙辈，戴红色花的是外孙，什么也不佩戴的是朋友和一般吊唁者。即使参加一个新式的追悼会，来宾的装饰也是有区别的，家人戴黑色臂纱和白色胸花，亲属只戴白色胸花，其他人在白色胸花上要扎一个红布条。这简直就是"五服"制度的现代山寨版！

除这种形式上的继承外，还有内容上的继承，就是等级观念的延续，而这种等级观念是建立在原始的父系血缘关系上的，这是宗法社会的基础。所以"五服"这个词仍然活跃在民间语言中,用来表示家族成员关系的远近。两个同姓的人遇到一起,先聊聊是不是同一个宗族,然后再考查一下出没出"五服",如果还在"五服"之内,那就是亲人了。

(2010.4.25)

生日的觉悟

今年的生日有点特殊，阴历和阳历碰在一起了。村里人的生日本来是不过阳历的，也不知道自己出生那天是阳历的哪一天，长大后查万年历，才知道了阳历生日。融入城市生活以后，脱离了阴历的环境，以至于除偶尔抬头瞥见天上的月亮圆了，想到大概是在阴历十五左右外，阴历开始从日常生活中消失了，生日就突显了阳历的日子。

母亲始终记着的是我阴历的生日，姥姥生前也一直记着我阴历的生日。除长辈的溺爱外，还因为我们三个人的生日在阴历的一个月中。四月初三是母亲的生日，四月初八是姥姥的生日，接下来就是我的了。姥姥和我的生日还是两个节日。在佛诞节这天降生的姥姥肯定是沾上了佛爷的光，吃不讲究，穿不讲究，甚至睡觉也没个严格的规律，晚年日子好了，还有了抽烟喝酒的爱好，硬是到了九十一岁那年才走。我的生日也是一个传统节日，是什么节我不知道，也没考查过，在村里却是比佛诞节更隆重，总是要唱戏的，往往一唱就是三天。可惜这种热闹的景象我过去没赶上，小时候没记忆。

今年是母亲虚年八十寿诞，在她生日的当天中午，我匆匆忙忙赶回家庆贺这日子。对于母亲，这是特别有意义的。打小在我的记忆中，母亲的身体就不怎么好，病总是一种接一种，严重的时候，母亲和我说的一些话就像在交代后事。十八年前，也就是她六十二岁那年，她患上了心脏病，有几年心衰现象也习以为常了，"地高辛"每天必用。然而母亲对自己的病从来没有放弃过，连父亲都惊奇，长年吃药的母亲，服药的时间误差就没有超出过半个小时。可见与疾病的斗争不仅要有必胜的信心，还得有严格的、一丝不苟的耐力。结果是母亲已将近两年不吃任何药了。为什么不吃了？用她自己的话说是"不难受了，好了"！这真是一个奇迹！出现这样的奇迹，大家有种种分析，可母亲积极的人生态度与不懈怠的治疗绝对是第一位的原因。

我的生日和母亲的生日正好相差半个月，今年又恰逢阴历和阳历对在一天。我却照样兴奋不起来，一个老百姓的普通生命印记而已，找不到一点值得兴奋的意义，而且每到这一天，一个严酷的事实总是挥之不去！

——离死亡又近了一年！

祝贺我什么呢？

大自然造就了我这样一个生命，究竟是为了什么？匆匆地来，忙忙地走，生命之短暂如秋虫朝露，甚至都来不及充实。

所以我更愿意把这一天称作"母难日"，不是感恩母亲给了我生命，而是想让博大的母爱继续替我分担这生命的不可承受之重！

——自私的我，在这自私的日子里，写下了这些自私的话。

祝我生日快乐！

精彩人生取决于正确的观念和端正的态度

做过几天老师,养成了一个坏毛病,每遇愿意听我说话的年轻人,就爱絮叨些自以为是的道理,想给正在奋斗的他们一点鼓励,也算是补充正能量吧!经常挂在我嘴边的,有三句话:第一句是"营生是给自己做的";第二句是"人如果从一个方向努力,潜力是无限的";第三句是"没有不同的工作岗位,只有不同的工作态度"。

"营生是给自己做的"。"营生",说小了是"干活儿",说大了就是"工作"。这是一句老生常谈,从小就听长辈们说,可真正明白的时候却是十多年前听一位老同学"训斥"他的工友时。他说:"别以为你是给我和东家干活儿,这是给你自己干,做好了还有人用你,做不好了,谁敢用你?喝西北风去吧!"他自己的经历就是一个很好的说明。二十世纪九十年代中期,县供销社改制,当汽车司机的他失去了工作岗位,就进城来找我帮忙,我说我两眼墨黑,连自己也保不住。他让我陪他去找一下我们的班主任,我明白了,就同他一起去了。我们班主任老师"文革"结束后在一所建筑学校工作，学生多半都在建筑行业。那以后，我的这位同学就涉足建筑行业，先跟着人干，几年之后摸清了门道，自己干，就凭着"营生是给自己做的"这个信念，现在已经不只是千万富翁了吧？他自己刚独立干时，因不熟悉预算，一次承包工程赔了钱，甲方因此担心工程质量，他说："你们放心，这是在给我自己做。"结果是甲方不仅主动追加了预算，以后凡是他可以承揽的工程都交给他去做。2002年到2004年建筑行业不景气，许多人支撑不下去转产了，我问他怎么样，他说他的营生做不完。

"人如果从一个方向努力，潜力是无限的。"这是奥地利作家斯蒂芬·茨威格讲的一句话。

几年前，我的一位小同事从单位调走时，来和我打招呼，说："您当年和我说的两句话，我一直记得，受益终身。"他说的两句话就是上面絮叨的这两句。我说："你真是个有心人，我这话和多少人说过，可能没有几个人当回事。"我的这位小同事，现在才三十出头，体育专业，刚来单位时做行政工作，受了我的话的启发，主动要求组建一支学生女排，从此与训练场地结缘，不计一时得失，不计报酬多少，起早贪黑，一年只在春节期间给自己放五天假。结果在条件十分简陋的情况下，训练出了一支全国一流水平的中学生女子排球队，他本人也成了引人注目的专业人才。

"没有不同的工作岗位，只有不同的工作态度。"这句话是我从电视上学到的，是一位业内顶尖的模范人物讲他的成长经历时，说是他父亲当年对他的教诲。他刚参加工作时，对分配给自己的工作岗位不满意，影响了工作情绪，他父亲就说了这句话。同样的道理，也是人们常说的一句老话，就是"七十二行，行行出状元"。就是说，在什么岗位上都可以成才，就看你的工作态度了。不如意事常八九，人总是在无奈中生存。这种情况下，我们只能适应环境，而不可能让环境适应你。情绪发过之后，还需要静下心来，把心存的不平，转化成动力，一个光明的前途会照样等着你，否则荒废的不是人家派给你的工作任务，而是自己的人生。

三句话，第一句是个观念问题，第二句是个方法问题，第三句是个态度问题。观念正确了，方法得当了，态度端正了，这人生能不精彩吗？不由得，我又絮叨了这些。

（2013.4.21）

退休真的好

明天是我的生日，办公室多年相处的同事们要张罗着给我庆贺一番。特别的意义是，这个生日一过，就意味着我迎来了一个崭新的人生阶段。我要退休了，下个月打到工资卡上的钱就不叫工资了，改称为退休费或养老金。我自己觉得童心未泯，人生还没有成熟，工作才刚刚上道，干得正起劲呢！然而，一段崭新的人生已经在我的面前铺开，我突然意识到退休原来这样好！

退休真的好，退休前必定有一番人生规划，无论是想再创辉煌，还是要急流勇退；是谋划着调节身心，以益寿延年，还是思考着顺其自然，以满足现状，都总要打打腹稿，或多或少做些规划。我的腹稿差不多打了有一两年了，尽管还没谱，也不知道究竟该做什么，可踌躇本身就是一种享受，因为这种性质的人生规划，一辈子可能只有两次，一次是参加工作前，一次就是退休的时候。

退休真的好，退休前必定对退休后的时光有一番憧憬，就如刚刚参加工作时的人生展望。虽然前途不一定如年轻时那样美好，也绝非一片暗淡。当下的人均寿命八十已不稀。按照二十年为一代人计算，退休后的岁月还整整拥有一代人的时光！一代人，蕴含着多么大的时间财富，只要你愿意把握！二十年的时间，体力日渐衰弱是必定的，可脑力并非一定衰弱，社会进步，科技发展，使脑力的创造比日渐扩大。只要你愿意有所作为，并不乏用武之地。以充实的人生阅历，丰富的工作经验，熟练的专业技能，与年轻人一争高下，确实不在话下。一想着，我即将拥有属于自己的二十年时间，就激动不已，不亚于买彩票中了一个大奖！手中飞来一笔横财，种种美好总在眼前晃动，赶也赶不走！

退休真的好，退休只是退出了原来的工作岗位，并没有退出社会。反倒重新获得自由之身，可以重新校准自己的人生坐标，发挥未能发挥的能力，实现未能实现的理想，确确实实是一次实现人生价值最大化的机会。我现在就有许许多多的想法，心态简直如同四十年前一样，原来想做而没有做成的事，现在总在脑子里盘桓，忽然就像是增加了许多的希望！

退休真的好，退休必然要重新面临一次人际关系的调整。人是社会性动物，人本身就是社会关系的总和。作为个体的人，处在特定的社会关系中，与身边人的亲疏远近往往不完全由自己所决定。在职期间，人际关系更多地是由岗位价值所决定，与身边人的亲密度多与功利成正比。退休后，就可去除这种表象，回归人际关系的真实本位。才能真正体验亲情，真正感受友谊，真正收获知己！像我这种普通岗位上的底层百姓，所谓调整不过是从一个人际圈平行地过渡到另一个人际圈，而且两个圈子大部分重合着，可能会有一点不适感，万不会有失落感。等待我的只是新的友谊、新的合作、新的共同努力！

有人说，退休是第二次青春的到来。原来以为这是调侃，没想到真的是这样,而且与第一次青春同样火热!从明天起,我将享受着我的第二次火热青春,真好!

(发表于2014年《五月风》杂志第7期)

远去的故乡

粗略地算一下，我这大半辈子有记忆的搬家已经十九次了，可梦到的仍然总是六岁以前的老屋。我生性懒惰，永远满足现状，这十九次搬家没有一次是出于我的主动，我的生活指向从来不在这上面。一间草屋，二两老酒，三五知己，围炉海聊，足矣！遗憾的是，我不是我，弗洛伊德的"力比多冲动"早已没有，萨特的"我思故我在"我也不在，只剩下了人是"一切社会关系的总和"这一条了！

幸好我们曾经有过故乡。

史铁生说："中国人宗教意识不是很强烈，当灵魂飘荡游离时刻，想起故乡就能得到安息，所谓叶落归根，不一定是肉体回归故乡的土地，更多的是灵魂的皈依。"故乡是我们真正的精神家园！

而如今的故乡在哪里？城市井喷式发展，是以农村的萎缩为代价的。剩余乡村的统一建设与规划，清除的不仅仅是旧村烂院和这村里院里曾经发生过的一个个鲜活故事，而且还清除了它们承载着的传统文化。

贾平凹先生前天在一次讲座中说:"乡下的堂侄进城来,也和他们聊天,发现即使在城里每天吃方便面,他们也不愿回去,他们见识广了,思维变了,既不是城里人,也不是乡下人,或者只能说是最后的农民。一些贫困的农村,如落在地上的树叶,慢慢腐烂,只留下些许脉络。面对这样的乡土,我们不知道该写些什么。"

是的,乡村不仅是一个政治空间,一个经济空间,更是一个文化空间。传统中国的价值观念,传统中国人的生命态度,传统中国社会的风俗习惯,在乡村里都有鲜活、强劲的表现。随着现代化建设,尤其是伴随着所谓跨越式发展,乡村的政治、经济、文化,都发生着显见的变化。

故乡熟悉的背景渐渐远去,不久也许只能与她在梦中相见了,代之以崭新的村落,一批都市人会以游乐放松的名义涌入,不认识的村子,不认识的人,这还是我的故乡吗?故乡呀,你真的好无情!

(2016.3.29)

生命的印记

传统习俗中，除几个重要节点，如周岁、圆锁儿、甲子寿辰之外，人们似乎不大重视"过生日"这件事，有些地方甚至有壮年不过生日的讲究。

人们意识到生日是一个人生命的印记，庆贺生日是对生命印记的强化，是一种积极的自我承认，是一种生命价值的重新确立。换句话说，认识自我生命的价值，具有人本主义的意义。

由此大家进一步明白，生日也是母亲曾经受难的日子（这可能是一个进化的缺陷，其他动物似乎没有人类这个缺陷）。十月怀胎，一朝分娩。过去，在没有医疗保障的岁月，这一天是女性死亡率最高的时候。现在条件好了，也无疑是在鬼门关前走一遭。作为子女，生日的时候应该以崇敬之心感恩母亲以自己的生命孕育了我们的生命，检点自己有什么地方对不起母亲，谨慎地加以改进，做母亲所希望做的，成为母亲所希望成为的人，我们的生命是母亲生命的延续，充实自己也等于充实母亲，自己生活的意义就是母亲生活的意义，为自己负责，也就是为母亲负责。

孩子小时候，父母每每盼望着孩子生日的到来，为孩子的成长而欣慰。孩子成人以后，每逢孩子生日，父母会为孩子的成熟自立而高兴，可又会常常感叹光阴似箭，生命即将走向暮年。作为子女的我们，应该理解父母的这种心态变化，在自己生日的时候一定要给父母一个贴心问候，来提振双亲的生活信心！

生日这一天，我们至少要有一小段时间，从繁忙的事务中，从热络的交际中，从紧张的学习中，抽出身来，完全交给自己，不声张，更不张扬，静静地思考，反省生日之前的这一年，谋划生日之后的下一年。回头看看自己走过的路，看看自己有多少成长，看看这一年中爱你的人为你付出了什么，想想自己在以后的日子里应该怎样回报爱你的人，永远都不要忘记曾经的美好时光，不要忘记幸福的每个瞬间……平时的日子，我们也许过得很平凡，忙忙碌碌地学习，忙忙碌碌地工作，时间匆匆流逝，而我们却不知道；是生日这一天的到来，提醒着我们一年又过去了。我们在渐渐地成长或老去，这样的过程隐藏在平凡的日子里，悄无声息地到来，悄无声息地离去，为什么我们就不能珍惜好这一天，给自己一个生命的新起点，在人生的路上走向更高层次？

生日这一天，不铺张，不浪费，约家人或两三个好友相聚，从祝福中听听亲友的人生建议，不失为一种美好，也是人生中真正幸福的时刻。我们可以借这个机会来表达自己的感情，感谢家人，感谢他们用世间最无私的爱，哺育我们、照顾我们；感谢亲友，感谢他们用世间最纯真的情，陪伴我们、关怀我们；感谢阳光、大地、空气和雨露，感谢我们赖以生存的一切！正是有了这一切，生活才有了意义，正是有了这一切，生命才有了意义，正是有了这一切，人生才有了意义！

生日这一天很快会过去，时间不会凝固，生活还在继续，生命还在继续，人生还在继续！有一个不争的事实：今天是我们剩余生命中最年轻的一天。只要生命不息，生活就得继续，人生就在不断努力的路上！

（2016.5.20）

高度决定眼界

若干年前,与一位朋友闲聊,他发感慨说,人家十五岁明白的事理,我们可能五十岁也不明白。说的是高度决定眼界的问题。所谓"欲穷千里目,更上一层楼"!

站得高,是看得远了,是不是看得清呢?不一定了,看得清恐怕得俯下身子。

不过,这是另一个问题。站得更高,看得更远,仍然是我们追求的目标。人类从"天体圆,故人之头圆以象天;地体方,故人之足方以象地"的"天圆地方"理论中走了出来,走过了地球中心说,走过了太阳中心说,向宇宙纵深走去……暗物质、反物质、黑洞、虫洞等。尽管如此,比起人类未知领域,我们已有的知识不过是刚刚学步,也许文明史以来所有的活动不过是一次初始的努力,学费远没有交够。一千年后再来看今天的认识,谁能保证不像"用烟袋锅子敲得月亮噔噔响"一样幽默?

人类现有的全部知识指向是，包括宇宙在内的任何事物都经历着一个从诞生到灭亡的过程。那么，太阳必然有熄灭的一天，地球必然有毁灭的一天，人类必然有灭亡的一天。正因为如此，人类现有思想，除宗教外，哲学、文学、科学等，在本质上都是悲观的。

真的是这样吗？如果是这样，我们所见的一切繁荣就真如木心先生所说，不过是世界末日前的景观。我们的一切努力还有什么意义？

幸运的是，个体生命是短暂的一瞬间，即使是一个百岁老人，在时间长河里也不过是昙花一现而已。我们绝大多数人用不着作这类宏大思考，我们只需珍惜这可贵的"一瞬间"，使其尽量灿烂，足矣！

（2016.5.21）

影响寿命的因素

近年受媒体关注的长寿群体中，绝对多数是一辈子不离土不离乡的农民（我们村的三位年近百岁的老人就是如此）。人们总喜欢追问他们长寿的秘诀，而他们几乎全都令追问者失望，说不出个道道，无非是该吃就吃，该喝就喝，该睡就睡，没什么特别的讲究，不懂得当下一套一套的养生保健知识，也不知道什么叫保健品之类。

这又是为什么？其实很简单，就四个字：顺其自然。

"顺其自然"其实是生命的最高境界。什么是自然？就是包括我们身体在内的客观实在和客观实在的运行规律。顺其自然不是放纵自己，任其所为，而是要让我们的身体这个客观实在遵循包括身体运行规律在内的大自然运行规律。我们能做到吗？肯定不是很容易就能做到的。

现代人类的行为越来越背离了自然规律。生活在钢筋混凝土森林里不算，还把自己整日整夜关在高层建筑内，隔绝地气，呼吸着净化器过滤了的空气，而忘了人从自然界演化而来，需要自然之气滋养。吃着精制加工、用化学品（如化肥、农药等）参与养成的食物。穿着高科技制作的纳米材料级的衣服，隔绝了皮肤与外界的自然交流交换。坐在全球定位系统控制下的智能车里，动一动嘴就到达了想要到达的地方，四肢肌肉开始退化。五光十色，如同白昼的城市之夜，全然不顾太阳落山的真实意义。

这"自然"怎么"顺"？更别谈在单位里面和心散、尔虞我诈，下班后就一头扎进"老死不相往来"的个体化部落群里的日常生活了。

所以说，"顺其自然"对于我们是很难做到的，而具备得天独厚条件的人群，正是基本自给自足，日出而作，日落而息，保持生命本真的大山里的农民，他们向大自然索取得少，大自然就以长寿来回报他们。

从人的个体上说，影响寿命的因素无非是三点：遗传、情绪和健康的生活方式。遗传不用说，近年来我国公民的科学素质明显提高，"基因决定"论已成常识，甚至在有些方面强调得有些过头。我们把情绪因素排在第二位，是想强调情绪对健康的重要影响。有研究者就指出，为兴趣而工作的人平均寿命比为生活而工作的人平均寿命明显要高，而烦闷地工作无疑是上了死亡加速器。说得简略一些，就是人多半是被气死的。至于健康的生活方式，倒是需要学习了解的，人有求生的本能，却不一定有追求健康生活方式的本能。

（2018.4.24）

第五编 | 悠悠岁月

高中的老师们

邓新瑞先生，班主任，教数学，对学生的关怀总是无微不至。我自己的感觉是她更像我的母亲，在某些方面恐怕超过了母亲，因为她给我的帮助是母亲不能代替的。

"文革"中，学校一度实行军事编制，年级叫"连"，班级叫"排"，我们排有六十二个人。一开学，邓先生指定我为副排长，排长是中国人民解放军1771部队的罗安堂先生。罗先生在部队的职务是炮兵参谋，很能干，半个月军训期间，他主管全面兼军训，我负责思想工作、政治学习等方面的事。军训结束后，部队撤走，我便成了排长。那么多人，而且事后证明还有家瑞、改玲、凯俊、云龙这样一批能干的人物，邓先生为什么要指定我做排长呢？她无疑是受了我的履历表的影响。那时是不经考试的推荐入学，个人履历经过严格的政审关。我在进入高中前是原学校的"革委会"委员，这情况赫然写在我的履历表上。其实，我们那所学校是小学戴帽子初中，全校总共只有百十来个人。"革委会"五个成员中，主任是一位一辈子连老婆也没娶过的老长工，副主任是原校长，我是作为学生代表加入的，因为是学生，不过是在开会时参加一下而已，根本没有参加过实际的管理。邓先生不了解这情况，以为我是一个可以扶得起来的人物。

第二学期，晨阳一帮人物转学到"排"里，要求民主选举"排委会"，我从排长的职务上跌了下来，改任副排长兼红卫兵队长，仍负责政治思想方面的工作，具体事情是主持"天天读"和时不时要召开的"批判会"。虽然我的职位让晨阳代替了，可我们俩的个人关系很好，又因我分管工作的性质所决定，仍需常常出面，尤其是在连级（全连六个排，每排六十余人）、校级大会上有发言机会，并没有觉得失去什么。这种局面一直支撑到毕业离校，我也一直处在一种热烈的情绪之中。这全在于邓先生为我做了许许多多有形无形的工作。她对我有过剖肝挖心的批评，但更多的是感人肺腑的鼓励。垴木气打坝、大红城救灾，或十天，或二十天的离校，没有一位老师跟班。邓先生在离校前的"排委会"上，总建议把关键的职责分给我，她的理由是我是从村里来的，熟悉村里的事。我知道这是先生对我的信任，更是她对我的企盼。

邓先生十分了解我自卑的天性。我毕业返校参加农业劳动，她担心我从此消沉下去，不断写信给我以鼓励。又因农村有早婚习惯，她怕我随了这风俗，影响我的前途，便多次警告我不要结婚。1976年，我有机会被推荐入学，邓先生陪我在县医院检查身体。我先天体弱，她怕查出点什么问题，又因这些大夫不少是她的学生，便一盯到底。大夫问她："是您什么人？"她回答得很干脆："我侄儿。"

在村里的那几年，我偶尔去县城，只要到她家，她待我如久别的亲人，做最好的饭给我吃。先生是四川人，怕我吃不惯口味，就给我做当地菜。我吃饱了，她又赶紧催我服下几粒消食片。我说："何苦呢？"她总是慈爱地笑笑。她知道村里生活苦，一有机会就给我补一下。有时去县城，我怕麻烦她，悄悄地走了，可只要让她知道了，就总会责备我。

1977年，我妹妹补习走投无路，邓先生了解了此情况后，给我写信，让妹妹从乡下去县城，住在她家复习。对农村孩子，尤其是女孩子，考学是当时离开土地的唯一出路，我不得已把妹妹打发给了自己的老师。虽然父母觉得有些不妥，可又没有别的办法。妹妹在邓先生家里一年，邓先生待之如女儿，吃，住，学习，各方面照顾至极。而且不让妹妹帮她干活儿，怕影响了学习。时先生正有病在身，药罐子常伴着。1978年，我参加高考，舅舅从城里赶来看我，不幸发病，在医院做了手术。我们举目无亲，多有不便，情急之中想到了邓先生。那些日子几乎天天下雨，先生冒雨在泥泞的路上拖着多病瘦弱的身躯，总是按时把可口的饭菜送到医院，感动得我们舅甥俩连一句感谢的话都不能说出口，总觉得那样的话太轻了。

NM建筑学校办大学本科班时，邓新瑞先生调到该校担任大本班数学教研组组长。我来H市工作后，先生还派自己的小儿子上我家来看过我两次，而我却极少去看她，一方面懒惰所致，另一方面是我辜负了先生对我的期望，实难面对先生。在我的毕业鉴定上，先生写下一句"功课上欠债太多"的话，是针对我学习成绩不好，总不能按时完成作业说的委婉语。如今旧账没还上，又积累了许多新账，怎么能不愧对先生呢？好在我还保存了二十年前先生写给我的十几封信，时常读读，又如聆听了先生的教诲一般。

邓先生比我母亲长两岁，早退休，身体不好。两个儿子都大学毕业，长子在大学里教书，二十世纪八十年代中期就评了讲师，现在该是教授了吧！次子在一家大医院工作，是科室负责人，业务骨干。他们年龄都比我小得多，却大有成就，这对先生可算是最大的安慰了。

李枫先生，教语文。他不到五十岁，身体极端地差，脸瘦而黄，走路很慢。"文革"开始后，他从副校长的岗位上下来，一直"靠边站"，偶因"右派"问题接受批判，并不激烈，据说许多情况下是学生们借了交代问题的名，行让他讲革命故事之实。李先生的出身是光荣的，上海城市平民，高中时与姚蓬子"逃去逃来吸北风"（鲁迅语）时带的那位"灵童"是同学。参加过学运，蹲过国民党的监狱，后做过第四野战军的随军记者……

我们升高二时，教语文的谢荣生先生调到了师范，李先生便接了谢先生的课，但只代我们一个班。据说是学校照顾他的身体不让他上班的，他说待在家里也难受，不如教一个班的课好。李先生上课从不带教案，可能是根本不写的，但讲课特别认真，特别谦和。他说自己高中没毕业就工作了，现在得边教边学。记得他讲汉语语法时说，他没有系统学过语法，只是在学习英语时了解到一点。可他的在县城这座小镇上是很有声望的，同学们都知道这一点，不管他怎么揭自己的短，谁又敢小视他呢？李先生不论分析课文还是讲授作文都很有特色，尤其是作文指导，在他之前和之后我都没有见过他那样的方法。他一学期只做一两个题目，做完一次，他都作了批改，第二次再按他批改的方向去做。这样改了做，做了改。反复多次，一学期下来，你也就知道这题目该怎样做了。一部分基础好、悟性高的同学还懂得该怎样做相同类型的文章了。李先生很重视培养我的写作能力，每篇作文都详细批改，而且还把我叫到办公室，给我认真讲解某篇文章应该怎样写，不应该怎样写。我的《张文生同学二三事》《运动会一瞥》《驳"小节无害"论》都是在他的这种指导下写出来的，其中《张文生同学二三事》一篇，曾被李先生作为范文在班里读过。只是那时我不太懂事，对他的关怀并不怎么感激，更没有以此为动力努力提高自己，现在想来真是错过了一生难逢的好机会。

李先生和邓新瑞先生是邻居。1978年我参加高考，检查身体时血压超过了正常范围，听人说喝醋可以降压，邓先生领着我上李先生家要，李先生赶忙把半瓶子都拿出来。我回到旅店，关起门，喊一声"为了上大学！"一口气都灌完了。尽管血压并没有因此降下来，可李先生亲自递在我手里的半瓶醋是我难以忘记的，这也成了一种象征，我的语文水平终于成了半瓶子醋。

十一届三中全会后，李先生重新主持学校工作，而且去掉了那个"副"字。不久，他得了落实政策的好处，调回北京广播学院去了。可此时病魔正吞噬着他的生命，长期的肝硬化终于导致了癌变。

李先生的夫人王建先生当年因替丈夫辩护，和李先生一同被下放到了小镇上。不过情况并不太严酷。"文革"结束，百废待兴。王先生应聘到同济大学教授德文。李先生调北京不几年就去世了。王先生先此又被国家广电部聘为高级译审。去年夏天，老同学改玲来H市，说王先生一家已到美国定居去了，只留了还没有结婚的女儿小春在北京，恐怕迟早也是要追随母亲去的。

我的老师还有两位来自上海。一位是俄语老师江蕴芝先生，一位是地理老师余士星先生，而且都毕业于复旦大学外语系，只是后者为英语专业。

江先生是年近四十的姑娘，俄语说得流利，俄文写得漂亮。父亲是中国人，母亲是白俄罗斯人，长相显出欧罗巴人种特征，俄语可以说是她的母语。江先生做得一手好针线活儿，据说她的衣服都是自己手缝的。常养几只鸡，是为了下蛋，有时也宰杀了吃肉，我就替她杀过一回鸡。也是在这一次，我发现她的房间布置得很雅致，很会生活。可当时在一个农村小青年的眼里并不这样看，只觉得她不属于劳动人民，尤其是给炉子添火时衬着纸抓炭，太"小资产阶级"了。江先生在学生眼里一点也不厉害，尤其是对个别淘气学生，她简直拿他们没办法。同学中传着这么一件事，说江先生刚调来时，在班上批评一个学生，那学生顶撞她一句："毛驴！"江先生不懂什么意思，回到办公室问别的老师，有人告诉她说这是当地的一句骂人话。后来她再批评学生时就骂学生"毛驴"。不过她没有在我们班发脾气骂过学生，更没听见她骂学生是"毛驴"。我最头疼的就是俄语课，尤其是字母"P"，我根本不会发音。这让我很苦恼，也失去了学好俄语的信心。而江先生在课上总提问我，有一阶段几乎是每课必问，仿佛她在班里只认识我一个人似的。她喊我的名字"王向东"时，我听起来总像是"往下蹲"，怪不舒服，到后来我恨她和我较上了劲儿。一年以后她结婚了，爱人是某报社的编辑，她调到爱人那里去了。走时，我和几个同学送她上车站，六个大包袱都是衣服之类。江蕴芝先生走了，我摆脱了常被提问的窘境，也从此和俄语失之交臂了。

　　余士星先生据说是因为犯了错误调到小镇上来的。来的那天正是大年三十，当时的县城中学人才济济，极盛时期据说外语组同语种的教师间不讲汉语。余先生这样的人才，不知是他本人不愿意教，还是轮不上，总之是不教他的专业英语，却教我们年级六个班的地理课。他不适宜教书，至少不适宜教地理。上了课天南地北地侃，不成系统。珠穆朗玛峰的高度不固定，布宜诺斯艾利斯时不时挪到北美洲。"文革"中没有正式的地理教材，给了他随心所欲的自由。课上只提问女生，有的男生名字像女生，叫起来一看不对便让坐下了。他这种偏爱女生的现象，连同他很高的书法造诣、精湛的小提琴演奏技艺、高水平的乒乓球技术，加上他的专业，被戏称为"五项全能"。一次他去一位学生家里，很晚了还不走，家长反映到了学校。后来，同学中传出说余先生看上了这个学生的姐姐。又有一次，他把一位女生找到宿舍，翻出小说《爱情的三部曲：雾·雨·电》中的一段让人家看，然后和人家说："你就是里面那女的，我就是那男的。"此类种种的事构成了余先生的作风问题。学校在大会上点了他的名。我们和另一个班联合组织了对他的批判会。我是这次批判会的主持人之一，还作了主题发言，内容很少涉及事实，多半是无限上纲之类的大话空话。这是我高中期间唯一一次批斗自己的老师，不过方式还算温和。我们请余先生坐在椅子上听，他一种无所谓的样子。关于余士星先生的作风问题就算有点影儿，三十几岁的单身汉，有相关表现都是正常现象，只是余先生的行为多了几分读书人的笨拙而已。奇怪的是，他自己没有做过辩护。几天之后，他在校院里碰到我，把我叫到僻静处，郑重问我："是不是不让我上讲台啦？"一个老师拿这样的问题来问自己的学生，我立即生出了同情心，诚心安慰了他几句。其实，我一个学生哪里知道这样的事？"文革"结束，余士星先生调到江苏省东南部的工业重镇南通市去了。

物理老师焦聚洲先生二十世纪六十年代初毕业于清华大学物理系，火箭专业。"文革"前期，夫妇俩都在西沟门公社参加农业劳动。我们这一届高中入学后，学校师资紧张，把他们从乡下抽调回来。焦先生不善表达，低音教学，只是很认真，很想让同学们学好他的课。针对"文革"期间物理教材简单化的倾向，他还给我们补了不少内容。可大多数情况下，他总是费力不讨好，学生们并不欢迎他的课，背后叫他"焦圪蛋"。我的物理学得很糟糕，测验不及格是常事，可还得到过焦先生的一次表扬。他布置了一道"动能"和"势能"关系的题，让我们用文字叙述出来，他说我表达得最完整，给了九十五分。现在看来，可能是焦先生为了鼓励我，才有意表扬我，给了我一个高分数。战备紧张的时候，他被借调到县武装部，做航模飞机，放到天上供民兵打靶。这对焦先生来说是小菜一碟，可在小镇人们心中，焦先生是神奇人物。"文革"结束，他回北京去了，在一所农业大学执教。这位火箭专家也不知现在是否回到了他的专业岗位上。

化学老师鲁映先生是本地人，他的家族是托克托县的望族，也因此给他的前半生带来不佳的命运。鲁先生在学生面前从来不笑，特别严肃，大家都有点怕他。给我们上了两年的化学课，只有一次说"就剩了一个光秃秃的原子核"这句话时，他"哈哈"冷笑了一声。他讲课注重条理化，逻辑性强，交代得清楚，绝无重复拖沓之弊，因此听他讲课特别地累。这样说并不等于他在生活中也是冷面人物。正好相反，鲁先生的风趣常令人忍俊不禁。有一年除夕晚上，他对几位一块热闹完要散去的同事一本正经地说："明天我送你们每人一幅字。"第二天一早，大家发现了各家门上用大红纸写着的话，没有不笑的，着实给节日增添了轻松气氛。王德骧先生家孩子多，夫妇又都是典型的知识分子，不善整理，家里显得乱，鲁先生贴在他门上的话是"牛羊满圈"，别人看了会心大笑，王先生自己也不得不擦着眼镜跟着大家笑。王兴官先生全家回原籍过年去了，锁门，门上四个大字是"今日点货"，而鲁先生给自己贴的是"风景这边独好"。在机敏、幽默的背后，也反映出他平日里良好的人际关系。数年前，我在NM大学教学主楼前巧遇鲁映先生，他当时是H市教育学院理科部主任。

历史老师周济川先生是一个矮胖子，近六十岁的老人。有一年元旦联欢会，语文老师谢荣生先生出了一条谜语，打一教师名，谜面是"姜太公送粮到三峡"，挂出去让人猜，我猜是周先生的名讳，还得到一把瓜子的奖励。周先生的课是最受欢迎的课，生动形象，山西五台口音，抑扬顿挫，很好听。他从来都是一支粉笔上课，连一张纸片也不曾带到教室里。他对主要历史事件和重要历史人物极熟悉，仿佛这些事发生时他在现场，这些人物是他的家庭成员似的。记得讲到袁世凯向荣禄告密维新派的计划时，周先生情绪激动，一连用了七个虚拟语气的句子作排比，真有"河出伏流，一泻汪洋"的气势。他不带手表，可正好讲完一节课的内容，说完"要知事后如何，咱们下一节课再讲"后，下课的铃声就响了，这也是我们最恋恋不舍的时候。周先生特幽默，即便是课堂提问也有噱头。一次他先叫了张三，张三答了几句，又叫李四，李四答了几句，然后一边往记分册上写，一边说："四分，坐下。"两位坐下后，他又说："两人分去吧！"原来是每人得两分。

除上面这几位老师，还有教政治课的王兴官先生、教生物的唐兆业先生及李枫先生之前教我们语文课的谢荣生先生，他们都是极有个性又令人尊敬的老师。尤其是谢先生，以他讲课的艺术魅力作为教授语文的唯一手段，这是一般人做不到的。上第一节课时，他嘱咐我们，不要准备作业本，也不要统一的练习本，即使做了他也没有精力批阅。不过他让我们放心，算总账时保证不吃亏，即不论考试还是实际能力，都不会落在别的班后面。事实也的确如此。我们班是全年级最偏爱学语文的班，尽管我们的班主任是数学老师。谢先生调动起了绝大多数同学学习语文的兴趣，兴趣驱动下的自觉，比任何强加的训练都要强许多倍。他之后的李枫先生，虽是另一种风格，但我们班的语文课兴趣始终保持着。可惜谢先生也英年早逝。他的夫人是他的学生，比他年龄小得多，两人没有共同语言，到后来家庭成了他的负担。

（1996.8.26）

姑父胡达甫先生

我和姑父相处，加起来也就是两三个月吧？可我们的相识却超过半个世纪。

他第一次来我们家，是为了正在相恋中的姑母，应该是1962年8月下旬吧？全村因新建水库迁居到了山梁上下马停建的县师范学校。我们家分到了两间半平房住着。旧村的房屋院落还在。姑父来了以后，姑母就带着他在新旧两村之间来回地跑。我差不多每次都跟着，也不记得是他们主动带我的，还是我要跟着的，现在想来一定是后者的可能性大，尽管我是一个刚上学的小孩子，可夹在一对恋人中间，也毕竟多余。走在田间小路，有高高的庄稼掩护，姑母和姑父总是搭着肩散步，瘦弱的我时不时夹在他们中间，偶尔抬起头来，间或他们回我以微笑。仰望时，他们高大的身影竟成了我永恒的记忆，也是我少儿时期唯一留存的孩子眼里大人的影像。

在旧村居住时，祖父养了一窝兔子，没有搬，还在原处养着，这个时候已经发展到了七八十只，窝里放不下，关在已经不用的羊圈里（这是个错误，不多时就都钻洞跑掉了）。这天，母亲嘱咐姑母杀一只待客。到了旧院，怎么杀成了问题。当地习俗是敲击耳后，一击致命，兔子也不受罪。记不清具体过程了，反正是我用镰刀把，硬生生把一只兔子打死了。这样一件事让我自豪了好长时间，以至于到现在还印象深刻。

姑母婚后没有工作，父亲通过熟人，把本已在鹿城安家的姑母安排在本村小学教书，她带着不满一岁的表妹住在我们家，姑父一个人在城里打拼。

"文革"开始后，姑母一家团聚了，而姑父的压力才刚刚开始，并且随着时间的推移，生活的压力虽然逐渐减轻，精神的压力却几乎伴随了他一生。

姑父的父亲胡建功老先生凭借个人奋斗，在兵荒马乱的年月里，从一个几户人家的边远小村，把主要的事业做到了省城，商业关系及于京津地区。这除了给子女留下不安于现状、永远进取的精神外，也留下了一份负面遗产。

1985年第一个教师节，市里征集教师节纪念章，姑父的方案在众多佼佼者中脱颖而出，入选并批量生产。从那以后，我离开了自己已经待了七年、姑父一家所在的这座城市。

在我写好这篇文章发给表妹征求意见时，她来短信说：

"包头市市徽是我爸设计的，他在最后住院期间，我戴在胸前，他还记得。"

我说我就没有听说过这件事，问是什么时候？

表妹说："在小弟出国之前，给的奖励是一套《辞海》和一本相册。小弟把《辞海》带去了美国，相册在我手上。"

小表弟出国是在1996年夏秋之间，时姑父已经退休。退休了的他还为社会做着贡献！

而我回鹿城再次见到姑父，是 1992 年 9 月。我和姑父是长、晚两辈人，可每次见面总有知音之感，与他的共同语言多于姑母。晚上，我和姑父在他屋里说话到深夜，姑母突然推开门进来警告一句：

　　"你们俩说什么都可以，只是不要编排我！"

　　这才是伴随了姑父一生的压力。姑母、姑父都是有成就的美术老师，桃李满天下，学生中有不少有成就的人物。姑父善黑管（单簧管）、姑母善风琴，本应是一对有作为的艺术家，可两人的个性一个倔强，一个刚烈，在家庭生活中几乎没有很好的沟通，这浪费了他们很大的精力，也严重消耗了他们的艺术生命。

　　我第一次去姑母家，是 1969 年 10 月，差不多住了十来天吧？单位分冬贮菜，我随姑父到指定地点领取大白菜和土豆，白菜忘记分了多少，土豆是四十斤，这是全年一家的供应量，姑母嫌少，干脆一顿煮了一多半吃了——这是典型祖父的个性，东西越少，越是加紧消费。10 月 19 日那天上午，姑父骑车带我去昆区亲戚家，从东河区到昆区足有二十公里以上，他一路带着我，一路讲述沿途景物，四十四年过去了，其情景仍然历历在目！当时姑父一家挤在铁路不远处一间坐南朝北的小平房里，记得门牌号是西河路 1 号街坊 77 栋 9 号。这是他们一家最困难的时候！

　　2004 年 9 月，姑父来呼和浩特参加中学母校百年校庆，这对年过七十的他来说，是难得的身心放松，也是最后的同学聚会，他不顾姑母的反对坚持出席。而姑母的反对也有很充足的理由，恰逢旅美多年的小表弟回国，父子相处的时间很短，为什么要疏亲近友？

　　我理解姑父，而且不是一般地理解，是理解里有同情，姑父老了，为什么不让他有一次自由选择的机会？我相信回国探亲的小表弟比我更理解他的父亲。遗憾的是，我没有很好地陪姑父说说话，白天，他在学校活动；晚上，我因承揽了在单位守夜的工作，九点左右就把他一个人留在家里，而第二天他就急急地走了。

去年8月14日，早晨，母亲来电话，说姑父病危，我和妹妹相约直奔鹿城。突发脑梗、住在重症监护室的姑父已经不大清醒，由表妹和大表弟照料着。我在他床边守了一小会儿，抓着他的手说了几句话，也不知道他认出了我没有。

唉，姑父这一生，注定活得辛苦！十来岁时就突然失踪了，后来才知道是被日本人抓去看了半年多的孩子，怕说不清，保密了一辈子，直到晚年才与家人讲了这件事。

今年元月八日晚上，姑父走了。我再去鹿城，他已安葬两天了。

人去楼不空，姑母把姑父的卧室布置成了姑父生平事迹展览室。我用手机拍摄了部分展品。展品中几乎不见了姑父的画作，表妹说，都让小表弟带到了美国。

美国，姑父晚年最后一次发光的地方。赴美探亲先后两年。期间，他创作出了粉笔画这个画种。表妹说，小表弟从视频上给他展示过，这些粉笔画的效果都和油画一样。而这样一件事，连他国内的子女都不甚了了。

二十世纪八十年代后期（或九十年代初），自治区美术馆举办姑父的个人画展，《呼和浩特晚报》作了篇幅较大的报道，我偶尔在单位见到了这张报纸，曾和姑父、姑母说起过，他们都只知道有画展而不知道有报道。姑父为人之谦逊与低调可见一斑！

姑父去世前几年，脑萎缩很严重，理性意识弱化，正是在这种情况下，他少了种种顾虑，再次显现了艺术家的童真天性。考虑他的安全，姑母不让他出门，曾经每天必买的《参考消息》看不成了。他守着电视过日子，在电视节目里发现美，抓拍了大量美的精灵，并把她们冲洗了出来。在姑父的心灵世界里，美的梦想从未破灭！

作为晚辈，我崇敬姑父，为有幸能成为他的亲属而骄傲！

在姑父去世一周年之际，我写了这些话，以表达我对姑父始终如一的敬意！

（2013.12.14）

我们村的天津知青

1968年9月底，下午，我和村小学（戴帽子中学）的伙伴，到学校北一公里外山梁的公路边上，迎接县知青办分配到我们村下乡的知识青年。这是不是一次有组织的活动，现在已经记不清了。

十六名天津知青从这天起就和我们村结了缘。我们村边这条公路是抗战期间日寇开通的，之前也是一条晋蒙交通大道。因了这条路，村里不算太封闭，可毕竟是一个只有百十来口人的边塞小村，忽然来了这么些个天津人，冲击力是多方面的。

村西有一条沟，沟西边只有几户人家，学校在这里；大部分人家住在沟东边的坡上，分为四排，我家在第三排。三名女生住在我家，她们是白玉玲、张彦萍和李玉芬。十三名男生住在前排我三爷爷的院子里。我三娘娘（奶奶）死得早，三爷爷打了半辈子光棍，四十多岁时从托县找了个老伴儿，在村里住了几年就搬到托县了，房子一直空着。知青来了，队里就安排到他家住了。住宿分男、女两处，吃饭都在男生这里，做饭的是我二娘娘，就是我润生伯他妈。润生伯早婚，自己还是个娃娃，每天带着个小姑娘来找给知青做饭的母亲，有时也和知青玩。有一天知青们搞清楚了，娃娃和领的娃娃是父女关系，好一阵失笑。

一次，我去了男知青那儿，知青们都不在，二娘娘正和几个大人说闲话，说有个男生趁吴文忠不在，用人家的饭盒尿尿，而且吴还受到几个男生明显的欺负。队里很快知道了这件事，就把吴文忠安排到我们后面一排西头的喜小家住了。喜小是个光棍，人随和，家也干净，我常去他家，可算是忘年交。就是在喜小家，我第一次见到传说中的《参考消息》，一张旧报，吴文忠从天津他们家带来的，也许是做包装纸用的。从此我和这张报纸结了缘。1971年，我在村里上完初中到县城上高中，常在学校传达室见到这张报纸。我个人订阅这张报纸是从1974年开始的，今年是2017年，非纸质媒体全面发达，我仍然无法割爱它。

吴文忠自己也不太愿意和别的知青在一起，想找个清静一点的活儿，队里就安排他到饲养院给饲养员做副手。饲养员就一个，是我二爷爷守基先生。守基先生是民间知识分子，《四书》中连朱熹的注解都能熟练背诵。吴文忠和我二爷爷一定相处得好。1970年冬天征兵，吴文忠报名服了兵役，走前他父亲吴燮先生从天津赶来送行，在村里待了近一周，就住在我二爷爷家。

知青们来村里后的几个月，就是1969年春节。因为来得时间短，政府不主张大批知青离乡返城过年，就提倡留在村里，与贫下中农一起过春节。知青们每家每天一人，轮流在各家吃饭，过正常日子。一是过年必然要改善一下生活，二是家里有客人，必然多了热情。我的体验是很热闹，因而也兴奋。

孟居宜是知青中年龄较小，也最能吃苦的一个。来村里那年他才十八岁，硬是自己动手，给自己修了两间窑洞，还带来一批各种农作物栽培的书籍，准备好了在广阔天地里大有作为一番。

孟居宜在二十世纪七十年代中期，走推荐入学的程序，上了自治区财校，后留校工作。走之前，他把农作物栽培一类的书留给了我，这些书成了伴我至今的纪念。

八十年代末或九十年代初，孟在自治区财校上班期间，校党委的周俊辉先生来村里调查孟在下乡期间的表现，是为他入党准备材料。我正在公路边等班车返城，大队的人看见我了，就让我替他写写。因为在路边不方便，我就到附近一户人家里写。这家人的主人知道后，就说在清理阶级队伍批斗他时，孟从他的腿上使着劲儿踢了一脚，还说另一个被认定为历史反革命分子的老师吐血，也和孟有关系。我问财校周领导："怎么写？"他说："只能实事求是了。"于是就写了"参与过武斗"几个字。我很后悔正好来这户人家里写这份材料，真是巧了！不管怎样，他的入团、入党档案材料里都有我写的字，缘分吧？2000年后，孟居宜带着女儿回过村里一次，是希望女儿了解他这段难忘的人生经历，还特意买了酒看了我父亲，向父亲询问了我的近况。听熟悉孟的朋友说，此时他在自治区财政厅上班，真的是一辈子扎根内蒙古了。

经过贫下中农推荐上学的还有袁世禄。此时留在村里的男知青只有李大宁、袁世禄、孙凤桐等几位了。村里人调侃他们，还编出一个情景：

"拉的甚？"

"粪桶（孙凤桐）。"

"套的甚？"

"辕骡（袁世禄）。"

"谁赶车？"

"李大娘（李大宁）。"

推荐期间，世禄怕走不了，在我家午睡时，从门缝里给我父亲塞进两盒墨菊牌香烟。父亲发现后警告他："你再这样，就不让你走了。"父亲当时是大队副主任兼生产队长，在村里算是一把手，说话管用，世禄当即表示再也不了。

八十年代初，我在包头市东河区的大街上遇到了袁世禄，他已经在包头邮电局工作了。

1976年，国家有招工指标，李大宁被选调到乌海市当了工人。期间，父亲和我都为他的事，和在县民劳局工作的我三舅打了招呼，大宁因此感谢我们父子。去乌海市后，他还给我写过几封信。

在我们家住的三位女生，首先走的是张彦萍。在村里时，她一度和喜小走得近，喜小是单身，时任副队长，就被不少人认为两人有恋爱倾向。张离开村里后，很多年都没有她的消息。直到九十年代，偶然听我们单位一位同事的夫人说，她们的经理是张彦萍。让她去打听，巧了，真是我们村我们家的张彦萍。我就找到她的单位去看她，不在；过了一段时间又去，还不在，有人告诉我，张在休病假。又过了一阶段，遇到同事的夫人，她告诉我，张彦萍癌症，去世了，留下一个女儿。也就是四十来岁吧？走得早，也走得早……

李玉芬上完初一后，1968年，她带着只完成了小学学业的弟弟来了我们村，是十六位知青中的两位。她嫁给了前面提到的我当饲养员的二爷爷的大儿子有明伯，成了我的大婶，永久地待在了我们村。退休前在村小学教书，高级职称。弟弟李玉铭八十年代回了天津。

白玉玲，又名海燕。有一个著名话剧，叫《六号门》，海燕的父亲就是六号门的工人。三位女生里，她是最漂亮的一个，也是男知青心中的女神，可她偏偏就看上了我的老师韩效国先生。因为一个住在我家，一个是我的老师，作为小弟和学生的我，就成了他们的义务信使。女知青与当地青年婚恋不被提倡，又担心男知青知道了生事，所以他们的恋爱，在结婚前一直秘密进行着，我这个信使也好像是做地下工作一般，细节可谓设计精巧，情节可谓惊心动魄。中间他们俩闹了一次别扭，相互经我之手退还信件，竟然都是一大摞！原来我送了那么多的信，一次也未被人发现，而他们也把周围的人都蒙在鼓里。现在夫妇俩都在天津，隔几年就回村里走走，可阴差阳错，几十年了，我连一次也没有见到过他们。

我和海燕老师的一段较深交往是她结婚后的七十年代中期，我们办了一份《简报》（初名《战地黄花》，公社党委让改名《简报》），每次三页或五页不等，不定期，我编稿，她管蜡版刻印。当时，我在大队，她在学校。我组织好稿件，就去找她，或去学校，或去她家，也没个准时间。刻蜡版是个技术活儿，也辛苦，可她没有过一次厌烦的表示，而且我们谁也没有因此挣过一分工或领过一分钱的补助。我们坚持出到第十七期，直到我重新上学离开村里。

不久，他们夫妇也去县城上班，再后来，双双回了天津。

前天（5月23日），我在朋友圈预告说，要写一篇介绍我们村一处古洞的文章，海燕师当即就给我留言说：

"我曾记得你讲过咱们村有很古老的碎碗片，也许是碎瓦片，我当时认真听了，但以为没意义的，多无知呀！五十来年过去了，今天你又提起这问题，而且有照片，不得不肯定你从儿时就认定的事，有主意。看好此事，将家乡的历史弘扬天下，不辞劳苦，多少人天天守着那儿也不以为然，而有心人已经离开那了，还是想着那块热土。"

她是在鼓励我，我当努力！

十六名天津知青，他们的身影总闪现在我的记忆中，影响我于无形……

（2017.5.25）

郊 游

五一节这天，学校组织毕业班的老师到本市托克托县旅游，领导的意思是想让大家"放松放松"，可正要走的时候，许多人都没有来，初三的老师来了不到一半，高三的老师也只有八个人参加，一辆大巴连一半也没坐满。大概是和今天正好是个节日有关系吧？好多人都另有安排。其实真能"放松"自己也不是一件容易的事，我就因为母亲正在住院，是硬着头皮出来的。好在数一数大家带的孩子有十四个之多，实实在在地增添了此行的活跃气氛。

一路上是广袤的呼和浩特平原。这个平原又称土默川，就是古诗中的"敕勒川"，曾是"风吹草低见牛羊"的丰饶草原，现在基本上都是农田，它东西长，南北窄，总面积约一万平方公里，是由黄河及其支流大黑河冲积而成。整个平原地势平坦，气候条件适宜，土壤肥沃，水源丰富，是塞外"米粮川"。托县就坐落在这个平原的南部偏东地区。战国时期这里曾被赵国管辖，秦汉时设云中郡。近世以来，蒙古族的土默特部落在这里生息繁衍。

　　正是当地播种的季节，放眼一片白色。大片地使用地膜覆盖技术，提高了产量也增加了种植成本。农民，这真是一个伟大的职业，他们如蜜蜂似的劳动，不仅贡献着人类的衣食，而且还按照季节描绘着大自然的脸谱。我们隔着不太干净的车窗玻璃，体验着变化的农田里展现出的劳动之美和人类不屈不挠的生命力。

　　查资料知道，黄河流经县境37.5公里。属于温带大陆型半干旱草原气候，四季分明，日照充足，年均气温7.3℃，年均降雨量362毫米。掠过车窗的树木或稀少而高大，或稠密而矮小，是在这种气候条件下生长的代表性树种。

　　一路上大家似乎静悄悄的，也许是我光顾摆弄手机照相，或和同座说话，没有注意大家都在做什么。我的同座，祖上曾是蒙古族上流阶层，即所谓"黄金家族"。有意思的是，他蒙古语的意译名字和托克托这个县名的汉语含义同音，也算是一个巧合。不过我的同事不以为然，他说语言对译是很复杂的，我也知道，这不光是一个语言问题，还是一个文化问题。

　　从首府到县城六十多公里，也就是一个来小时吧？我们的车停在一所小学前面，等待自驾车的同事赶上来后再继续前行。我自己上次来这个县城还是1975年的事，算来已经三十四年了，时光变迁，当时的县城正从旧城扩展到南坪，如今已发展到了双河镇了，可我想起的却是那句"弹指之间"的老话。人的生命就是在这种"漫长"与"倏忽"的感觉之中消耗着，当你意识到的时候，总是在"夕阳无限好"的意境中体验着生命的无奈，或在"不待扬鞭自奋蹄"的最后觉悟中感受着生命的紧迫！

　　我们继续前进。国家实施西部大开发战略，亚洲最大的火力发电厂落户这里，带来了前所未有的发展机遇，工业经济可谓异军突起。伴随而来的是滚滚财源。据说，去年城镇居民人均可支配收入接近了一万六千元，这让多少生活在首府的人羡慕。尤其是国家给了"调资"政策时，这个县财大气粗，总能率先兑现。

县政府所在的双河镇，街道宽阔，格局舒展，给发展预留了空间。

走出县城，继续南行，是呼和浩特平原与黄土高原的连接处，黄土高原北端在这里消失了，此处就是黄土高原向北的尽头。西边就是黄河，我们在黄河北岸，南岸就是著名的鄂尔多斯高原。东面是一座不高的土山，准确地说应该叫丘陵，丘陵的那边就是我的老家，家乡的人管这片丘陵叫"西山"，而这里的人管它叫"东山"。

终于到了目的地，是当地人为了发展旅游业，赶时髦在黄河边上建的一片园林，工程还没有完成，更没有正式开业，也就省了我们不少门票钱。虽然过几天就立夏了，可当地的气候其实还在暖春时候，我们都还穿着较多的衣服。农历的二十四节气是按照中原地区的气候来定的，这里至少要晚一个月。

园林叫"神泉生态旅游景区"，已经建成的正门是一个南方风格的建筑，不知道设计者出于什么目的，是给当地人看呢，还是给外来的旅游者看？

之所以称为"神泉"，据说是因为这里的泉水不因雨涝而涨，不因干旱而枯，而且即使在数九寒天也不结冰。陪同我们的托县二中郝副校长介绍说，每隔三十年左右，泉水就挪一次位置，在黄河南、北两岸游走，不过他本人没有见过。传说总是美好而神秘。

我们在黄河边上游玩。黄河被赋予了太多的文化内涵，尤其是在文人墨客的眼里，她岂止是一条河？以至于面对此时此地平缓、温顺、狭窄的她，不少同事很是失望，尽管这个季节还是黄河水量相对较大的时候。此处向北不到五公里的河口，就是黄河上游与中游的分界点。

我们乘船到南岸去。

一上岸，就是位于鄂尔多斯高原北部的我国第七大沙漠——库布其沙漠。黄河在这里宛如弓背，逶迤东去的茫茫沙漠宛如一束弓弦，组成了巨大的金弓形，库布其就是汉语"弓弦"的意思。大漠浩瀚，长河如带，沙海苍茫，气魄宏大。

孩子永远是主题，在大沙漠里，他们更显得活力四射，带他们出来的家长反而成了陪衬！城里的孩子，较少与大自然接触的机会，短暂的野外活动，也许会充实他们的成长经历。

几个年轻人在沙漠里放起了风筝，这才真正有了用武之地，线总不够长，接了再接！最后终于放手了，获得了自由的风筝，渐渐地离开了人们的视线，融入了蓝天之中。

中午，县二中的郝副校长代表他们学校招待了我们，主人热情、豪爽，举杯频频。黄河鲤鱼加地产名酒，让久在城市圈里生活的我们，着实体验了一回人性的憨厚和纯朴。

当地产的皮皮虾新鲜可口，我是第一次知道这个位于黄河上游、每年都有一个漫长冬季的县还有这种物产。席间我对一种饼子特别感到亲切，我的老家和这里一样，都叫它"背锅子"，记忆中犹如玉馔珍馐，难得一见，当然那是在经济短缺的年代。

午饭持续了一个多小时，留下最深印象的除主人的热情外，就是清炖黄河鲤鱼的香味了，一斤多重的鱼吃了一条又一条，有的桌子上一连吃掉了四条，感觉真是过瘾，连我这个平时对鱼肉不感兴趣的人也吃了不少。

饭后，从屋里走出来，满院的苹果树，果花大都谢了，可叶子还不到繁茂的时候，"红"是"瘦"了，"绿"没有"肥"了。

大家相约常来常往，不光是指业务方面，而是作为真正的朋友。

回来的时候，我们的车上了高速公路，望一望看不到尽头的广阔平原，可谓心旷神怡，然而总是无缘"物我两忘"的境界，不仅仅是因为汽车离喧嚣着的人类生存环境异化的怪胎之一——我们居住的城市越来越近了，而且人生的种种义务与责任总是难释心头。我们永远是生活的奴隶，我们永远是生命的奴隶，我们永远是人性的奴隶，说到底，我们永远是自己的奴隶！

　　在车上，大家几乎都睡着了，半天的时间不算太累，可能正好是午休的时间，生物钟也在作怪。

　　下午三点前，我们就结束了一天的活动。我想好好地睡一觉，可趴在床上半天睡不着，就干脆起来，一边在电脑前整理我此行拍的照片，一边开始构思上面这些话。

　　傍晚，我和给母亲陪床的大妹通了电话，她说母亲挺好的，几项检查的结果都出来了，除旧病外，没有什么大的毛病。

（2009.05.04）

"剪不断，理还乱！"

经朋友安排，我在上午十点多钟拿到了《中蒙边境地区出入境证通行证》，这是一种商务通行证，我的身份平生第一次变成了商人。我们要去的地方是蒙古国（the State of Mongolia）的扎门乌德市。据材料介绍，扎门乌德是蒙古国对中国最大的口岸，也是唯一的铁路口岸，距二连浩特市 4.5 公里，两市隔界相望。辖区面积 48 平方公里，市区面积 9 平方公里，居民主要以喀拉喀蒙古族为主，常住人口约 6700 人。我们的司机兼导游是一个商都小伙子，他估计，加上流动人口，全市实际上差不多有两万人。

在蒙方的边检大楼，通关过程比较复杂。除正常的边境出入检验外，还有体温测试，这提醒我们"甲流"正在全球蔓延。我们一共下了五次车，才进入蒙古国。

过境的蒙古车辆，俄式吉普占了一多半，大热的天气，里边挤了满满的人，同行的朋友中有人质疑小小的车里怎么能塞得下十多个人？

二连浩特市到扎门乌德市是一段水泥路，相当于国内的二级公路，是我国援建的，由于负担较重，路况已不算太好。

我们的车停在了扎门乌德市火车站广场，站房是一座欧、蒙、汉风格组合的建筑。相比国内车站的拥挤，这里显得冷清，候车室里有二十来个人在等车，站台一边有人在树下乘凉。据说铁路轨距较宽，和国内的相差一拳左右，大家伙儿极想知道火车在过境时是怎么衔接换轨的，可惜我们的导游也说不清楚。

站前只有一个较大一些的饭馆，因有一个湖北的旅游团先进去了，我们等他们吃完才有空位，进去吃了饭。蒙式西餐，每人一份，量少，没吃饱，但有特色。饭后逛商店，说是本市最大的超市。经营面积也就是三四十平方米吧？以食品为主。两个售货小姐，不懂汉语。收人民币，甚至没有蒙币（图格里克 tugric），有朋友想要一张作纪念，说没有。我想买点蒙古产的特色小食品，只有香肠一种，大热天，怕不等带回去就坏了，也没买。

超市旁边有间公共厕所，上一次要蒙币二百图，约合人民币一块钱，有未上厕所的朋友就开玩笑说是"省了二百块钱"。

东西买好后，大家乘车在市里转了一圈，连跑马观花也算不上，叫跑车观市吧！没有看见国内普遍的公寓式住宅楼，两层高的房子是医院、学校等公共事业单位，普通民居是一家一户的小平房，据说是八十年代以前苏联军队留下来的。不过连市政府也是几间低矮的平房。

市区没有像样的街道，街区多半没有硬化，也没有绿化，正是干旱季节，放眼望去，一片黄灰色调。看上去和国内的发展有一定差距，然而就是这样的经济水平下，蒙古却实行全民免费教育和免费医疗，看来确实是事在人为，一个国家的民生问题，是这个国家的发展水平问题，也是这个国家执政者们的态度问题。

在扎门乌德市待了不到两个小时，我的脑子里却不断浮现着中蒙关系的过去、现在与未来。我的叔祖父守业公年轻时当兵随部队驻守在大库伦（乌兰巴托），恐怕他当时根本没有想到这里后来会成为一个主权国家的首都。

　　现在蒙古在经济上逐渐依赖中国。作为内陆国，这个国家没有出海口，进出口贸易也要靠中国的铁路和港口。但是，因为一些历史原因，今天的蒙古，城市里遍布俄式建筑、俄国汽车，大多数工业都是俄国设备。很久以前，蒙古已经"废除了蒙古文字"，改用俄文字母拼写，叫作新蒙文。我所存的一册1964年版的《蒙语会话手册》，就是用新蒙文拼写的。二连浩特市为方便蒙方人员，街头招牌都用新、旧两种蒙文文字书写。

　　下午返回二连浩特市，回来比出去容易得多。在旅馆稍事休息，就一路奔驰回家了，真近啊！

　　全世界八百多万蒙古人，四百五十多万在中国，二百五十多万在蒙古，不仅他们有共同的血缘、共同的语言、共同的文化，就连我们这些生活在长城内外、大河上下的汉族人民，甚至包括长江以南的客家人，都和蒙古同胞有亲缘关系，因为从人种学上说，我们有一个共同的名称"蒙古利亚人种"。中蒙关系真是应了那句话：

　　"剪不断，理还乱"！

（2009.8.12）

葡萄熟了

快到中午了，我们到黄河边上先吃鲤鱼，后摘葡萄，这可都是当地的特产。大家兴奋，驱车一路奔驰。经县城向西，过旧城，沿梁底走，就看到半坡上绵延着绿绿的葡萄架，当地人称这一带为葡萄沟。我们在神泉生态旅游景区附近的一家农户吃了以红烧黄河鲤鱼为主菜的一桌子地地道道的农家饭。当然，上的主要水果就是葡萄了！大家一边品尝，一边听着主人对地产葡萄偏爱式的介绍。

他说，这里的葡萄有二百多年的栽培历史，果穗大，味重浓甜、富含多种营养成分，要连皮带核一块吃下去，有美容养颜作用。他一边吃，一边示范，真的是吃葡萄不吐葡萄皮。我们也跟着这样吃，觉得很特别，也有朋友不习惯这种吃法，坚持只吃果肉，主人说是可惜了。有人担心农药残留的问题，主人说没事的，结了果以后，就不会喷洒药剂，而且也用不着喷洒了，不过他也透露，在栽培过程中不打杀虫剂是不可能的，因为那会减产甚至绝收。因为皮薄，水嫩，一大缺点是不易保存，即使是冷藏也超不过一个星期就烂了，这正是当地葡萄产业发展的主要制约因素，也是需要急待解决的问题。

饭后，大家走进了葡萄园。

刚刚过了乞巧节，那个古老的传说总闪现在脑子里，在葡萄架下静静地听，你就会听到牛郎织女相会时的窃窃私语。于是少年时就有一个梦境，透过枝蔓横斜的葡萄架，望着空中如钩的朗月，微风拂过，沙沙的葡萄叶送来天上神仙悲苦而缠绵的情话。

然而这种悲喜交加的心境早已不属于我这样年龄的人了，我们继续听着主人关于葡萄的理性介绍。看着玛瑙似的晶莹滴翠密扎扎地串在一起的大穗子，不由地想掰下一粒尝尝。主人却说长得这样紧密匀称，看着好，并不好吃，不如排列疏散的甜美。他还说，别看在架上长着不好看，卖的时候，几剪子就整理好了！原来如此！我们可真是长知识了！

世上的事物千变万化，道理是相通的，比如这友谊，不就和这葡萄一样吗？皮薄肉嫩，一下就让人喜欢上了，却不利收藏，更不能远嫁，最终只是家里香，限制了发展。人际交往何尝不是如此，过分热情，善于表现，容易交往，却往往不能持久。密扎扎地串在一起，好看是好看，可并不好吃。朋友之间，如果过分密切，有事没事爱凑在一块，看着热闹，却难免摩擦，最终影响的是感情。

也许，这就是"道法自然"吧？我想起了先贤们的哲语。

庄子说：君子之交淡若水，小人之交甘若醴；君子淡以亲，小人甘以绝。

欧里庇德斯说：既然我们都是凡人，就不如将友谊保持在适度的水平，不要对彼此的精神生活介入得太深。

马克思说：人的生活离不开友谊，但要得到真正的友谊却是不容易的。友谊需要用忠诚去播种，用热情去灌溉，用原则去培养，用谅解去护理。

哲人们对朋友之间的交际原则竟然这么一致，这就是要保持适当的距离。人们常说，距离产生美，而这美的内容何其丰富，含义何其深刻！

下午，在似下非下的丝丝细雨中，我们返回城里。

在葡萄成熟的季节，我们的友谊也应该成熟起来……

（2009.9.5）

温润谦和 小家碧玉

呼和浩特市区西部有一个叫乌素图的地方，汉语的意思是有水的地方。其实这里不仅有水，还有花，每年四月中旬，这儿就成了花的海洋——杏花的海洋。人们纷至沓来，与大自然亲近，调整身心，整理情绪，和谐家庭，深化友谊，赏心悦目！

当地的春天来得很迟，立春的时候还是"千里冰封"的景象，直到一个半月后的春分，天气才渐渐转暖，让人稍稍感到了一点春的气息，这时如果来上一场大雪，勉强可以称得上是春雪，大地仍然白茫茫的，放眼望去，白雪没有覆盖的地方，一片灰黄，再过半个月，就是清明时分，小草才开始苏醒，有性急的，先悄悄地露出头，尝试着沐浴远不算温暖的阳光。即便如此，还得托天公陛下仁慈，否则，放一股北来的寒流，会再次令万物"折腰"，大地重现"红装素裹"的壮美！然而，在这春寒料峭的季节，只有一种现象是例外，这就是那因闹春而声名显赫的红杏！老树干枝，没有半点新绿，却吐出点点红蕾，不几天就漫山遍野花千树，层层叠叠粉压枝，这真是大自然的奇观！杏花，是塞北报春的寒梅，不仅外观与梅花相似，让不熟悉的人难分伯仲，就是它们的品质与个性也极其相似，不畏严寒风雪，如期向人们昭示着春的信息，让蛰伏了一冬的人们迎来了崭新的一年。"恻恻轻寒剪剪风，杏花飘雪小桃红。"（韩偓《寒食夜》）

现代都市人，或因生存竞争而需要舒缓压力，或因物质生活得到满足而需要提升精神品位。再者，清明前后踏春，也是一种传统文化意味浓郁的户外运动。一家人，或相约三五好友，骑单车或自驾车，走出喧闹的市区，放下繁忙的事务，来到郊外，寻找一片安静的去处，过一天简约的慢生活，这真是另一种奢侈！

乌素图地处阴山山脉南麓，依山傍水，密林深壑。虽然没有庇护她的大青山风景绝秀，雄奇险峻；没有环抱她的敕勒川雄宏粗犷，气势磅礴，然而，她无疑是温润谦和的小家碧玉，花鸟争妍，绿荫红杏，碧空黄叶，雪映炊烟，浓妆淡抹，四季美景。百年古刹钟声，一世纯朴民风。"温润资天质，清贞禀自然。"（潘炎《清如玉壶冰》）"性谦和，善与人交，宾无贵贱，待之若一。"（《晋书·良吏传》）她不仅以温润的气质展示着娇美身姿，以谦和的素养迎接着八方来客，而且正以其深厚的文化底蕴和历史积淀，吸引着越来越多的游人。

春芳秋实，赏花摘果，这是乌素图魅力最强的两个时刻。

被这魅力吸引，我去年就两次来到乌素图最有名的谦和果园，一次是陪同 Minnesota Yinghua Academy 的师生体验中国农家生活，一次是与朋友们体验了一回摘杏的乐趣。

这家果园离乌素图国家森林公园仅一山之隔。从市中心出发，驾车沿着北二环一路向西，半个小时就到了。顺着一条山路蜿蜒而上，便见一座别致的农家院落，篱笆墙，古色古香的大门。拾阶而上，成片的果树映入眼帘，凉亭、蒙古包、供游人小憩饮水的桌椅点缀其中。正门右首是高耸的瞭望楼，全木结构，宽敞得可办舞会。一眼望去，四面环山，东边的一座小山状如伸直的五指。谦和果园就在"五指山"西边的坡梁上。

艳阳高照，满园绿意，果树稀疏的地方，主人精心种植了各种蔬菜。各种花草竞相开放。"一品芳菲万象容，漂洋过海嫁东风"的大丽花，像豆蔻年华美少女的波斯菊，"受露色低迷，向人娇婀娜"的芍药……更多不知名的花草，郁郁葱葱布满了一地繁华。

近年因游人需要，果园住宿、餐饮俱全。品尝着丰盛的农家菜肴，听主人畅谈发展，规划未来。本来是承包的荒坡，种粮不适应，乡亲们相约栽了杏树，不想无意插柳竟成荫，赶上乡村旅游业的发展，政府又支持，就渐渐繁荣起来。下一步的打算是联合有关公司和学校，发展有地方特色的文化产业，多角度提升乡村游的文化品位，以适应游客的需要。

饭后，主人带我们从谦和果园所在的东乌素图走到西乌素图。山脚下一条小河形成了冲击小平原，地势平展，百年果树密布，掩映着多处政府投资的计划供游人寄居的造型各不相同的全木结构房屋。山峰北高南低。北峰就是著名的北魏木兰将军曾经"暮至"的"黑山头"。走到一处，主人指引我们遥望南峰，只见远方蜿蜒起伏，天际线如沉思的卧佛，如酣睡的美人。

傍晚，朋友们带着亲手摘的一箱箱杏子走在回城的路上，仍然沉醉在美丽的景色之中，不住赞颂着这如花一样绚丽、果一样殷实的美好生活。

（2016.4.22）

端午印象

"千载悠悠，成习俗，天中端午。万户家中缠米粽，三间庙外吟君赋。"回想小时候，在村里过端午，几个印象却总难以忘怀。

戴花线

节日的时候有孩子们就热闹了，家里要有个半大孩子，端午从农历四月底就准备上了，"彩线轻缠红玉臂，小符斜挂绿云鬟"。女孩子们要戴五色线，男孩子们也自然跟着热闹。

初一这天戴一色线，多半是红色。把一条红线折几折，变粗了，缠在手腕上，像戴手链那样。初二是两种颜色，初三三种，到初五这天，五色全了，就到了高潮。什么时候解下来，不记得了，反正有整个五月都戴着的，也有一直戴着的，直到磨断了，不能戴了。戴五色线的兴奋在于一个"盼"字，先是盼端午的到来，然后是每天都盼天亮，手腕上每增加一种颜色的线，那心情就别提多高兴了！为什么？物资短缺时代，边远小村，庄户人娃娃，能凑成五色线戴上，那是一种奢侈，如今城里的孩子是没法想象的。

母亲年轻时擅长刺绣，多年的各色绣线一直存着。每逢端午，总会有凑不够色的，来和母亲要几条花线的女人或娃娃，这时，还是孩子的我，总觉得很得意。

吃凉糕

"酬节凉糕犹未品，内家先散小绒绦"，乡俗里端午不吃粽子吃凉糕，这和地域相关，北方农村不具备做粽子的条件。

凉糕多半情况下是用黄米做的，金黄色，很好看，蘸上白糖或红糖吃，也有蘸过年时自家做的吃剩下的饧糖的。条件好的时候，凉糕做成两层，底下一层是江米（糯米）做的，上面一层还是黄米，上黄下白，金银二色，引得人直流口水。娃娃们往往等不上放凉了再吃，早早就喊叫上了，母亲不得不铲上一块，先让娃儿们吃着。条件再好时，中间加一层枣泥，就变成了黄、红、白三色，像彩虹。这时吃的就不是凉糕了，而是品味着幸福，那感觉就像是做了神仙也不过如此了！

成年后在城里生活，端午时买几个粽子，就再也没有小时候那种品味幸福的感觉了。尤其是当下，吃粽子时，总想着是不是伪劣产品，放了什么防腐剂，警惕得成了一种煎熬。

拔艾草

"踏草仍悬艾，包菰更结芦"，当年家乡盛产艾草，坡梁上、田埂上、房前屋后，哪儿都长，不稀罕。可每在端午前夕，人们还是先看好一片，等到初五这天早上露水落了，就出去拔回来。长得好的，已经一尺高了，嫩嫩的，稍稍放蔫一些，当天就搓成一根根长长的艾绳，乡亲们叫艾莛子。阴干后，用到第二年端午也用不完，也有用几年的，坏不了。夏秋之际，傍晚时分，点着了，燃上一截，屋里院里，艾香四溢，预防蚊虫，益气养神，好处多多，"不效艾符趋习俗，但祈蒲酒话升平"！

红色的时代，绿色的生活，纯情的记忆，永远的回想，"少年佳节倍多情，老去谁知感慨生"！

噢！那时的端午，一个真正富有诗意的节日！

（2016.6.8）

昭君博物院

8月10日,有朋友约我陪一下从内地来的几位客人逛逛昭君博物院,做个解说员,我有些忐忑,原因是我真不知道汉代这段历史,王昭君在正史里的记载很少,大量的都是民间传说。加上客人中还有一位大学图书馆的馆长,我又不能信口开河。

还有一个原因是,昭君博物院建成后,我就没进来过,无数次从外面经过,眼见的一年比一年气势阔大,规模见长,而不知道里边是个什么样子。对不熟悉的事,怎么讲?

十几岁从这里经过时,人们叫它"昭君坟",平地积起十丈(三十三米)高的封土堆上,时常见有羊群走窜;有一个时期,远远望去,上面有人用白色的石头摆出"农业学大寨"五个大字,很醒目。我第一次登上墓顶,还是二十世纪八十年代初和几位同学陪我们的老师张金宽先生去的,时为灰黄季节,青冢不青,极目四望,满眼荒凉。

从那以后，先是有了围墙，后来有了建筑，门票也见长，一直到目前的每位六十五元。呼和浩特市区没有几个定点的旅游景区，就突显了昭君博物院的热闹。不仅如此，呼和浩特还有一个举办了多年的昭君文化节，无疑也起到了推波助澜的作用。

如果要是昭君女士天上有知，她会有怎样的感慨呢？她应该很自信，她有资格得到后人如此隆重而持久的凭吊，也有资格以她的名字来命名这个一年一度的文化节。不说吕后、窦太后、王政君和阴丽华等这些活跃在政治舞台上的权倾一时的女人们，连班婕妤、曹大家、张嫣、卓文君、赵飞燕、赵合德、蔡文姬、大小乔、貂蝉等游走在男人之间、小心生存而又风流绝代的美人们，也个个演绎了自己影响着历史的悲剧人生，大汉帝国的女性们以她们的才、情、貌作了无愧于她们时代的精彩演出，而王昭君无疑是她们的杰出代表。

《汉书》卷九十四下关于昭君的记载，共八十五个字，而直接的内容"单于自言愿婿汉氏以自亲，元帝以后宫良家子王嫱字昭君赐单于，单于欢喜"，才三十一字，而这三十一个字中"单于"一词就重复了三次，原文如下：

竟宁元年，单于复入朝，礼赐如初，加衣服锦帛絮，皆倍于黄龙时。单于自言愿婿汉氏以自亲。元帝以后宫良家子王嫱字昭君赐单于。单于欢喜，上书愿保塞上谷以西至敦煌，传之无穷，请罢边备塞吏卒，以休天子人民。

到了《后汉书·南匈奴传》，记载就多些，一百五十二字：

昭君字嫱，南郡人也。《前书》曰："南郡秭归人。"初，元帝时，以良家子选入掖庭。时呼韩邪来朝，帝来以宫女五人赐之。昭君入宫数岁，不得见御，积悲怨，乃请掖庭令求行。呼韩邪临辞大会，帝召五女以示之。昭君丰容靓饰，光明汉宫，顾景裴回，竦动左右。帝见大惊，意欲留之，而难于失信，遂与匈奴。生二子。及呼韩邪死，其前阏氏子代立，欲妻之，昭君上书求归，成帝来令从胡俗，遂复为后单于阏氏焉。

（这段记载中有个"掖庭令"的职务，先解释一下：《后汉书·百官志三》说："掖庭令一人，六百石。注曰：宦者。掌后宫贵人采女事。"说白了，就是负责管理皇帝女人们事务的大太监。）

《后汉书》的记载开始情节化，给后世民间流传和文学创作留下了想象空间，按作者范晔遇害年代计算，成书当时，距"昭君出塞"这件事已经过去了四百七十八年了。比较一下，2016 年之前的四百七十八年是什么时候？ 1568 年，大明朝鼎盛时期，我们要写清楚这一年发生的一件事，离实际情况会有多远？何况经过董卓、黄巾、三国之乱，档案资料缺失，是与近世没法比较的。谁能肯定，《后汉书》关于昭君女士的记载就没有传说的成分？

而之后，这个故事就渐渐完整起来：

王昭君，名嫱，字昭君，乳名皓月，汉族，晋朝时为避司马昭讳，改称"明妃"。公元前 52 年出生于南郡秭归县宝坪村，就是现在的湖北省兴山县昭君村。其父王穰老来得女，视为掌上明珠，兄嫂也对其宠爱有加。王昭君天生丽质，聪慧异常，琴棋书画，无所不精，"娥眉绝世不可寻，能使花羞在上林"。

公元前 36 年春，汉元帝昭示天下，遍选秀女。王昭君告别父母乡亲，登上雕花龙凤官船顺香溪，入长江、逆汉水、过秦岭，历时三月之久，于同年初夏到达京城长安，为掖庭待诏。

王昭君进宫后，因自恃貌美，不肯贿赂画师毛延寿，毛便在她的画像上点些破绽。昭君就被贬入冷宫，三年无缘面君。公元前33年，匈奴首领呼韩邪单于来到汉朝，对汉称臣，请求和亲。

汉元帝动员后宫妃嫔，希望有人愿意和亲，王昭君挺身而出，志愿远嫁塞外。呼韩邪临辞之前，昭君的仪态多姿，让元帝吃惊，竟然不知后宫有如此美貌之人，就想留下，又恐失信，便赏给她锦帛、丝絮、黄金及美玉等贵重物品，还亲自送出长安城十余里。

就在这一年，元帝病故，这也给人们留下了想象余地，使昭君故事增添了戏剧色彩。从此，帝国开始走上下坡路，一代不如一代，直到光武中兴，也只是稍有起色。

王昭君在宝马毡车的簇拥下，肩负着汉匈和亲的重任，别长安、出潼关、渡黄河、过雁门，历时一年多，于第二年初夏到达漠北，受到匈奴人民的盛大欢迎，受封为"宁胡阏氏"。宁，安定；胡，北方少数民族的通称；阏氏，匈奴单于的皇后。可见其地位之高。

昭君出塞后，汉匈两族团结和睦，"是时边城晏闭，牛马布野，三世无犬吠之警，黎庶忘干戈之役"（《汉书·匈奴传赞》），展现出欣欣向荣的和平景象。

公元前31年，呼韩邪单于亡故，留下一子，名伊屠智伢师，就是后来的匈奴右日逐王。王昭君再次以大局为重，忍受委屈，按照匈奴"父死，妻其后母"的风俗，嫁给呼韩邪的长子复株累单于雕陶莫皋，生二女，长女名叫须卜居次，次女名叫当于居次。

公元前20年，复株累单于去世，昭君此后寡居。一年后，三十三岁的绝代佳人王昭君去世，葬于今呼和浩特市南郊，墓地依大青山、傍黄河水。后人称之为"青冢"，逐步形成了现在的昭君博物院。

昭君去世后二十一年，执政的王莽让昭君长女须卜居次返回中原，进宫服侍太皇太后。这个太皇太后，就是王政君，王莽的姑妈，已故汉元帝的老婆。14年，须卜居次夫妇为劝单于议和返回匈奴，陪同她的汉朝和亲侯正是昭君的亲侄子王歙。18 年，匈奴内乱，昭君之子伊屠智伢师遇难，须卜居次及其家眷被遣送洛阳。23 年，绿林军攻占洛阳，须卜居次与其子在战乱中遇难。

　　王昭君的影响首推文学艺术领域，尤其是历代关于昭君出塞的诗词唱和不绝，而最早系统研究这种影响的正是曾任我校校长（1934 年到 1937 年在任）的霍世休先生，他的长篇论文《王昭君的故事在中国文学上的演变》于 1931 年发表在《清华中国文学会》月刊 1 卷 4 期上，二十世纪九十年代中期，我有幸阅读了这篇开创之作。

　　这天下午，我还是按约陪远道而来的客人，曾任大学图书馆长的刘老师是我的向导，他熟悉博物院各场馆的演出节目或展出内容。

　　全院占地 132000 平方米，由匈奴文化博物馆、单于大帐、和亲宫、昭君宅、藏墨苑书画展厅等建筑组成。匈奴文化博物馆据说是目前世界上唯一的有关匈奴史的专业博物馆；单于大帐是昭君博物院的主要建筑物，其建筑面积为 1800 平方米；昭君宅是复制昭君故里湖北省兴山县的昭君宅而建造的；和亲宫、藏墨苑书画展厅也都独具特色。给我印象深刻的是"昭君剪纸故事"展，因为全部剪纸来自我的家乡和林格尔。

　　所有这些建筑，都在昭君墓高大的封土堆下向南依次展开。我带着客人再次登上封土堆，极目四望，呼和浩特市区尽在眼底，不过随着市区建筑的长高，当年"青冢拥黛"的美景已经不再。不知是多年自然侵蚀，游人踩踏，高度降低了，还是因为市区高大建筑的映衬，封土堆好像没有了当年那种雄伟高耸的气象。我甚至生出了通过人民代表或政协委员征集议案，建议在未来某个清明节，给昭君女士也添添坟。

　　作为民族自治区的首府，昭君出塞所体现出来的历史正能量，仍有极其强烈的现实意义。在昭君博物院园区，耸立着一座汉白玉石碑，上面镌刻着董必武同志 1963 写下的诗句：

　　昭君自有千秋在，胡汉和亲识见高。

（2016.8.28）

家乡饭：永远的最爱

今天要唠叨的是几种我爱吃的家乡饭，基本上都是主食吧。有专家说，人的饮食爱好是在两周岁半以前形成的。十六岁以前的我，基本上就没有离开过出生之地，因此这几种食品就成了我一辈子的最爱：蒸莜面、撒豆面、荞面圪团儿、油炸糕。

莜面是莜麦面。

莜麦的学名叫裸燕麦，这是我很早就知道的。年轻时，曾以为自己这一生就是农民了，就读过两位苏联科学家的农学著作，即斯密尔诺夫《作物栽培学》和雅库希金《作物栽培学》，他们的书里都有介绍。莜麦还有个拉丁文名，叫 Avena nuda，洋气得很呢！

我年轻时，村里还有种植，印象中拾掇它是最苦最累的活儿，从种到收，每一步都比别的作物难弄些，产量还低。尤其是"碾打"和"炒熟"这两道工序，麦芒扎得人那种难受劲儿，现在想起来还浑身痒痒。为什么还要种呢？一是自耕时代，交换少，不种吃不上；

二是那种口感享受实在难以割舍。近些年，村里很少有人种了，可物流便捷的时代，乡亲们吃起来就更容易了。

莜麦喜寒凉，耐干旱，抗盐碱，生长期短。在我国众多莜麦品种中，据说地处塞北的武川县庙沟村因独特的土壤气候条件，所生产的莜麦最好。地方上流传说："庙沟的莜面，碌碡湾的糕，榆树店的闺女不用挑！"其实，当年我们村坡梁上产的莜麦，才是最好的，可惜现在不种了。

现在，温饱问题已经解决，普通人也讲究膳食搭配、营养均衡了，莜麦就更显出了它的价值，在内蒙古西部和晋西北都被誉为一宝。

加工莜麦面有特殊要求，须先淘洗，后炒熟，再磨面；和面时要用沸水（刚开锅），称为冲熟，做成的面食再蒸熟，被称为"三熟"。莜面刚揭锅就挟起来放在事先备好的盛有凉汤的碗里，蘸一下就放到嘴里，此时口感最好，叫"揭笼莜面"，香死了，写到这里我都流口水了！

乡亲们在长期的生活实践中摸索了花样繁多的莜面吃法。常见的有饸饹、窝窝、鱼鱼、饨饨、块垒、圪团儿、饱杂子等。

窝窝： 山西人叫栳栳，或栲栳栳。我们村曾经几乎家家都有一块或几块推莜面窝窝的石板，不规则，大致是长方形，打造得十分光滑，上面有不知名也不完整的动植物花纹，最初从哪来的，真还没问过，二十世纪八十年代以后，逐步被文物贩子用一只碗（或盘子）一块换走了。原来这是化石，比莜面有价值得多了。我们家的推窝窝石头没了以后，母亲就把菜刀放平了，在上面推。

饸饹： 用饸饹床子压出来的，半机械化，做起来省事，是最常见的莜面吃法。

鱼鱼： 有长、短两种，长的能搓得很长很长，技术好的，一次能搓好几根。在手上搓，或在面案上搓，看各人的所熟悉的技巧。区别是：长的只能蒸熟后蘸着汤吃，短的蒸熟后可再炒或煮着吃，就是四熟了。

圪团儿：我的最爱，现在也是隔段时间，自己就做一次吃。蒸熟以后再余在汤锅里，也是四熟。

饺子：传统做法是山药油梭子馅，山药就是山药蛋，即土豆；油梭子就是猪油、羊油炼了油后的油渣子，现在这被认为是有害食品，多半扔掉了，当年可是好东西。生活质量提高了，馅里随便放，根据口味，可以调制出各种馅来，只是这皮不能变，变了就不叫"莜面饺子"了。

饨饨：和饺子一样，是一种主、副食结合的食品。做起来比饺子省事，因为省事，又名"讨吃子卷铺盖"。有两种吃法，馅里放好了调料的，蒸熟后直接吃就行了；没有放调料的，就蘸着汤吃，汤分凉汤、热汤两种，根据口味，任意调制。

块垒：有多种做法，基本上分为两类，蒸的和炒的。炒的工序要复杂一些，把土豆块和小米做成粥后，把生莜面撒进去，拌成块垒状，再放上胡麻油、葱、盐等调味品，急火炒熟。

莜面有几十种做法吧？上面这几种很有代表性。当然，还有更精彩的。比如，我刚参加工作时，一个人住在单位，自己在办公室支起炉子做饭，想吃莜面，没工具，同事告诉我，摸"铇杂子"直接放在菜锅上，菜熟了，莜面也熟了。这种做法真的省事，胳膊就是工具，在胳膊上"摸"好了，一卷，就是"铇杂子"了，光棍饭，单身的人常这样做。

莜面就唠叨到这里了，再说说别的几种。

凉粉：有多种食材可做，最好的是"生胡子"做的。什么是生胡子？就是荞麦的芽胚。芽胚比较坚硬，在碾子上压荞麦仁的时候，箩面时箩底子上被箩丝网隔住下不去的多半是芽胚，积攒多了，就可做一吨凉粉了。做的时候，先把生胡子掺水粉上，粉了以后就软了，在面案上用碗碾成面，在开水锅里搅成糊，摊到干净的缸瓮面上，凉好了，剥下来，切成条，拌上调好的菜，就行了。不过，看好吃香，我儿时喜欢吃摊到"拍拍"（读入声，即用高粱穗杆做的盖帘）上的，有花楞，往往和母亲指明了要吃这种的。

油炸糕： 黄米做的糕。黍子去壳后就是黄米，外观上和糜米一样，但性质不同，糜米是糜子去壳后的米，没有糯性，不黏，多半做米饭或做炒米。黍子不去壳，直接加工，做出来的糕叫黍子糕，困难时期人们常用这种吃法。吃得多了，"淋洒"，就是尿路容易感染，不知是个什么道理。黄米糕，不用油炸，叫素糕，我爱吃鸡肉汤或羊肉汤蘸素糕，母亲知道我的爱好，每到吃糕时就给我留一块素糕。我现在吃糕，也几乎不炸。即使炸了，我也是要蘸着菜汤吃的。

孟浩然《过故人庄》说："故人具鸡黍，邀我至田家。"老朋友请他吃的就是鸡肉糕，这种吃法至少延续了一千多年了。

抿面： 以豆面做的最好。软面，开锅后，把抿面床子架在锅上，用手掌往出挤压，费劲儿，热气还腾着，事后清洗抿面床子很费事，所以吃一次也稀罕。老家的豆面不是纯豆面，用豌豆、豇豆、扁豆、绿豆、小麦、莜麦等多种粮食混合加工而成，营养真是丰富！写到这儿，忽然想到一个问题，我们家的抿面床子呢？不见了，这可是文物级的家具了。

撒豆面： 这是上面所说混合粮做的豆面最基本的吃法。只有撒成这种面，才不枉了这豆面。撒豆面是个技术活儿，有的女人一辈子没学会，过年想吃，还得请人来家里做。豆面和好了，必须得把案板放到炕上撒。这时要把全炕清理干净，铺上满炕大的撒面纸（多张纸拼粘好的），几乎是炕有多大就把面撒多大，撒出来的面和纸一样薄。再切成长长的面条，备用。为了增加面的黏性，必须要加一种叫"蒿籽"的添加剂。这种作物，在我们老家只有二支速儿滩里才有，用完了就向二支速儿村里的乡亲们要。近日一次回村里，巧遇二支速儿的满贵子，闲聊时问他蒿籽的事，他说早没有了，连一颗也见不到了，真可惜！

白面饺子：最后出场是压轴的名吃，就不多说了，现在可以说是风行世界了。四十年代，我们当地有一位姓樊的乡绅，对待亲戚的态度有所不同，乡亲们曾这样编排调侃他，说："头等亲戚李富，羊肉饺子蘸醋；二等亲戚红眼狼（绰号），现炸油糕撒白糖；三等亲戚郑喜林，黍子面窝头包沙蓬。"由此可见，这饺子在乡亲心目中的地位之高。

（2016.12.5）

神秘的千年古洞：我在这里经历了什么？

我老家行政村的中心地带，有一座绝对高度在百米左右的小山头，裸露的石头多半呈红色，乡亲们就把这座山头叫作"红山圪蛋"，山顶的石壁上有两间人工开凿的山洞，被称之为"红山圪洞"。正式一点的名称叫"喇嘛洞"，山脚下有一块平地叫"洞塔上（上，方言音"寺"，入声）"，上了年纪的人都知道其全称为"喇嘛洞塔"，至少说明这里曾经是藏传佛教的一个寺院，而县文物志上把这两间山洞定义为水神庙。究竟是个什么来头？不知道。

紧靠山跟，原先有一排六间房子，是密令沟水库管理所。1971年7月23日，水库垮塌后，大队的办公室和合作医疗的卫生室搬到这里。期间我就在这里办公，差不多有三年的时光是在这红山圪蛋底下度过的。

山上的古洞有许多神秘的传说，因为曾经几乎是天天看着它，也就不神秘了。不过我与它结下的缘分，却总能记起来。

在密令沟水库存在期间（1958年到1971年），古洞先做过水库工地的铁匠铺，后做过库房，为了安装门时方便，给两间洞口都做了水泥门墙。水库塌了，管理人员撤走了，就把水库的文件资料放在东边的洞里，我在大队时，洞门钥匙由我拿着，我可以随便进去。这些资料放在这儿好些年没有人过问，我就陆续搬回家里，时至今日，历四十余年，仍然也没有人过问。去年，农村搞"全覆盖"工程，拆房子时，我竟然发现十多年没有人进去过的破损不堪的南房里还有六纸箱书报，未被雨水灌，未被老鼠咬，也未被虫子蛀，除掉厚厚的尘土，打开纸箱，露出的书报一如当初。其中就有一箱密令沟水库的文件。这仿佛是一个奇迹，从红山古洞到我家，现在还放在我家新盖的南房里。

二十世纪七十年代中期，大队民兵营有十二支步枪和一支冲锋枪。民兵营没有固定的营部，枪支平时都在大队办公室的一只木质卷柜里锁着。有一个时期，怕不太保险，也移放到古洞里，门锁的钥匙也就是我拿着的这一把，我没事时偶尔去洞里摆弄一下枪支玩，尤其喜欢那支冲锋枪，拆开了再安上，觉得也是一种本事。这在这会儿，是不可想象的。想想那时的社会，真是安定！基层拥枪，不光是这一种情况，人民公社的公安特派员都配有手枪，日常随身在腰间挂着，有人想看看，摘下来递到你手里，不觉得有什么。我认识一位姓贺的民兵老模范，所得奖品就是一支半自动步枪，我不止一次玩过他的枪，有一次拿过他的枪就朝着他要拉栓，他突然跃起，连人带枪把我压在他身底，原来枪里上着子弹呢！好危险！——说得跑题了，原谅我！

一次我进古洞，发现西边没有门的洞里，有人留下了摆香敬神讨药的供品，传说洞里讨的药很灵，而我受家庭的影响，不信这些，就回山下的办公室，找了一张大白纸，用毛笔写上"谁讨药谁得病"，署名是"神仙的爷爷写"，挂进洞里，厉害不？什么叫作年轻？这就是。

关于古洞的所见所闻，我再透露一件。

1968年春的一天中午，住在我们院里的密令沟水库技术员李发叔叔来我们家说，上午王平和张占在洞×边炸石头，炸出了一个地下室，顶子全塌下去了，还露出了白泥墙。当时的背景下，这不是个事，也没有人管，不久就被人遗忘了。这些年我就想，这个地下室……塌下去的石头压住些什么？李叔叔所说的王平是我的一个叔祖父，十多年前吧，我还问过他这件事，遗憾的是，他当时已经八十来岁了，没有印象了。现在李叔、平叔祖父、张占老人都已作古，我也没有听到还有谁提过这事今年3月底，我正随朋友在陕北游荡，一连接到九姥爷德龙先生（我姥爷兄弟九人，姥爷排行老大，德龙先生排行老九）和堂弟二军（平叔祖父的孙子）的电话，说想开发红山圪蛋，也弄成个旅游景点什么的，要我写个类似开发方案的东西。回城后，我拜望了德龙先生，七十七岁的他，黑（百鹤）发童颜，言谈举止更像个年轻后生，我理解了他为什么还有如此雄心，这么做的底气，不光是因为有做企业家或大学教授的儿女！他的想法，也是我多年的想法，而且很奇怪的是，我几十年来有一个梦（不是梦想，而是睡眠状态下的那种形象思维活动）总是反复做着：红山圪蛋后面的山梁上是一片街市繁荣的古城，有时还特别清晰，像现实中一样，醒来后就失望。莫非我与这红山圪蛋真有什么缘分？

我的家乡文化厚重，历史积淀丰富。

它曾是汉匈边境上的贸易重镇，仅在1949年后就出土了大量相关文物。

我们村叫新村，是1964年新建的；原先在哪里？村南五百米处，叫大圪都村，消失了，遗址还在。"圪都"，方言里指平地积起的土堆。大圪都，就是平地积起的大土堆。大圪都村的大土堆，就在旧村东南方向几百米处，再往东就是浑河，即古乌兰木伦河。小时候,这个大土堆还在,我经常在这里玩,规模差不多和呼和浩特南郊的昭君坟一样。经过几十年的变迁,现在荡然无存了。平地里为什么会积起一个"大圪都"?是不是一个贵族墓?它能给我们寻找北魏史上消失的盛乐金陵什么启示?

我们行政村境内有"一支树""二支树""三支树"这三个奇怪的地名或村名。为什么奇怪?因为汉语里,树的量词是"棵"或"苗",可以说"三棵树"或"三苗树",什么叫三支树?重要的是此处的"树"在当地发音不念"树",而是"树儿",完全儿化了,而"树"字的汉语发音习惯就没有儿化的。所以我的行文习惯中,写到家乡这个地名时宁愿写成"支速儿",我多次请教过讲蒙语的朋友,这也不是蒙语的音译。还有"密令沟"的"密令"一词,也是非汉百蒙,让人费解!

为了写材料方便,我差不多是在二十年后又进了一次红山圪洞,用手机拍下一组照片,与关注"三哥唠叨"的亲们分享。这么一座千年古洞,人为破坏和自然分化都很严重,仅从保护的角度来说,也急需有人关注。

凭借我的一点点历史常识推断,我认为这是北魏时期的遗存。北魏这个伟大的政权,在全国到处都留有石窟:敦煌、麦积山、云岗、洛阳……为什么偏偏在建都整整一百四十年的和林格尔境内就没有呢?也许这两间石洞就是北魏辉煌的石窟文化的练笔之作!

(2017.7.13)

"稍麦""烧卖",还是"捎卖"?

  直到现在,呼和浩特市市区的人们只要在街上吃早点,还是以"老三样"为主,即茶水捎卖,羊杂焙子和油条豆浆。而茶水捎卖绝对是早点中的上品,如当回事地请人吃个早餐,除非客人有特别的要求,羊杂、油条、焙子之类是拿不出手的。不仅如此,约上一两个好友,泡上一壶茶,每人要上一两捎卖,海说胡侃,也是有闲人士一直保留的传统消遣方式,以至于以捎卖为主积淀成了呼和浩特市的特有饮食文化。近年有关部门还每年一次,连续组织了多次"捎卖论坛",邀请社会贤达、学界名人、企业精英坐而论道,小成气候,令人瞩目。
  今年这届"捎卖论坛"的第二天,朋友荣惠君约请几位老友在通道街新雅轩相聚,席间荣惠特意要了两笼捎卖,说是受了前一天"捎卖论坛"的影响。于是大家对这件事,竟然有过长达十多分钟的反响。一个话题,在有酒的饭桌上能聊这么长时间,其实也是很少见的,可见捎卖的影响之深。当时,我和身边的朋友说,我要写篇关于

"捎卖"的文章。

其实，这篇文章我早就想写呢，主要是有两个问题始终不清不楚，想写出来请教一下民俗家、饮食文化史家和美食家们，一是 Shaomai 这两个字怎么写，"稍麦""烧麦"，还是"捎卖"？二是捎卖这种食品的发源地究竟是不是呼市？

在二十年前我就写过一篇关于捎卖的短文，发表在学校自己办的小报《烛光》上，在那篇文章中，我引用了当年瑞师给我的信中的一段话。他写道：

> 捎卖发源地是呼市，捎卖馆原为茶馆，只卖茶水和糕点。后来有人建议茶馆，卖点心的同时，再捎带着卖点儿肉馅面食不更好吗？试着卖，成功了！主卖是糕点，馅点是捎带卖的，所以"捎卖"是一个约定俗成的名称。今天有人写成"烧麦"，不对！呼市方言，读"麦"音不同"卖"，何况这种馅点也不是烧出来的。最近有人说，捎卖起源有 650 多年的历史。650 年前是元末明初，呼市地区有吃面食的汉人吗？如果说清朝中期倒是比较准确。

瑞师的话似乎把我所质疑的两个问题都解决了，捎卖这种小吃起源于呼市，这也是如今呼市人，包括"捎卖论坛"名家们的普遍观点；其名称应该写成"捎卖"，也应该是定论。成书于民国二十六年（1937年）的《绥远通志稿》也说"因茶肆附带卖之，俗谓'附带'为'捎'，故称'捎卖'"。

然而，二十年来，有一段资料一直印在我的心里，冲击着这种似乎已经达成的共识。这就是在我的印象中，《金瓶梅》中人物西门庆的早餐里就有捎卖这种食品。近期，县作协的一位朋友帮我查实了这条资料。《金瓶梅》第四十二回《豪家拦门玩烟火，贵客高楼醉赏灯》有这样一个情景：

> 西门庆只吃了一个包儿呷了一口汤，因见李铭在旁，都递与李铭下去吃了。那应伯爵、谢希大、祝日念、韩道国，每人青花白地吃一大深碗八宝攒汤、三个大包子，还零四个桃花烧卖，只留一个包儿压碟儿。

如果不考虑成书时间，这种小吃应该有一千年了；考虑成书于明代，那么这种小吃至少有五百年了。而且，又明确写作"烧卖"，似乎与"烧"又有些关系了。

可见，捎卖起源何处？这两字怎么写？都还是个问题。

查阅相关资料，"捎卖"最早见诸文献的出版物并非我国，而是在今天的朝鲜，约在十四世纪，高丽编写出版的汉语教材《朴事通》里有元大都（今北京）售卖"素酸馅稍麦"的记载，其注释说："以麦面做成薄片，包肉，蒸熟，与汤食之，方言谓之稍麦……以面作皮，以肉为馅，当顶作为花蕊。"清代李斗《扬州画舫录》、顾禄《桐桥倚棹录》均有"烧卖"的记载。

乾隆爷也写诗称颂："捎卖馄饨列满盘，新添挂粉好汤圆。"皇上这句诗被多家论者引用，遗憾都没有标明出处，我手边资料奇缺，也没有查到。不过，我相信，清宫食谱里一定有"捎卖"，而且这句诗一定是乾隆爷写的。

《儒林外史》第十回："席上上了两盘点心一盘猪肉陷的烧卖，一盘鹅油白糖蒸的饺儿。"

这几段资料中可见，"稍麦""捎卖""烧卖"几种写法都有，而且乾隆皇帝采用的就是"捎卖"的写法，必然有所依据。同时，我们也知道呼和浩特并非捎卖的发源地，至少不是唯一发源地。

当然，呼市的捎卖无疑是众口一词最受欢迎的，《绥远通志稿》

就说："归化（今天呼市旧城）烧麦，自昔驰名远近。外县或外埠亦有仿制以为业者，而风味稍逊矣！"时至今日，亦然。我本人也品尝过不少地方的捎卖，总还是钟情于呼市捎卖，我想这不仅仅是故乡情结在作怪。呼市的捎卖，哪一家最好？符合我自己口味的是最早开业的太平街"老绥元烧麦馆"的捎卖。据说现在全市"老绥元烧麦馆"的店面有三十多家，统一供货，拌馅也是一个标准，我吃过的也有五六家，可最想去的还是太平街这家，口味，品相，都好。还有一个原因是，受了我亦师亦友的李华先生一句话的影响。很早以前，他和我说："你要吃捎卖，就去这家吧，我眼见小王（老板）把不好的肉都亲自一一削过后，才交给厨师切碎。吃得放心呀！"而且，这家捎卖店的员工，时不时和客人一块要上一笼捎卖吃。卖给客人的饭，自己也吃，不仅是经营者的自信，也让客人产生了信任。在食物信誉危机的背景下，这无疑是最好的经营方式。哄了顾客就等于经营者自砸饭碗，许多人说起来都明白，可真正做起来就是另外一回事了。元者，第一也。绥元，原绥远地区第一位。不知道当初经营者起这个店名时是不是这个用意，可这家店面的经营者们一直在向这个方向努力！他们的产品很早就进入了人民大堂会议食谱中，成了每年两会的指定食品之一。

至于捎卖的种类，可谓各式各样。清代无名氏编写的菜谱《调鼎集》把捎卖分为"荤馅""豆沙""油糖"三大类。清平山堂话本《快嘴李翠莲记》"烧卖匾食有何难"一节，更是把烧卖细分为"大肉烧卖""地菜烧卖""冻菜烧卖""羊肉烧卖""鸡皮烧卖""野鸡烧卖""金钩烧卖""素茯烧卖""芝麻烧卖""梅花烧卖""莲蓬烧卖"等。目前呼市捎卖有羊肉、猪肉、素馅、虾仁、沙葱等馅的，最大众化的仍然是羊肉大葱馅捎卖。

说了这么多，馋了，吃捎卖去！

（2019.9.13）

鸿雁传书

致江萍 1977.12.1

  一个半月前，我来到被指定的地点——新红公社实习。

  这儿地处浑河南岸，我们学校向水而居，景色别致。最令人思绪万端的是，我常想象你曾经面对西去的滔滔浑河水，放声朗读"大江东去"的情景。其实源远流长，风流人物淘不尽，我们的时代是马克思曾经预言的一天等于二十年的时代，万紫千红，英雄辈出。作为有幸生活在这个时代的人，是"激扬文字，挥斥方遒"呢，还是求取苟安，坐待坟墓？每当生活平静的时候，类似的问题总会有规律地从我的脑海里掠过。大概是考虑得太多了，我的思想常常陷入矛盾的境地。于是本能地想一想你今年3月27日信中那句意味深长的话："这可能是'发展'这一事物属性所造成的吧！但这里主观是重要的，自己要……"这几乎成了解脱思想矛盾的有效方法，我每每拾起这个方法……

教育界的巨变，给我们创造了良好的社会背景。我想你早已重振了旗鼓。对我们这样年龄的人，虽然起步似乎过晚，但确实也是再战不迟。古代就有"苏老泉，二十七，始发愤"的榜样。

我们的过去是一个令人难堪、不能回忆、空空无知的过去。我们没有在精力最充沛、最善于接受事物、想象力最丰富的时期得到真正的自然学科或社会学科方面的学习。要说损失，这是最大的损失，能否弥补？反正我已经失去了这方面的毅力。近来，我常常被形势鼓舞，但一想到某种"事物属性"给自己造成的情况，便随着一种不知名情绪的出现，"鼓舞"二字也就被字数上多此一倍的"偃旗息鼓"代替了。

前两天，我有幸从报纸（我们这里见到一张报纸真不容易）上看到，现代基本粒子学在酝酿着新的重大突破。这是最重要的事件。这种突破必然会在自然科学领域中引起连锁反应。科学技术要来一次新的更大飞跃。这必将如同十八世纪蒸汽机给予欧洲的意义一样，物质结构学说的第四次突破会给世界带来无限生机。生活在这样一个绚丽多彩的年代，有我们大显身手的机会。那么，我想说的是，我想把我先前对自己的希望寄托在你的身上。因为，我——你少年时代的朋友，愈来愈发现自己在精神上难以振作了。萍，我对自己的估计一点也不过分。

当然，我对你的希望并不是要你改进"陈氏定理"，或做名震全球的仪表专家，而是当我在乡间独自愁闷的时候，能够不断看到你在科学事业上的进步，让我凄凉的心田时时注入暖流……

你们的学制有无变动的可能？在"走出去，请进来"的方针下，班里的同学有没有去国外留学的可能？你们的专业我已知道在上海、内蒙古不招生，看来全国寥寥无几。

我在一所小学教二、四年级（复式班）语文，美其名曰"实习"。

其实吧，以后也如此了。实在无聊得很，想以学日语消磨时间，大连如有课本给我寄一套。我们这儿有一位日伪时期的职员，他跟随日本人多年，曾有较可以的日语水平，我想拜他做我的启蒙教师。

久居深山，无有耳目，有关消息，随信告我。

致芙蕖　1978.8.7

怎么，你为什么偏偏要在这个时候去欣赏林妹妹的多愁善感呢？《红楼梦》恰好不在手边，若在的话，我也不会给你寄去的。你想，在这"万石都有栖身处，独我飘零落草荒"的时候，再给你添上一片怡红叹月、潇湘洒泪的景色，岂不成了我的罪过？《还我自由》富有战斗的诗意，我已借来草草地读了大半，眼下先给你一阅，或许有助于你解脱愁闷的困境。你不是相信"山重水复疑无路，柳暗花明又一村"吗？

另一方面，大自然在我们的身躯内进行了一种特殊的生命运动，赐给了我们衣食住行的本领，使我们得以在历史的长河中能够闪过有意义的一瞬。从这点上说，我们又应该永远顺从地拜倒在大自然的脚下，我们"只能静静地充实"大自然"给我们规定的范围，而决不能越出这个范围"（马克思语）这就是人们通常所说的要尊重客观规律。

真可笑了，这简直成了"贼喊捉贼"了，我本身害了这种"病"，反倒又给你治起"病"来。总之，我是想说明自己的无能为力；是想试着在尊重客观规律的基础上，发挥一点人的主观能动性；是想不使我们一起陷入沉闷的深渊……

你要原谅我说话啰唆，在这里，我还想重复青年马克思的另一个观点。一个人社会地位的高低，在他未对社会发生影响之前就大体定了。因而，当我们想在社会上谋求职业之前，先要考察一下自己所处的社会地位，然后再找一个与之相适应的职业。否则就会因不达理想而自卑。对于我们，一个农民的子弟，我们的社会地位何尝不在社会的最底层？那么谋求我们终身的处所，就要着眼于社会最基本的那一层，连第二层也不是。根据这一原则，就必须"社来"之后，还得"社去"；要不，就会打破传统的承袭，就会越出大自然给我们规定的活动范围，就会碰得头破血流！这里，传统承袭是神圣的。我们世袭长辈之职，不但心安理得，而且感到无上光荣。对立统一的规律是宇宙的根本规律，没有"底层"，哪有"上层"呢？在哲学的意义上我们和他们的地位是相等的。

更使人兴奋的是，马克思接着又说，不论干什么，只要一切勤奋的努力都不是为了自己，就会变成一个伟大的人。在这个人的遗骸上就会不断洒下人们崇敬的眼泪……我的话说得似乎远了些，然而我们的雄心不正是应该建立在这样的基础上吗？这是真的高尚情操，真的人类美……

你一定会批评我的这些话是一种可怜的无可奈何的自我安慰。确实我也觉得好笑，但在目前只能如此，更何况这样的安慰很有一点现实意义。

你阅读过我的部分"回忆录"，从中你知道了我是怎样走过前面一段路的。是的，如果别人的生活是一条汹涌澎湃的大江，那么我们的生活至少也该是一条涓涓有声的小溪。小溪有时笔直地穿过平坦的草原边缘；有时盘旋在峻峭的山岭之间；有时静静地浸润草木丰茂的低洼，形成明镜般的池塘；有时汩汩地倾泻空谷深渊，激起无数涟漪……我们的生活之路在曲折崎岖中渐渐地向前深入，这大概是我们的共性。不愉快插曲的经常出现永葆我们的生活不致淡如白水；得不到母爱之外的同情和怜惜，使我们的个性更加坚强。一切都是大好事，岂有"悲伤"和"凄凉"之说？

……我想，我们之间的友爱、信任和尊重是永久的；我们之间的鼓舞、鞭策和互助是永久的；相互报答，给予对方的心愿不能满足也是永久的……

　　这里不知不觉地又多用了几个省略号，它确实是你教给我的。你真健忘，你在我笔记本上写下的"留言"，差不多有一半以上是用"……"代替的，有时甚至接连四行都是它，真叫人糊涂。"近墨者黑"，你的战法，我自然也学了来，并且是"以眼还眼"。为了这个，你一定生我的气啦！不要紧的，只要你以后讲话直来直去，我自然也不"弯曲"，哈哈！

　　考试情况不佳，那是自然的吧！只是谁让你也放弃了一个科目呢？真混，我想你在那方面一定不能像我一样等于零吧！事情已经到了这般地步，只好静听发落而已。

致义德 1979.4.7

　　首先我要埋怨你的是，你不该占用整整一节课的时间来给我写信。我们过去课上不注意听讲已经造成的损失，你还嫌少吗？可见老毛病没有改，那怎么能行呢？你看，我们今后的日子里，知识的力量将显得越来越大。这和几年前相比该有多大的变化呀！

　　我不想详细告诉你这里的情况，因为你是完全可以想见的，扩大招生嘛！还能想着一个什么条件？不过我们校长说，比起当年的抗日军政大学，那要强多啦！尽管这样，在欣慰之余，我还有一丝不理解，我们为什么老把眼光盯在三、四十年代呢？危险，世界在前进，而我们呢？"比当年抗大强多了"。我这样讲，并不是要追求离开客观条件的理想东西，而是说不应该拿现在的东西和三四十年前相比而感到安慰。我们应该向前看，只有这样才能激发我们民族的自信心，从而努力自立于世界民族之林。话似乎说得远了点，但你一定会从中感到我们这里的情况如何。

我们眼下除三门公共课外，专业课已开的有四门：文艺概论、古典文学、现代汉语、写作。这些课程过去我们不同程度地有所接触，都不觉得陌生，具体学起来困难却颇多。主要原因是人们通常说的基础薄弱吧！最令人头痛的是写作课，你知道我一贯是不爱写东西的。这还不算，英语要用去我的一半精力。我这个年龄本来是精力最充沛的阶段，但接连几次遭到命运的打击，记忆力严重衰退，常常是费了好大的劲儿连一个单词也记不住。前一个时期，我想放弃这门课，无奈学习外语已是潮流，我们怎么能逆这个潮流呢？这样你就会看出来我的生活比过去紧张了些。

对于我们来说，昆都仑已是现代化的了，马龙车水，彩市华灯，漂亮的喇叭裤，闪光的高跟鞋……时时闯入你的神经中枢。尽管这样，终因远离故旧，心中难免有孤独之感。也许这是人的一种本能，越是这样，越喜欢回忆过去时光，师范生活的一幕幕场景常常在我的脑子里掠过。不知怎的，那样一段单调、无味的生活，竟然给予了我那样大的意义！你有同感吗？说真的，我真恨自己没有艺术家的头脑，要么准会做出一篇大部头的小说来。

然而，我却早已被人们从心中抹去了。

自从来到这里以后，同学中除了收到你的这封信外，我仅在上学期收到了芙藁的信。这还不说明问题？我知道我自己有许多毛病，这使我失去了朋友们的信任，他们逐步把我抛弃了，可怕啊，阿弥陀佛！

一个人怎样才能把自己已经意识到的缺点克服掉呢？我们在一起时也探讨过这个问题，但总是不甚了了。我常常羡慕那些具有自知之明的人，我也曾在自己的心灵深处有过美丽的理想，但人生的路总是这样坎坷，有时甚至令人毛骨悚然。事实上，我时不时地在命运的征途中失去信心……去年，徐、白二位不理解我上街时，为什么喜欢一个人顺着墙根走，这也许就是原因所在。我怕碰到熟人，我心中常常有一种强烈的自卑感……

你对我的希望竟然是那样大，这令我心中不安。虽然你没有说过一句吹捧我的话，但事实上你对我的评价有点过高了。不然的话，你为什么多次把万全、苗佐这样有才华、有志气的青年介绍给我？我遗憾至今没有和他们建立联系，辜负了你良好的希望。今后是否有弥补损失的余地？

对你目前的处境，我本来是可以推断出来的，何况曾有所闻。我们的基础差，更应该好好学习；我们的条件不好，更应该刻苦努力；我们被人瞧不起，更应该百倍奋发！我希望不断听到你的好消息，我也时时把我的情况向你汇报。

想告诉你同学们的情况，但消息闭塞什么也不知道。两天前昕煜来一信，将其中一段相关的话，原文抄给你，或许能使你感兴趣：

> 关于我们另外那些同志的情况，刘、范二人我一点也不清楚，恐怕未及你知道的多。王、白二位也很少见，春节后大概都在"城关二小"，性质如故；徐泽冰也和过去一样，婚事未办成，不知你是否知道？我俩正能经常见。社厚在三道营学校任教，听说教初一或初二数学，并一下子成了那里的权威，很受欢迎、拥戴。

春节期间，我未曾出过村外，连咱们的那位"御膳大臣"也不知此时在何处享受着荣华富贵。哎，兴华已经结了婚，你大概知道了吧？

信该结束了，我再明确一句：你不该用那样多的篇幅来向我作

"检讨"，显得多不好呢，似乎我真的对你那样不了解。

按：义德，姓范，小我几岁，好像个子比我还矮一点，虎头虎脑，我便把他当小弟弟看。1978 年，他考入乌海市"七二一"工人大学，毕业后分在矿山工作，很快升任某掘进一队队长。旋因塌方砸死多名矿工，他这个队长负有直接责任，被开除了公职。几年之后我才听说了这件事，还不知是否准确，告诉我的人肯定地说他离职后在乌市某小学教书。我立即写信给他，不久信被标了"查无此人"退回；又向同在乌市的徐君打听，回信说"没有消息"，并称一旦得知其下落，会立即告诉我。然而十多年过去之后，有消息说，他竟驾鹤西游，一去不返了！人生之悲剧乎？喜剧乎？

致补祥（日期失记）

寒假中未能见到你大概是上帝的旨意，否则该怎样作解呢？

来这里一个月了，回顾一下也没有什么值得提起的事。文学社已宣告解散，《小溪》也被另一些同学接了去。不过"语言文字"专栏的编辑权还在我手里，我还可以利用它偶尔发一点自己的谬议。

暑假时交给你的那篇文章不知现在是否还在你的手中，当时我是想征求你的意见的。它的写作背景你是知道的。1978 年夏，学区通考时发生的"华主席领导我们继续长征"的"语法"事件中，我脑袋一热写了一篇文章，想学着谈谈自己的体会，此事你一定还记得。来这里上学后，在几位同学和老师的鼓动下，我扩大了文章的规模。我想从三个方面来阐述"连动句"这一尚未被语法界重视的语言现象：（一）连动句与兼语句之异同；（二）连动句形成的原因；（三）连动句的内涵与外延。交给你的那部分，即我所要写的第一个专题。最近我又有所修改，也是大同小异，修改稿就不寄给你了。在这个专题下，我力图通过意义与结构形式之间的转换来证实连动句与兼语句的区别。文章是否达到了这个目的，因我没有勇气拿出，也就听不到专家们的意见了。

本来我想尽快写完了，无奈受到基础知识浅薄和时间紧张两方面的限制，老是一拖再拖。随信寄去的是第二个专题的"导言"，在《小溪》上发表已经好长时间了，正文迟迟拿不出。原想在寒假中把这个题目完成了，可我太天真了，我们家犹如接待站一般，来访者不断，岂是做学问的处所？加上上帝给我"懒"这个法宝和喜欢"瞎拍"的秉性，计划落了空。我又寄希望于开学，可开学又能怎么样呢？功课的压力，照样的"懒"，照样的"瞎拍"，甚至让《小溪》的"语言文字"专栏接连两期空了版。

不过高兴的是，我毕竟有过一个计划，而且其中的一部分毕竟付诸实施了。如果说这项计划就此永远完结了，也不能完全说成失败，因为通过这次小小的努力，我已感觉到了因奋斗遭受的痛苦，引出了某些教训。只就得不到别人批评这一点，对于一个有那么一点想做学问心思的人来说，诚然是一个痛苦。不用说朋友间善意的批评，诚恳的建议，即便是局外人的冷言冷语也是利于前进的动力。遗憾的是，我至今还没有得到这种动力。不说也罢，说又有什么用呢？

　　按：在我还年轻的时候，升（补祥）兄就给过我帮助和鼓励，其后也一直是我最好的朋友之一。此信对他未能及时批评我的一篇文章，我说了些尖刻而不适当的话，是年轻气盛的表现而已。

致连玲 1985.5.25

读了你的信，我们很受感动。你从小有志于文学，并坚持课外练笔，这确实是很可贵的。

你的文章抒情性很强，只是因为缺乏内容而显得单薄。我已建议主编就在这一期用你的文章。发表以后的文章是经过我修改的，你应仔细和你的原稿比较一下，看看哪些地方修改得好，哪些地方改得让你不满意，为什么？

另外告诉你，《包头青年》为迎接第一个教师节，准备组织一次"老师与我"的征文竞赛，你和你的同学可以写写这方面的文章，寄给我也行，直接寄给《包头青年》也行，注意是《包头青年》。

努力吧，成功在向你招手！

祝你毕业取得好成绩，欢迎你常来信来稿。

按：这是我以《包钢青年》编辑的名义写给一位小作者的信。《包钢青年》是包钢办的企业内部报纸，我一度被邀为业余编辑。为不致和我时任"记者"的《包头青年》相混，我在信中作了强调。连玲，姓郑，时为包钢一中初三学生，她收到此信后，又给我写过一封信，并寄来她的部分"日记"。随后失去了联系，成了我没有见过面的写信对象。

致韩贵 1991.6.19

我逐年买了一些小人书，积少成多，近日整理，得二百余册，加上新村所藏，可望有三百册。五月中旬，韩升兄来呼时，我和他表示了捐出这些书给新村学校的意向。现在再写此信和你打招呼，为的是使我的行为不至于过分冒失。

三百册书整出一半先行送上，其余想留给儿子，等他读过之后再捐出。

实验室、图书馆为学校教育不可缺少之部分，可惜乡村学校先天不足，后天不良，人财两缺，常令有志者束手无策。我们学校经过你、升兄及众位老师跋涉有日，虽距目标尚远，但计划已就，规模初具，我作为母校学生，深为钦佩，绵薄之物，表示弟之敬意焉！

我不幸养成买书（注意：不是看书）的习惯，在光景窘迫、书价日涨的情况下，有所收敛，然仍不能绝，这实在与我的身份不相宜，令人可笑！

按：书捐出若干时日，我曾问过小学生，说没有看到过这些书，我便延缓了第二步计划。两年后，这些书被小偷盗窃一空，而小学生们始终没有看到它们。于是这计划一直搁置了下来。此事让我明白《名贤集》所谓"但行好事，莫问前程"是不正确的。

致小于（日期失记）

不知该怎么感谢你对我的信赖。想想觉得很滑稽，自己还是一只迷路的羔羊，怎么能给人做牧师呢？

我也曾经厌恶过人生，这主要是由于我缺乏生的勇气，当社会给了我一点不顺心的时候，年轻人常有的那种通病在我身上也表现过。后来我麻木了。近一二年内，我主观感觉我的思想正在自我觉醒，这也许是社会的剑在我灵魂的屏幕上刻下了岁月年轮的缘故。不知怎的，我虽然没有体验到别人那种看破红尘时的兴奋，却也依稀有觉察到社会狰狞面貌后的愉悦，并且学着在人生旅途的荆棘中如何逆来顺受，如何巧妙穿梭！

我的命运很苦，我没有像你那样曾经在某一方面有过一位严格的导师。我的社会地位和我的经历决定了我不论在什么时候，都只能在我所活动的狭小范围里做默默的个人挣扎。因此造成了我的早熟，到现在仿佛我的年轻时代已经结束，等待我的已是孤寂的老年了。阿Q兄说，人生大抵总会如此的。

姑娘的心灵任何时候都是纯洁善良的，这是大自然所造就的伟大母性美的集中体现。她们用自己明镜似的眼睛去观察世界，用水晶般的心去对待一切。而这个世界，这个世界上的一切偏偏又不那么美好，这常常就是悲剧的源。我们只能有条件地爱我们的世界，而万万不能全身心地投入。据说老洛克菲勒曾经教导自己的一个孙子：你不要相信一切人，包括你的爷爷在内，这样你就可以成为一个伟大的企业家。这样的观点虽然有点过分，可理智待人，包括我们的朋友，这样或可避免在处人的事上少犯错误。我这样说，并没有否定金兄是个大好人，他自身也有悲剧性的一面，即性格、气质上的不成熟与年龄上的成熟之间的矛盾。可是以他的学识与为人，理应得到我们的尊重。你同意我的看法吗？

末了，抄给你这么一句诗：

"前冲；灵魂的勇是你成功的秘密！"（徐志摩《无题》）

生活是美的，生活给予人享受美的机会是均等的；关键在于我们自己的理智与勇气，而后者又是关键的关键。

致书平　1994.5.5

不论从哪方面讲，我都觉得自己很窝囊，时时都有抬不起头来的感觉，这种情况久已有之，且逐步严重，时至今日早成了"被人遗忘的角落"。现在你这样评价我，能让我不感动吗？

活了多半辈子，有一点我是能够想象到的，就是人人都有一本难念的经。为什么说"想象"？是因为相当多的人自己抑制着，不让这种"难念"表现出来。CL君偶尔来我这里，说起朋友们时往往多有羡慕之情，我不仅一次告诉他，他认为活得比他好的人，心里未必能抵上他舒畅。自然，精神状态往往由物质条件所决定，可"决定"不等于"代替"，物质上的优越取代不了精神上的空虚。

我自己虽无所求，外在事情却不断干扰我，使我在物质贫困的同时，还常常伴随着精神上的不安宁。想找人说话，在我的环境中极少有共同语言者。——事情是这样的，回到乡下，过去的朋友把你作城里人看，尊敬之外，带了疏远；在城里，现在的朋友把你作乡下人看，同情之中，掺了轻视。1978年进城到现在，我已变成了一个城不城，乡不乡的废物，时刻体验着做城乡边缘人的苦恼。

连我自己也说不清楚，仔细想来也没有什么，可心灵深处却时不时生出想要结束这无用生命的念头。有时也想找同学、故旧谈谈这方面的问题，可大家都忙升官或忙发财，有谁愿意听我这病态的哼哼呢？所以一直坚持自言自语，得以发泄情感，求得心理安宁……

虽说人人都有一本难念的经，可我万没有想到的是，你的思想也竟然这样消沉，既不是过去我所知道的你，又不是现在我所想象的你。尽管你一贯多愁善感，但更多的是开朗与活泼。我还记得我曾写过一首小诗，趁劳动的间隙拿给你看，表明我对你的看法。你敢作敢为，性格中多有男孩子的气质，这一点给我的印象尤其深刻。读着你的信，姑娘时候的你总在眼前，种种的往事如同昨日发生。我真不知该如何劝慰你，因我自己也是一只迷途的羔羊。只愿我对你深深的崇敬，只愿我们之间持久的友谊，能给你力量，能给你鼓舞！

调H市一事不知你是怎么想的。我以自己十多年的经验有资格这样说：这里不是一个好地方。人与人之间的关系薄情寡义；工作中多警惕，少松懈；生活中多紧张，少安逸，这些都是真的。

致孙省 1996.3.30

　　总而言之，我同意这样一种观点：幸福是一种感觉。《辞海》对"幸福"的解释是"心情舒畅的境遇和生活"，我基本上也倾向于感觉说，因为它无法对一个人所应享有的物质水准给出一个具体尺度。该书同时介绍了三种幸福观：一是认为快乐是人生的最大幸福；一是认为幸福在于发展人的理性，使人所具有的一切潜能完全发挥出来，即实现所谓人生价值；一是认为最大幸福是为人类的解放事业而奋斗。这后一种被冠之为马克思主义幸福观。为人类解放事业而奋斗，一是因为崇高至极，具有救世主的胸怀，为一般大众所不可企及，二是"解放"的定义模糊，让人感觉高远而深奥，只为少数先知先觉所追求。实现人生价值高尚而又具体，对一般读书人颇具诱惑力，故常在部分后知后觉中间流行。快乐为幸福，最具大众化，可附加了"俗"性，常受到知识分子们口头上的鄙视，却能在广大不知不觉者那里公开推广。遗憾的是，不知不觉的幸福以物质享受为前提，而这种享受如饮海水，越饮越渴，没有满足的时候，致使幸福永无达到的一天。后知后觉者的幸福受到制度性约束，自认的价值与社会的需要常常错位，致使幸福总在虚无缥缈间。先知先觉者的幸福因理想与现实的不断冲突，理论的前瞻性与社会发展的尖锐对立，致使幸福应了那句"光明永远在前面招手"的话，而始终不能与之并行。

　　这就是世人的幸福！

　　经历了早年理想追求的幻灭及稍后功利目的的失败，我便从主观上克制自己不再追求人们的这种幸福，而寻觅我自己的感觉：内心的平衡与安宁。

　　尽管我有时找到了这种感觉，尽管我偶尔实实在在地沉浸在这种幸福之中，可我毕竟食着人间烟火，世事的不断干扰常常破坏我心中的安宁，使我得不到心理上的平衡，享受不到幸福的感觉。于是难免抱怨，若见诸文字，便显出哀愁。这确实是不自觉的，尤其是给好友写信，更少了防范。只是这诚实常被人误解，几年前，曾给一位朋友连着写了几封信，谁知她鼓励我继续为之，说是我的信透露出一种悲剧意义，有审美的价值，真令我啼笑皆非，原来她把我的眼泪做了她审美的对象！而我并没有因此放弃我的追求。这追求来自我已去的阅历，来自我现实的境遇；来自我长久的思考，来自我实际的体验……

"路漫漫其修远兮，吾将上下而求索！"

纷纷世人，知音难觅，精神支柱更难拥有。来信收后，读之再三，不禁潸然，为你的理解，为你的鼓励；这理解真实得令人愉悦，这鼓励超越得令人脸红。我不由得问自己：我是这样的人吗？

我并不高尚，也不愿高尚，而你且绝顶聪明。我知道，真正的强者从不以降格相从的态度同人讲话，而是把对方抬高了同他交往。你尊重我，把我抬到了与你同一水平线上，这让我如何感谢你呢？